Katrin Liebelt

Im Norden ein Licht

Katrin Liebelt

Im Norden ein Licht

Heiner Labonde Verlag

»Das tat deine große Liebe,
und dass dein Herz nicht schwieg.
Das Glück ist für den Frieden,
der Tod ist für den Krieg.«

aus: Peter Hacks (1928 - 2003), Die Braut des Deserteurs

Für meine Töchter
Karlotta, Grete, Pauline und Frederike.
Immer ein Licht.

ISBN 978-3-937507-32-3

Gestaltung: Antje Zerressen, Pada ri GmbH, Essen
Umschlagfoto Nordlicht: Günter Böttcher
Printed in Germany

Er wollte nie mehr die Hand in die Höhe recken, wenn man Freiwillige suchte. Dieses eine Mal hatte ihn fünf Jahre seiner Jugend gekostet. Hatte ihn um seine Unschuld gebracht und Angst, Hunger, Elend und Kälte an ihre Stelle treten lassen. Und als er in ein zerstörtes, ihm fremd gewordenes Land zurückkehrte, hatte er ein Loch in der Stirn und Leere im Herzen.

Sie waren fünfzehn junge Männer, fast noch Kinder mit ihren siebzehn Jahren. Ein Jahr noch bis zum Abitur am humanistischen Gymnasium der kleinen westfälischen Stadt und danach zum Studium oder in den väterlichen Betrieb. Als sie sich im Herbst 1940 alle ohne Ausnahme freiwillig zum Dienst für Volk und Führer meldeten, konnten sie noch rasch die Reifeprüfung ablegen. Notabitur nannte man das. Den meisten von ihnen würde es nichts nutzen, es war nur ein weiterer Fetzen Papier, der in Flammen aufgehen sollte. Aber mit dem vorzeitigen Abschluss der Schulzeit standen sie ein Jahr früher zur Verfügung, um in Länder einzumarschieren, von denen sie eben noch im Geografieunterricht gehört hatten.

Von den fünfzehn Schülern der Unterprima des humanistischen Gymnasiums sollten nur sieben aus dem Krieg zurückkehren. Körperlich versehrt die einen, zerfressen von ihrer Schuld, verbittert und mutlos die anderen. Die traurigen Überreste einer gebrochenen Generation, die ihre Unschuld auf den Schlachtfeldern gelassen hatte.

Im Frühjahr 1940 träumten die Siebzehnjährigen noch. Von Mädchen und von Abenteuern, von der großen weiten Welt, die seit September 1939 stetig größer zu werden schien. Schon als Pimpfe hatten sie gelernt, dass das deutsche Volk angeblich Raum benötige, damit es endlich über sich selbst hinauswachsen könne. Die Chance, an etwas so Großem teilzuhaben, sei nicht jeder Generation vergönnt. Und so streckten sie allesamt stramm den Arm aus, als man ihnen sagte, dass sie gebraucht würden. Es war ein erhebender Augenblick und es erfüllte sie mit großer Ehrfurcht, wie sie alle dort standen: Den Blick auf das Bild des Führers gerichtet, boten sie ihm die Kraft ihrer Jugend an. Der Klassenraum mit der Wandtafel, die Regale mit den abgegriffenen Bänden und die hölzernen Pulte mit den Tintenfässern, das alles schrumpfte wie zu einem Puppenhaus zusammen, in diesem Moment sprengte ihr Stolz die Wände, die sie umgaben.

Auch Joachim hatte keine Sekunde gezögert. Und wie hätte er oder auch nur ein Einzelner von ihnen die Hand in der Tasche vergraben können, während alle anderen dem Führer bedingungslos dienen wollten?

Erst der Schmerz seiner Mutter hatte in ihm leise Zweifel gesät. Frieda Steinborn war eine fromme Frau, die Stimmung im Land empfand sie als gespenstisch, der

Einmarsch in Polen und alles, was folgte, machten ihr Angst. Und nun nahmen sie ihr Joachim, den einzigen Sohn. Noch trafen die Briefe nicht in Massen ein, aber sie wusste von Frauen, die um ihre Kinder trauerten. Nachbarinnen und entfernten Bekannten war unendlicher Schmerz und Verlust ins Gesicht geschrieben. Es durfte nicht sein, dass das Kind als erstes ging. Es war unnatürlich und grausam, auch, wenn es für die große Sache geschah. Frieda begann in dem Moment um Joachim zu trauern, als er ihr erzählt hatte, dass er in den Krieg ziehen würde. Von dem beinahe heiligen Moment, als seine Schulklasse geschlossen aufgestanden war und den rechten Arm gereckt hatte, wie sie alle zusammen dem Direktor auf seinen Ausruf »Unser Führer Adolf Hitler!« ein entschlossenes dreifaches »Sieg Heil!« entgegen gebrüllt hatten, das auch den letzten heimlichen Zweifler verstummen ließ. Frieda schwieg zu alldem und Joachim nahm seine Mutter in den Arm, hielt sie fest, wie sie ihn gehalten hatte, wenn er sich als kleiner Junge das Knie aufgeschlagen oder die Finger in der Tür geklemmt hatte. Sie kam ihm noch kleiner, noch zerbrechlicher vor, diese zarte und doch starke Frau.

Frieda hatte Joachim allein aufgezogen, seit er sechs Jahre alt war. Damals hatte sein Vater die elterliche Mühle verspielt, das Gesparte für Liebschaften verprasst, es mit seinen Zechkumpanen und für zwielichtige Geschäfte durchgebracht. Jahrelang hatten sie gestritten, hatte Frieda ihm Vorhaltungen gemacht, ihn angefleht und an seine Vernunft und Verantwortung dem einzigen Sohn gegenüber appelliert. Bald nach der Hochzeit schon hatte sie ihre Träume begraben, den Traum von der großen Liebe und von Vertrauen, von drei oder vier lärmenden Kindern um einen reich gedeckten Tisch, von Kutschfahrten unter dem weiten Himmel der Mark Brandenburg und einem Picknick am See, an dessen Ufer sich die Kinder gegenseitig nass spritzten und dabei kreischten und lachten. Aber sie hatte wenigstens Joachim, und seine Träume sollten nicht auch noch versoffen und vertan werden. Als sich die Frage stellte, in welche Volksschule er gehen sollte, hatte sie endlich genug Kraft gesammelt, ihren Mann zu verlassen. Es schien ihr die letzte Gelegenheit zu sein, denn wäre Joachim erst in der Schule, hätte er erst neue Freunde gefunden und das Leben einen festen Rhythmus angenommen, würde alles so weitergehen. Sie ergriff diesen Moment, in dem für Joachim ein neuer Lebensabschnitt begann, um aufzubrechen in ein neues Leben. Frieda hatte das Dorf bei Jüterbog hinter sich gelassen und die lange Reise zum Bruder angetreten. Mit jedem Kilometer, den der Zug Richtung Westen vorankam, war ihre Brust weiter geworden. Sie konnte wieder atmen und wusste, dass sie alles würde schaffen können nach diesem

schmerzhaften Schritt in eine unbekannte Zukunft. Ihre Zuversicht war stärker als alle Ungewissheit. Gott würde seine Hand über sie halten, daran glaubte Frieda ganz fest.
Joachims Erinnerungen an den Aufbruch aus seinem Geburtshaus in Brandenburg waren die eines Kindes. Er freute sich auf die lange Reise und wartete gespannt darauf, dass endlich der Dampf und das gleichmäßige Rattern die Ankunft des Zuges ankündigten. Er hatte einen eigenen Koffer packen dürfen, der nun neben dem noch größeren Koffer der Mutter auf dem Bahnsteig stand. Die Bilder waren verblasst, aber Joachim sah auch heute noch wie durch ein beschlagenes Glas seinen Vater vor dem kleinen Bahnhofsgebäude stehen, gesenkten Hauptes und mit krummem Rücken. Joachim dachte, dass er aussah wie ein sehr alter Mann. Er hatte ihn später nie wieder gesehen, wusste nur vom Onkel, dass sein Vater eine neue Familie hatte und nun in Hamburg lebte. Joachims Mutter nahm den Namen des Vaters nie mehr in den Mund, so tief saß der Schmerz, den er ihr zugefügt hatte. Briefe, die anfangs noch kamen, zerriss sie ungeöffnet.
Der Vater wolle nur Geld, behauptete Frieda, wenn sie die Papierfetzen in den Ofen warf. Sonst schriebe er nichts, auch nicht an seinen Sohn. Weiter sagte sie nichts dazu und Joachim schmerzte es, dass der Vater nicht wenigstens ihm schrieb. Er fragte sich, wie es ihm wohl ohne sie erginge, ob er wieder eine Mühle betriebe, ob er wie früher an Sonntagen das Pferd einspannte und mit der Kutsche alleine zur Kirche führe, ob er im Frühling die Obstbäume beschnitte und im Herbst Holzscheit um Holzscheit für den kommenden Winter aufschichtete. Vor allem aber wusste Joachim nicht, ob sein Vater ihn genau so schmerzlich vermisste wie er ihn. Er stellte ihm auch diese Frage, wenn er ihm mit der holprigen Schrift eines Volksschülers schrieb und die Mutter bat, den Brief mit zur Post zu nehmen. Aber eine Antwort erhielt er nie.
Die wenigen Bilder, auf denen sein Vater zu sehen war, hatte sie vernichtet: Frieda und Berthold mit dem kleinen Joachim auf dem Schoß im Sonntagsstaat auf der Bank vor der Mühle, unter dem festlich geschmückten Tannenbaum oder vor dem Hof der Großeltern in Pommern. So blieb Joachim nur das Bild des gebeugten Mannes, der einsam zurückblieb und seinem Sohn hinterher blickte, ahnend, dass es für sie keine gemeinsame Geschichte geben würde.

Für seine Mutter war es ein schwerer Schritt gewesen. Wer ließ sich schon scheiden im Jahre 1929? Welche Frau zog ein Kind ganz alleine groß in dieser Zeit? Der Glaube half ihr durch den Schmerz, die freikirchliche Gemeinde in der neuen Stadt

nahm sie ohne Vorbehalt in ihrer Mitte auf. Es schien diese Menschen wenig zu interessieren, woher sie kam. Sie machten es ihr und ihrem Sohn leicht, in der kleinen Stadt eine neue Heimat zu finden. Friedas Glaube hatte ihr durch all die schweren Jahre geholfen und ihr schließlich die Kraft verliehen, aufzubrechen. Sie hatte ihren Gott und verstand nicht, wieso all die Menschen um sie herum sich einen Götzen suchten. Sogar treue Mitglieder ihrer Gemeinde verehrten Adolf Hitler wie den Messias. Frieda wunderte sich darüber, dass die Menschen anscheinend beides konnten: an Gott glauben und an Hitler. Dass sich Christ nennen durfte, wer den Führer anbetete. Sie kam in Wohnungen, in denen sein Bild neben einem Kruzifix hing, in denen »Mein Kampf« neben der Bibel lag, in denen man sich aus dem kleinen Weihwassergefäß bekreuzigte und dieselbe Hand zum Hitlergruß reckte. Sie verstand es nicht und es machte sie zornig.
Und nun nahm er ihr den einzigen Sohn. Mehr noch schmerzte sie, dass Joachim freiwillig gehen wollte. Dass er nicht genug Gottvertrauen und Stärke besaß zu bleiben. Zumindest, bis sie ihn irgendwann holten. Denn das war Frieda klar, hätte er sich nicht freiwillig gemeldet, hätte das nur einen Aufschub bedeutet. Am Ende würden sie jeden holen, der ein Gewehr halten konnte.

Joachims Mutter versank in seinen Armen, als er sie zu trösten versuchte. Sie kam sich noch kleiner vor als sonst neben diesem hoch gewachsenen, schlaksigen Jungen. Joachim war ein guter Langstreckenläufer, während er beim Hundertmeterlauf meistens einer der letzten war, die das Ziel erreichten. Er hatte die Ausdauer und Zähigkeit seiner Mutter geerbt. Denn Friedas Leben war ein anstrengender Lauf, seit sie Berthold verlassen hatte. Als sie und der sechsjährige Joachim in der westfälischen Stadt von ihrem Bruder Albert in Empfang genommen wurden, hatten sie zwei Koffer dabeigehabt, ein paar kleine Äpfel aus dem eigenen Garten und einen harten Kanten Brot, das, was von der Wegzehrung übrig geblieben war. Alles andere hatten sie zurückgelassen. Ein Leben voller Demütigungen, aber gleichzeitig bequem, weil alles vorgegeben schien. All die Träume, die sie als junge Frau gehabt hatte, ließ sie ebenso hinter sich wie die endlosen Felder, die im Wind wogenden Halme und den endlosen Himmel über dem Land ihrer Jugend. Ihr Bruder Albert nahm sie auf, zunächst fanden sie in seinem Schlafzimmer Platz, während er auf der Couch schlief. Schon bald suchten sie eine größere Wohnung, in der nicht nur Frieda, sondern auch Joachim ein eigenes Zimmer hatte. Es ging ihnen gut in ihrem neuen Leben, der Kummer ließ nach und die Bilder, gute wie böse, verblassten zusehends. Joachim ging nun zur Schule und Frieda half mit im Betrieb des Bruders.

Sie besaßen ein kleines Fuhrunternehmen mit vier Omnibussen, die von den Bewohnern der kleinen Stadt liebevoll »die blaue Ida« genannt wurden. Sie waren himmelblau, und Ida reimte sich auf Frieda, aber ob sie tatsächlich der Grund für die Namensgebung war, konnte später niemand mehr sagen. Zum Betrieb zählten vier Fahrer, aber wenn einer von ihnen krank war, setzte sich Albert selbst ans Steuer. Später, im Krieg, als die Männer an der Front oder gefallen waren, fuhr auch Frieda einen der beiden Busse, die ihnen geblieben und nicht konfisziert worden waren. In den ersten Jahren aber kümmerte sie sich um die Buchhaltung und führte ihrem Bruder den Haushalt. Es war für alle ein gutes Arrangement, weil Joachim in einer Art Familie aufwuchs und auch Albert endlich nicht mehr allein lebte. Seine Frau und das erste Kind waren bei der Geburt gestorben. Danach hatte es nie wieder eine gegeben, die er zur Frau genommen hätte. Sie lebten als kleine Familie, aber ihre große Familie war die Gemeinde. Die Wochenenden mit den Gottesdiensten und der Sonntagsschule für die Kinder, die Feste, die Chorproben und die Landpartien an warmen Sommertagen. Das alles war der Kokon, in dem Frieda und Joachim sich behütet und sicher fühlten, auch ohne Ehemann und Vater.

Frieda hatte immer gehofft, dass dies alles Joachim so wie ihr selbst genügen würde. Aber er war ein Kind, als die Menschen Hitler zujubelten. Er kannte es nicht anders. Er war zehn Jahre alt, als die Republik endgültig geopfert wurde, als die ersten Jungs stolz die Uniform trugen und in großen Gruppen fröhlich singend zu gemeinsamen Abenteuern aufbrachen:

»Vorwärts! Vorwärts!, schmettern die hellen Fanfaren.
Vorwärts! Vorwärts!, Jugend kennt keine Gefahren.
Deutschland, du wirst leuchtend stehn,
mögen wir auch untergehn«, sangen sie mit fester Stimme das Lied der Hitlerjugend und marschierten im Gleichschritt an ihren stolzen Müttern und Vätern vorbei. Und an den kleineren Geschwistern, die es nicht abwarten konnten, auch endlich einstimmen zu dürfen bei *»Ja, die Fahne ist mehr als der Tod!«*, bei *»Ja, durch unsre Fäuste fällt, wer sich uns entgegenstellt«* und *»Führer, dir gehören wir!«*

Auch Joachim wollte mitmarschieren und auf dem Weg vom Klassenraum zur Turnhalle oder bei den festlichen Aufmärschen und Kundgebungen aus voller Brust das Lied der Hitlerjugend schmettern. Er wollte aussehen wie alle Jungs und tun, was alle taten. Holz sammeln für ein großes Lagerfeuer am Stausee, auf Fahrten gehen und auf dem Sportplatz beim Kugelstoß und beim Weitsprung ihre Kräfte messen. Er wollte mit den anderen aus dem Jungvolk auf Schnitzeljagd gehen und einander durch den dichten Wald und über die abgeernteten Felder jagen.

Aber die Jungs wuchsen heran, aus den Pimpfen wurden Soldaten und aus den Holzgewehren Waffen, die den Tod brachten. Und nun waren Joachim und seine Freunde, die Nachbarjungs und die Schulkameraden alt genug, der Fahne zu folgen und Taten zu vollbringen für Volk und Führer. Aus dem Indianergeheul war Kanonendonner geworden. Niemand stellte sich mehr tot, wer fiel, stand nicht mehr auf.

Mit einem Waschmittelkarton, der von einem Bindfaden gehalten wurde, betrat Joachim Anfang August 1940 das Sennelager des Reichsarbeitsdienstes. Mehr sollten sie nicht mitbringen, dorthin, wo man sie schleifen und Männer aus ihnen machen wollte. Mit diesen Worten wurden sie barsch begrüßt, als sie in Reih und Glied auf dem Appellplatz stramm standen. Das zumindest beherrschten sie alle von früher Kindheit an. Joachim hatte schon viel gehört über Senne bei Paderborn: Gott schuf in seinem Zorn die Senner Heide bei Paderborn, hieß es. Dass der Zorn Gottes groß war, spürten sie vom ersten Moment an.

War der RAD ursprünglich eine sechsmonatige Pflichtzeit, die Männer wie Frauen zwischen 18 und 25 Jahren in der Landwirtschaft und im Straßenbau absolvierten, diente er während des Krieges immer mehr als oft nur wenige Wochen umfassende vormilitärische Ausbildung für die künftigen Frontsoldaten.

Ein untersetzter Mann mit speckigem Nacken unter dem kahl rasierten Schädel schritt ihre Reihe ab und musterte sie höhnisch. Sie seien nur Geschmeiß, geworfen wie Tiere. Hier aber würden sie neu geboren und endlich zu richtigen Menschen geformt werden, bis sie würdig waren, Reich und Führer mit der Waffe in der Hand zu dienen. Dann brüllte er »Abiturienten vortreten« und klopfte sich abwartend mit seiner kleinen Rute in die Handfläche. Joachim und ein paar andere traten zögernd vor, ahnend, dass ihr Abitur hier nicht Vorteil, sondern Urteil war.

»Aha, die Herren Abiturienten. Nun, dann wollen wir mal sehen, dass wir eine angemessene Beschäftigung für Sie finden.« Sein Mund verzerrte sich, als er brüllte: »Los, abtreten zum Latrinenputzen, aber zackig«.

Joachim schwante, dass dies nur der Anfang war. Trotzdem streifte er später an diesem ersten Tag voller Stolz die braune Uniform des Arbeitsmannes über und strich die Armbinde mit dem Hakenkreuz glatt. Am späten Nachmittag machten sich alle gemeinsam fertig für den feierlichen ersten Appell und den Schwur auf den Führer. Aus dem Spiegel im Waschraum blickte ihm ein Mann entgegen, kaum eine Spur war geblieben von dem ahnungslosen Jungen, der er eben noch war. Die Erkennungsmarke, die ihnen ausgehändigt worden war, lag kühl auf seiner Haut. Was die Trennschlitze in der Mitte der Metallplakette bedeuteten, kümmerte weder Joachim noch die anderen in diesem Moment, in dem man ihnen endlich ansehen konnte, dass sie kämpfen würden für ihr Vaterland. Im Moment mussten sie zwar noch mit dem Spaten statt mit dem Gewehr auf der Schulter exerzieren und marschieren, aber sie wussten, warum jeder Landser die Marke mit Bezeichnung der Einheit, mit Blutgruppe und Impfstatus tragen musste: War ein Kamerad gefallen, so brach man

die Marke in der Mitte entzwei. Der obere Teil blieb beim Toten, um ihn identifizieren zu können, der abgetrennte untere Teil half der Wehrverwaltung beim Zählen der Verluste. Irgendwann hielt ihn dann eine Mutter, Ehefrau oder Tochter in den Händen und hatte Gewissheit, dass es kein Wiedersehen geben würde.
Die zwei Monate beim Reichsarbeitsdienst zogen sich endlos. Sie waren eine einzige Folge von Demütigungen und Schikanen. Nach einem abendlichen Hitzegewitter, als Joachim und sein Kumpel Hans die große gusseiserne Terrine mit dem Eintopf von der Küche hinüber zur Offiziersmesse tragen mussten, rutschten sie auf dem regennassen Pflaster des Appellplatzes aus. Der gesamte Inhalt des übervollen Topfes ergoss sich als zähe, braune Masse über das Pflaster. Den Rest der Nacht verbrachten Joachim und Hans damit, die Linsen zusammenzukratzen und mit Teelöffeln zurück in das Behältnis zu füllen. Mit schon wunden Knien mussten sie den Boden anschließend mit Wurzelbürsten polieren und die Fugen mit ihren Zahnbürsten säubern. Und da sie schon einmal dabei waren, konnten sie auch gleich den ganzen Hof auf Hochglanz bringen. Dazu wurden allerdings noch die Kameraden aus ihrer Stube abgestellt, damit auch denen eine Lehre wäre, was es hieß, die Offiziere um ihre warme Mahlzeit zu bringen.
Das Reinigen der Latrinen wurde bald zur Routine, die sie stumpfsinnig hinter sich brachten. Genauso wie die stundenlangen Märsche durch die westfälische Landschaft, meist mit vollem Marschgepäck auf dem Rücken und oft in der sengenden Hitze der letzten Hochsommertage. Orientierungs- und Nachtwanderungen, Strammstehen mit einem Spaten in der Hand und das penible Montieren und Reinigen der Waffen, in denen sich noch keine Munition befand. Das alles sollte sie darauf vorbereiten, tapfere deutsche Soldaten zu sein und Volk und Vaterland zu verteidigen.
Einigen gelang es nicht, all die Schikanen einfach über sich ergehen zu lassen und auf bessere Zeiten zu warten. Hans ertrug es nicht lange, durch den Dreck zu robben, während er ohne Unterlass angebrüllt wurde und, wegen seiner weichen Züge und sanften Art, vor den Kameraden als Muttersöhnchen und schwule Sau verhöhnt wurde. Eines Morgens fehlte er beim Appell und tauchte auch nicht auf, als sie sich zum Frühstück um die langen Holztische versammelten. Hans war der erste Tote, den Joachim in diesem Krieg sehen sollte, der doch noch so viele tausende Kilometer weit entfernt war. Hans, der Kumpel, mit dem er die Suppe vom Pflaster hatte kratzen müssen und auf dessen leises abendliches Weinen er ihn nie angesprochen hatte. Nun war es dafür zu spät. Hans hatte sich in der Turnhalle mit einem groben Strick erhängt, an der Stange, an der sie sonst Klimmzüge machen

mussten, um ihre Arme für den entschlossenen Würgegriff im Kampf Mann-gegen-Mann zu stärken. Ein Brief an seine Eltern und das kleine Bündel mit seinem persönlichen Besitz verschwanden noch am selben Tag. Und dann war es, als hätte Hans nie in ihrer Stube gelebt, gelacht und sich in den Schlaf geweint.
Ludger, der das beste Abitur in ganz Münster abgelegt hatte und dessen Vater Professor der Theologie an der Universität war, war nicht in den Tod geflüchtet. Er war eines Nachts über den Zaun geklettert und hatte sich zu Fuß auf den Weg zu seinen Eltern gemacht. Der Neunzehnjährige hatte es nicht mehr ausgehalten, als unser Herr Professor oder Hochwürden verlacht zu werden. Seine Klugheit war hier nicht gefragt, und da er bei langen Märschen schnell außer Puste kam und sich beim Montieren der Waffe mehr als ungeschickt anstellte, war auch Ludger ein willkommenes Opfer des Truppführers. Bei seiner Flucht kam er nicht weit. Irgendjemand hatte gehört, dass er sich beim Sprung über einen Graben den Knöchel gebrochen hatte. Auch sein Spind wurde kommentarlos geräumt und es war, als hätte er nie zwischen ihnen in Reih und Glied gestanden.
Joachim litt während des Reichsarbeitsdienstes wie seine Kameraden. Aber es gelang ihm besser als anderen, sich auf die Zukunft zu konzentrieren. Dabei half es ihm, hinter die Maske aus Gebrüll und Wut zu sehen. Die sie so gnadenlos schikanierten waren ungebildete und grobe Männer, die endlich Macht über andere hatten und nur deshalb ein »jemand« waren, nicht geachtet, so doch gefürchtet. Joachim beschlichen Zweifel, ob diese vor Neid und Zorn schwitzenden und brüllenden Grobiane, die ihnen das Leben zur Hölle machten, tatsächlich Mitglieder der neuen Herrenrasse waren, von der der Reichspropagandaminister so schwärmte. Ob sie die Richtigen waren, aus Joachim und seinen Kameraden Menschen zu machen?
Seiner Mutter konnte er all dies nicht schreiben, zu sehr fürchtete er, dass seine Briefe geöffnet würden und er Tage und Nächte im dunklen Karzer verbringen würde. Aber die Kameraden wurden allmählich vertrauter miteinander und es gelang ihnen, sich lustig zu machen über die Gorillas, die wie aufgezogen vor ihnen herumhüpften und sie mit Salven von Unflätigkeiten und Beleidigungen überzogen. Was sie ins Lächerliche zogen, kam ihnen nur noch halb so schlimm und ungerecht vor, und das Gefühl wuchs, diese Zeit doch einigermaßen unbeschadet überstehen zu können. Und wenn sie erstmal Soldaten waren, die Uniform und das Gewehr mit echter Munition trugen, würden sie die Zeit in der Senne bei Paderborn sicher schnell vergessen können. Wenn sie nur endlich ihre Pflicht tun dürften. Und was waren die zwei Monate beim Reichsarbeitsdienst, wenn sie doch noch das ganze Leben vor sich hatten.

Ein Gutes jedenfalls hatte der Reichsarbeitsdienst. Die anschließende militärische Grundausbildung in der Kaserne seiner Heimatstadt kam Joachim danach beinahe wie ein Erholungsurlaub vor, denn endlich wurden seine Kameraden und er als deutsche Soldaten behandelt und nicht als »Geschmeiß« beschimpft.
Durch die Plackerei beim Reichsarbeitsdienst, das Ausheben von Gräben, die Begradigung von Bächen und Flüssen und den Einsatz im Straßenbau waren sie körperlich in bester Verfassung. Sie fühlten sich nicht mehr fremd in der grauen Uniform. Im Gegenteil, sie trugen sie mit großem Stolz. Endlich kam der Tag, an dem Joachim inmitten seiner Kameraden den Schwur leistete:
»Ich schwöre bei Gott diesen heiligen Eid,
dass ich dem Führer des Deutschen Reiches und Volkes, Adolf Hitler, dem Obersten Befehlshaber der Wehrmacht,
unbedingten Gehorsam leisten und als tapferer Soldat bereit sein will,
jederzeit für diesen Eid mein Leben einzusetzen.«
Als die Worte gesprochen waren, hätte man eine Stecknadel fallen hören können, eine ehrfurchtsvolle Stille lag über dem Kasernenhof. Erst allmählich kam Bewegung in die Reihen der Soldaten, als die sie sich nun endlich mit Fug und Recht bezeichnen durften. Sobald sie sich rühren durften, flogen Schiffchen in die Luft, sie beglückwünschten sich und schlugen sich gegenseitig auf die Schulter. Später nahmen sie das Soldbuch entgegen. Joachim blätterte durch die noch leeren Seiten des grauen Hefts. Es war viel mehr als ein Soldbuch im eigentlichen Sinne. Es vermerkte alle Stationen im Leben des Soldaten, gab Auskunft über Fronturlaube genauso wie über Ausrüstung oder Impfungen. Als er schließlich den Marschbefehl mitsamt dem Wehrmachtsfahrschein in den Händen hielt, war der Traum für Joachim Wirklichkeit geworden. Es ging los, die Monate des Wartens und der Spannung waren vorbei. Bald würde er seine eigenen Geschichten erzählen können, statt immer nur denen anderer zu lauschen.

Die letzten Tage zwischen Marschbefehl und Abreise verbrachte Joachim zuhause. Die Herbstsonne stand tief am Himmel und die Abende wurden kühler. Er hatte sich gefreut auf diese wenigen Tage bei seiner Mutter und dem Onkel, darauf, noch einmal Kind sein zu dürfen und bedingungslos geliebt zu werden als der, der er war. Aber er konnte die Zeit am Ende nicht wirklich genießen. Seine Mutter sah übermüdet aus und hatte nach wohl schlaflosen Nächten tiefe Schatten unter den Augen. Frieda vermied es, ihrem Sohn in die Augen zu sehen. Sie kochte seine Lieb-

lingsspeisen, Pfefferpotthast mit Kartoffelstampf und Dicke Bohnen mit geräuchertem Schweinebauch, sie buk frischen Pflaumenkuchen und stellte ihm abends sogar ein Glas Bier neben den Teller. Er war ja nun ein Mann.
Joachim versuchte, Mitschüler und alte Freunde zu treffen. Das war schwieriger, als er gedacht hatte, denn viele waren bereits fort. Die Mütter, die ihm die Türen öffneten, umarmten ihn nicht selten, als wollten sie sich daran erinnern, wie es sich anfühlt, den eigenen Sohn zu halten. Ihm war das unangenehm, genauso wie die häufigen Berührungen seiner Mutter. Bei aller Liebe zu ihrem Sohn war sie keine Frau, die körperliche Nähe suchte und gab. Aber nun schien es, als könne sie ihn gar nicht oft genug in die Arme schließen. Er empfand es als ungewohnt und irgendwie falsch. Joachim kam sich sperrig und hölzern in ihren Armen vor und konnte die Geste meist nicht erwidern. »Ach Mutter«, seufzte er dann und löste sich behutsam aus ihrer Umarmung. Hinzu kam, dass jede Umarmung wie ein stiller Vorwurf war, dass er sie allein zurücklassen würde. Dem ging Joachim, so gut es eben möglich war, aus dem Weg.
So verbrachte er die letzten Tage vor dem Abmarsch, indem er stundenlang allein an der Stadtmauer entlanglief oder mit dem Rad zum nahen Stausee fuhr, wo er in der Oktobersonne döste und seinen Gedanken nachhing, ohne einen Blick in das Buch zu werfen, das er stets dabei hatte. Oder er lief durch die vertrauten Gassen und endete im Kaffeehaus am Marktplatz an einem der kleinen Tische, an denen sie als Oberschüler Skat gespielt und sich sehr erwachsen gefühlt hatten. An den Abenden spielte er Schach mit seinem Onkel oder holte die Gitarre hervor, als ob er wüsste, dass er vieles verlernen würde in den kommenden Monaten. Monate, die sich zu Jahren auswachsen würden.
Tagsüber half er seiner Mutter in dem kleinen Garten, der über schwere Zeiten hinweg helfen sollte. Denn dass solche bevorstanden, unkte Frieda bei jeder Gelegenheit. Dabei war es den Menschen doch lange nicht mehr so gut gegangen. Keine endlosen Reihen von Männern mehr, die selbst gemalte Schilder mit der Aufschrift »Suche Arbeit jeder Art« an einem Bindfaden um den Hals trugen, keine Preise mehr in den mageren Auslagen der Läden, die beinahe stündlich um eine Null am Ende länger wurden. Jeder der wollte, fand gut bezahlte Arbeit, das Reich wuchs Tag um Tag um endlose Anbauflächen, um Siedlungsraum, um Erzbergwerke und Ölfelder. Doch das überzeugte Frieda nicht. Sie bestand darauf, dass schon bald wieder harte Zeiten anbrechen könnten und sie dann dank der gut bestellten Beete nicht Hunger leiden würden. In Friedas Garten wuchsen Karotten, Gurken, Zwiebeln und Kohlköpfe. Auch Obst gab es reichlich. Pflaumen und Birnen wurden in

Zuckerwasser in großen Gläsern eingekocht, Gurken in Essig eingelegt und die Zwiebeln in Holzkisten eingekellert. Auch, wenn sich Joachim gern über den Eifer seiner Mutter lustig machte – wie würden ihm die Gerüche aus der mütterlichen Küche fehlen, nach Apfelrotkohl, Kartoffelsuppe mit Speck und nach den frischen Hefekuchen, die je nach Jahreszeit mit Apfelschnitzen, Birnenhälften oder dicken blauen Zwetschgen belegt wurden. Er sog die Gerüche ein und berauschte sich an den Farben der Landschaft, dem tiefen Blau des Sees und dem dunklen Grün des Nadelwaldes. Joachim würde diese Erinnerungen brauchen, um durch eine Zeit zu kommen, in der es entweder fahles Dämmerlicht oder blendendes Schneeweiß für ihn geben würde.

Auch an seiner alten Schule ging Joachim vorbei. Er blickte während der großen Pause über den Zaun und beobachtete die kleineren Jungs in den Knickerbockern, die den Lederball über den Fußballplatz kickten und die größeren, die an der Backsteinmauer lehnten, die Hände lässig in den Taschen der langen Hosen vergraben. Als er die Pforte durchschritt, entdeckte ihn Paul, der mit ein paar Mitschülern aus der Obersekunda zusammenstand. Joachim hatte im Schulorchester neben Paul gesessen, der ein außergewöhnlich guter Klarinettist war und ans Konservatorium wollte. Er übte täglich Stunde um Stunde und träumte davon, ein berühmter Musiker zu werden. Die Negermusik, für die er heimlich schwärmte, sollte er nie vor einem großen Publikum spielen. Erst erfroren Pauls Finger im Kessel von Stalingrad, dann erfror der ganze Mensch auf dem Marsch in die russische Gefangenschaft.

Als Paul Joachim entdeckte, lief er gleich auf ihn zu und knuffte ihm in die Seite: »Mensch, Joachim, du bist noch mal hier? Wann geht es denn los? Dieter, Heinrich und Eberhard sind schon letzte Woche nach Frankreich! Die sind vielleicht schon in Paris, stell dir das vor! Wohin geht's denn bei dir?«

»Ich hab noch keinen Marschbefehl, aber ich komm zu den Gebirgsjägern«, antwortete Joachim lachend und erwiderte die überschwängliche Begrüßung. Dann hatten sich noch ein paar andere hinzugesellt, man kannte sich, zumindest in der Oberstufe wusste jeder die Namen der anderen. Joachim erzählte vom Reichsarbeitsdienst, nicht zu viel, denn das stand ihnen allen ja noch bevor. Winfried schlug ihm auf die Schulter: »Gebirgsjäger? Du Flachlandtiroler sollst klettern und Ski fahren? Da blamier dich mal bloß nicht zwischen all den Österreichern!«

»Hör mal, Gebirgsjäger ist schon etwas Besonderes. Wer weiß, wo sie mich hingeschickt hätten, wenn ich mich nicht freiwillig gemeldet hätte. Aber so bekomme ich vielleicht Narvik zu sehen. Oder es geht nach Kreta, das weiß ich noch nicht«, sagte Joachim.

Er war dem Radfahr-Bataillon der Gebirgsjäger-Division zugeteilt worden. Da man mit Drahteseln in Norwegen nicht weit kommen würde, hatten diese dort Pferde statt Räder. Joachim hatte angegeben, dass er einigermaßen reiten und gut Skifahren konnte. Beides stimmte und hatte ihn für seine Verwendung prädestiniert. Reiten hatte er bei seinem Onkel gelernt, wenn er ihn als Schüler in den Sommerferien auf dem Hof in Pommern besuchte und lange Ausritte mit seinen Cousins unternahm. Er stellte sich vor, wie er vielleicht demnächst durch die endlosen Weiten Skandinaviens ritt und ihm der kalte Nordwind ins Gesicht peitschte. Ein Pferd zu beherrschen und ihm den eigenen Willen aufzuzwingen, war schon etwas Besonderes, wenn man nicht gerade auf einem Bauernhof oder einem Gut aufwuchs.
Skifahren hingegen konnten beinahe alle Jungs, die Joachim kannte. Sobald genug Schnee lag, war er mit seinen Schulkameraden an den Wochenenden mit dem Zug nach Winterberg gefahren, wo sie bis zum Einbruch der Dunkelheit mit den geschulterten Holzskiern die Pisten hinaufstiegen und in viel zu kurzer Zeit wieder hinuntersausten. Diese Fähigkeiten hatten bestimmt geholfen, dass Joachim nun das Edelweißzeichen der Gebirgsjäger tragen durfte.
Seine ehemaligen Schulkameraden erzählten ihm, wer sonst noch fort war. Und auch, wer nicht mehr wiederkommen würde. Von ihnen erfuhr er auch von Herrn Doktor Deutschmann, dem Geschichtslehrer, den die meisten von ihnen so verehrt hatten. Ein ruhiger, kluger Mann mit früh ergrautem Haar und dicken Brillengläsern, hinter denen seine Augen wie kleine Knöpfe blitzten. Er war irgendwann einfach nicht mehr zum Unterricht erschienen. Sie waren alle erschrocken, obwohl sie ja schon häufiger darüber gesprochen hatten, dass er unvorsichtig war und seine Gedanken lieber für sich behalten sollte. Irgendein strammer Parteigenosse würde ihn früher oder später anschwärzen, und so war es wohl schließlich gekommen. Herrn Dr. Deutschmann hatten sie jedenfalls seit Wochen nicht mehr gesehen, nur seine Frau sah man manchmal beim Bäcker oder Fleischer. Sie hatte immer die beiden kleinen Mädchen an der Hand, von denen der Lehrer manchmal erzählt hatte, wie begabt sie waren beim Malen und wie schnell sie schwimmen gelernt hatten im Sommer im See. Seine Frau wirke ganz verhärmt, meinte Paul, sie husche mit den Kindern an den Häuserwänden entlang, seit Herr Dr. Deutschmann nicht mehr an der Schule war. Dabei war sie eine so schöne und stolze Frau, über alles geliebt von ihrem Mann. Mehr wussten sie nicht, aber, nun ja, es gab Gerüchte, man konnte sich ja den Rest dazu reimen.
Joachim hörte einige solcher Geschichten und es kam ihm vor, als wäre sein eigener Abschied eingebettet in einen großen Abschied, der alles und jeden betraf. Die

Blicke Alberts und seiner Mutter machten es für ihn nicht leichter, auch sie sahen ihn an, als wäre er schon irgendwo in der Ferne, sehnsüchtig und traurig. Ihre Versuche, ihre Gefühle zu verbergen, misslangen restlos. Die Scherze, die Erinnerungen an alte Zeiten und die Anekdoten von früher, alles endete in einem tiefen Seufzer. Nur beim Schachspielen mit dem Onkel gelang es Joachim, für ein paar Stunden zu vergessen, dass sich der Leinensack auf seinem Bett allmählich füllte und bald zugeschnürt würde. Er musste sich völlig auf das Spiel konzentrieren, wenn er gegen den Onkel eine Chance haben wollte. Da blieb kein Raum für andere Gedanken. Nur wenn aus dem Volksempfänger die Stimme des Führers oder des Reichspropagandaministers schnarrte, wurde Joachim zurückgeholt ins Hier und Jetzt. Aber sofort kam der Gedanke ans Morgen. Dann wusste Joachim nicht mehr ganz sicher, ob er nur aufgeregt war, oder ob das Gefühl in seinem Bauch Angst war. Es war ein unbekanntes Gefühl, das ihn mehr verunsicherte als beunruhigte.

Am Morgen der Abreise versuchten sie, so normal wie möglich zu sein. Joachim hatte schon lange wach gelegen, als er die vertrauten Geräusche aus der Küche hörte. Das Klappern der weißen Teller mit dem blauen Blumenmuster am Rand. Das Öffnen der Klappe des gusseisernen Herds, um ein Holzscheit nachzulegen. Das Summen des Teekessels, das sich zu einem schrillen Pfeifen steigern würde, wenn man nicht schnell genug war. Joachim stand auf und überprüfte zum bestimmt zehnten Mal, ob er alles ordnungsgemäß gepackt hatte. Abends hatte er noch einmal seine Zinnsoldaten aus der Kommode geholt. Einen hatte er ausgewählt und in die Seitentasche seines Mantels gesteckt. Er brauchte doch einen Talisman, und der rote Grenadier erschien Joachim für diesen Zweck genau richtig. Er wusch und rasierte sich vor dem Spiegel im Badezimmer, nahm den Platz am Küchentisch ein, der, seit er denken konnte, sein Platz war, gegenüber seiner Mutter und neben Albert, der am Tischende saß. Sie aßen schweigend, zu reden, das gelang ihnen nicht. Worüber auch, alles hätte belanglos gewirkt an diesem Herbsttag, dem letzten mit Mutter und Onkel für lange Zeit.
Albert begleitete Joachim zum Bahnhof, weil seine Mutter es nicht konnte. Sie hatte schon auf der Türschwelle bitterlich geweint. Dem wegfahrenden Zug hinterher zu blicken, das würde ihr das Herz brechen. Joachim war genauso erleichtert darüber wie über den Anblick einiger Kameraden, die bereits flachsend und laut debattierend beisammen standen. Sie wollten genau wie er rasch aufbrechen statt lange Abschied zu nehmen. Ihre Uniformen saßen an ihnen wie Rüstungen, die sie unverwundbar machten. Joachim stellte seinen eigenen Koffer neben die Gepäckstücke

der anderen. Albert sollte nicht mit ihm warten, bis der Zug einfuhr, er sollte gleich nach Hause zu Frieda gehen. Seine Mutter bräuchte ihn, meinte Joachim, heute mehr als er selbst, der ja nun seine Kameraden hatte. Albert gab schließlich nach und umarmte Joachim kurz und fest. Sie würden sich sicher bald wieder sehen, bis dahin würde der Herr seine Hand schützend über ihn halten. Joachim sah seinem Onkel nach, wie er den Bahnsteig entlang Richtung Ausgang ging. Sein Schritt wirkte kraftlos und er ließ die Schultern hängen wie ein Greis. Joachim musste an seinen Vater denken, damals auf dem Bahnsteig, vor so vielen Jahren. Doch er verbot sich, den Gedanken zu Ende zu denken und mischte sich unter seine Kameraden, deren Lachen bald alles übertönte und erst vom Einrollen des Zuges unterbrochen wurde.

Joachim erklomm den Wagen und hievte sein Gepäck in eines der Netze über den Holzbänken. Vom Fenster aus konnte er beobachten, dass er einer der wenigen war, die nicht in Umarmungen gehalten und unter Tränen verabschiedet wurden, bis das schrille Pfeifen des Schaffners zur Eile gemahnte. Zahlreiche Mütter, Geschwister und das ein oder andere Mädchen versuchten, ihre Lieben so lange wie möglich ganz fest zu halten. Hände, die durch die hinunter geschobenen Fenster einander fest umklammert hielten, wurden erst bei der langsamen Anfahrt des Zuges auseinander gerissen. Nun tat es ihm doch leid, dass er die Reise so alleine antreten musste. Dass niemand ihn halten wollte, bis der Zug Fahrt aufnahm, Finger wieder allein ihren Besitzern gehörten und die winkenden Menschen auf dem Bahnsteig kleiner und kleiner wurden, bis der Zug schließlich aus der Stadt hinausrollte, ein Waggon nach dem anderen vollkommen hinter der langen Kurve verschwand. Joachim war erleichtert, als der Waggon sich endlich füllte und von Abschied keine Spur mehr war. Wie auf den Klassenausflügen redeten alle aufgeregt durcheinander, packten Skatspiele oder Zeitschriften aus und richteten sich für die lange Reise ein. Kilometer um Kilometer rollte der Zug durch die weite Bördelandschaft. Kilometer um Kilometer nach Norden.

Mit jedem Abschnitt der Reise wurde es kälter. Vor allem auf dem Schiff, mit dem sie nach Oslo übersetzten, blies ihnen ein schneidend kalter Wind entgegen. Auf Lastwagen ging es weiter nach Eidsvoll, einer kleinen Stadt hundertfünfzig Kilometer nördlich der norwegischen Hauptstadt. Hier bezogen sie ihr erstes festes Quartier. Joachim wurde dem Nachrichtenzug zugeteilt. Er war froh darüber, zum Funker ausgebildet zu werden.

Schon als Junge hatte er mit Albert gespielt, sie seien auf hoher See in Seenot geraten. Sie hockten mit angezogenen Beinen auf dem Sofa, Joachim hielt einen Besenstil in der Hand, an dessen oberes Ende Albert einen weißen Kopfkissenbezug geknotet hatte. Der Sturm blies gnadenlos in das Segel und als ihr Boot schließlich wie eine Nussschale auf den haushohen Wellen vor Feuerland tanzte, rief Albert ihm durch das Tosen des Meeres zu: »Los, setz den Notruf ab, schnell, mach, beeil dich! Wir sinken!« Joachim schrie das »Didididahdahdahdididit« in die leere Seifenbox aus Metall, die ihm als Funkgerät diente. Drei kurz, drei lang, drei kurz, das war das SOS, durch das sie in letzter Sekunde Hilfe herbeiholten.

Das SOS des Morsealphabets war allerdings das einzige Funkkürzel, an das sich Joachim noch erinnerte, als er zum ersten Mal vor dem Funkapparat saß. Die übrigen Signale, die auf alle möglichen Arten, per Funk, als Ton- oder Lichtsignal übermittelt werden konnten, lernte er innerhalb kurzer Zeit. Es kam allerdings anfangs immer wieder vor, dass er die einzelnen Kombinationen des kurzen Dit, des langen Dah und des Schweigens, Punkt, Strich und Pause durcheinander brachte. Im Ernstfall dürfte ihm das natürlich nicht passieren. Leichter war es, sich die Buchstabentafel des Funkalphabets einzuprägen. Auch Anton und Berta waren Teil seines Spiels mit Albert gewesen. Jetzt musste Joachim allerdings bei einigen Buchstaben umlernen, denn inzwischen waren sämtliche jüdische Namen aus dem Funkalphabet gestrichen und durch deutsche Namen ersetzt worden. Statt David hieß es nun Dora, statt Samuel Siegfried und statt Zacharias Zeppelin.

Wo und wann er seine Kenntnisse würde anwenden können, wusste Joachim nicht. So verging Weihnachten und das Jahr 1941 brach an, ohne dass sie eine Ahnung hatten, wie lange sie in Eidsvoll bleiben sollten. Die Tage und Wochen zogen sich, immer neue Truppenteile kamen hinzu, ein weiteres Radfahr-Bataillon und ein Kradschützen-Regiment bezogen das Lager. Sie unternahmen lange Wanderungen auf Skiern und Schneeschuhen, meist mit vollem Marschgepäck und geschultertem Gewehr. Ansonsten aber spürten sie hier nichts vom Krieg und wurden mit jeder Woche ungeduldiger.

Als sie noch zuhause waren, hatte Joachim die Eroberung Norwegens mit Span-

nung am Volksempfänger verfolgt. Er wusste deshalb, von welch großer Bedeutung das Land für den Fortgang des Krieges war. Wer die norwegische Küste beherrschte, kontrollierte das gesamte Nordmeer. Die Handelswege, vor allem aber die Nachschubwege für Rohstoffe, für Mann und Gerät. Deshalb war auch der Kampf um Narvik so erbittert geführt worden. In der Stadt nördlich des Polarkreises, deren Hafen dank der warmen Ausläufer des Golfstroms auch im bittersten Winter eisfrei blieb, endete die Erzbahn, mit der das Eisenerz aus dem schwedischen Kiruna in die Hafenstadt gelangte. Von Narvik aus wurde es weiter ins Reich verschifft und versorgte die deutschen Rüstungsfabriken. Auch die Briten waren auf das schwedische Erz angewiesen. Deshalb hatte der Tommy so verbissen versucht, Narvik nach der deutschen Besetzung im April 1940 zurückzuerobern und zu halten. Zunächst war das auch gelungen. Fast 25.000 Briten hatten gemeinsam mit französischen, polnischen und norwegischen Verbänden Narvik zurückerobert. Die Gebirgsjäger und die Marinesoldaten von den gesunkenen deutschen Schiffen hatten gegen diese sechsfache Übermacht keine Chance. Außerdem war eine fatale Panne passiert: Hinter vorgehaltener Hand erzählte man sich, dass die Schiffe der zunächst siegreichen deutschen Kriegsmarine nicht aufgetankt werden konnten, weil die Kolben nicht passten. Ob das wirklich stimmte oder nur ein von der feindlichen Propaganda gestreutes übles Gerücht war, wusste Joachim nicht. Er jedenfalls war wie alle anderen in der Heimat erschüttert gewesen, als das Deutsche Reich in Narvik seine erste Niederlage zugefügt bekam.
Doch plötzlich hatte sich das Blatt gewendet. Der Frankreichfeldzug wurde eröffnet und die feindlichen Verbände konzentrierten ihre Kräfte an der Westfront. Die alliierte Übermacht in Narvik schmolz dahin wie das Eis auf den Hängen über der Stadt. Und bald kannte jeder den Namen des Helden von Narvik: Unter Führung des großen Generalleutnants Eduard Dietl war es dem ruhmreichen Gebirgskorps Norwegen gelungen, im Juni Stadt und Hafen zurückzuerobern. Sie hatten letztendlich bewiesen, dass das Dritte Reich unbesiegbar war, selbst wenn es eine gewaltige Übermacht gegen sich hatte. Deshalb waren Joachim und seine Kameraden so stolz darauf, das Edelweißabzeichen tragen zu dürfen.

Aber wie sollten sie hier, im Truppenlager nahe dem verschlafenen Städtchen Eidsvoll, unter Beweis stellen, dass sie verdientermaßen zu der Elitetruppe der Gebirgsjäger gehörten. Das einzige Abenteuer bestand darin, am Tag des Ausgangs in das kleine Städtchen zu laufen. Dass in Eidsvoll im Mai 1814 die norwegische Verfassung unterzeichnet worden war, interessierte die jungen Männer dabei herzlich

wenig. Aber in der kleinen Stadt bekamen sie endlich wieder weibliche Wesen zu Gesicht, wenn diese auch wenig Interesse an ihnen zeigten. Dass sie nicht beachtet wurden, war noch der angenehmste Umgang. Oft schlug ihnen, den Besatzern des Landes, auch unverhohlener Hass entgegen. Niemand hätte es gewagt, sie lautstark zu beschimpfen, aber die Menschen drehten sich weg oder warfen ihnen Blicke zu, die für sich sprachen. Allein die Herzen der Kinder eroberten sie mit den Bonbons, die sie verteilten, bis die Mütter einschritten und die Kleinen von ihnen wegzerrten. Obwohl sie unter sich blieben, zog es Joachim und seine Kameraden so oft es ging in den Ort. Hier täuschte das alltägliche Leben für kurze Momente darüber hinweg, dass irgendwo da draußen ein Krieg stattfand. Mädchen und Jungen liefen an den Händen ihrer Mütter durch die Straßen, Nachbarinnen standen beisammen und tauschten Klatsch und Tratsch aus, Fischer boten ihren morgendlichen Fang feil und die Auslagen der Läden waren zwar bescheiden, erinnerten aber an das Leben daheim. Das Konfektionsgeschäft bot farbig gemusterte Blusen an, beim Metzger hingen an den Haken die Würste in Reih und Glied vor weiß gekachelten Wänden und beim Bäcker roch es nach frischem Hefegebäck. So klein das Städtchen auch sein mochte, Joachim kam das Leben in Eidsvoll nach einer langen Woche voll grauer Wehrmachtsuniformen und dem ewig gleichen Antreten auf dem festgetretenen Schnee des Appellplatzes bunt und beinahe aufregend vor. Deshalb brannte er genau wie seine Kameraden nach sechs Tagen in der Funkerkabine, auf dem Appellplatz oder in der engen Stube jedes Mal darauf, ein paar Stunden in dem kleinen Ort so zu verbringen, als seien sie einfach nur junge Männer auf der Suche nach ein wenig Spaß und Unbekümmertheit.
Die Ausgehuniform war schneidig, die Wangen waren glatt rasiert und das Schiffchen saß ein wenig keck auf dem mit Brillantine gescheitelten Haar. So zogen sie samstags nachmittags in kleinen Grüppchen vom Truppenlager aus los, überquerten die Stahlbrücke über den Minnefjord und ließen das Bahnhofsgebäude hinter sich.
Das imposante Bauwerk ließ keinen Zweifel an der Bedeutung Eidsvolls als wichtiger Bahnknotenpunkt. Hier endete die 1854 erbaute erste Eisenbahnlinie, die Güter und Menschen aus Oslo brachte, das damals noch Kristiana hieß. Von Eidsvoll aus ging es damals auf Booten weiter über den Mjösasee Richtung Westen oder Norden. Das dreistöckige Bahnhofsgebäude mit seinen hohen Fenstern, dem weißen Anstrich und dem mit Ziegeln gedeckten Giebeldach schien aus einer anderen Zeit. Neben ihm wirkten die traditionellen Holzhäuser mit ihren verwitterten Dachschindeln noch älter und schäbiger.

Aber all das nahmen sie nicht wahr. Ihnen genügte es, lässig, die Hände in den Taschen und eine Zigarette im Mundwinkel, durch die Gassen zu schlendern und stundenlang von dem kleinen Café am Marktplatz aus das Treiben im Ort zu beobachten. Nur an Zuhause durften sie nicht denken, dann wurde aus der Freude an dem ersehnten Ausflug allzu schnell die Sehnsucht nach Daheim. Niemand hätte zugegeben, dass er so etwas wie Heimweh empfand. Sie standen ihren Mann und waren jetzt tapfere deutsche Soldaten. Aber wenn Briefe aus der Heimat eintrafen, wenn Fotografien aus den Umschlägen fielen, getrocknete Blüten oder ein Zettel mit einem Gedicht, musste sich jeder von ihnen abwenden, um mit seiner Wehmut allein zu sein.

Der Schnee begann zu schmelzen, als es endlich weiter Richtung Norden ging. Nach beinahe fünf Monaten in Eidsvoll ging plötzlich alles ganz schnell. Marschbefehle wurden ausgegeben und die Verladung von Männern und Material begann. Gerüchte über ein Unternehmen Hecht machten die Runde, aber niemand wusste Genaues. Dauernd war von irgendwelchen Unternehmen die Rede, die oft Tiernamen, manchmal auch die Namen verdienter Kriegshelden trugen. So schnell sie kursierten, waren sie wieder vergessen.

Joachim packte sein Bündel mit Dingen, von denen er vieles bislang nicht gebraucht hatte: den Schneeanzug, die Schneebrille, den Kompass und den Feldstecher, all die Gegenstände, die zur Sonderausrüstung des Gebirgsjägerkorps Norwegen gehörten.

In den ersten Tagen des April passierte ihr Transportzug Trondheim. Hier lag die 3. U-Boot-Flottille mit über fünfzig Booten. Man munkelte von Plänen, außerhalb der Stadt solle das riesige Neu-Drontheim entstehen. Hier sollte Wohnraum für 300.000 deutsche Soldaten und ihre Familien geschaffen werden, die Stadt würde über einen gigantischen Hafen, über Werftanlagen und den modernsten Flugplatz der Welt verfügen. Der Führer baute auch bei diesem gigantischen Vorhaben auf seinen Lieblingsarchitekten Albert Speer. Er selbst hatte gesagt, mit der Erschaffung Neu-Drontheims würde es gewiss gelingen, »Singapur wie ein Kinderspiel« aussehen zu lassen. Das Herzstück des eroberten Skandinavien würde sich einreihen in einen Wall, der von Spanien bis zum Nordkap reichen und der aus dem Großdeutschen Reich eine uneinnehmbare Festung machen würde.

Dazu sollte es allerdings nie kommen und auch von der stolzen U-Boot Flotte zeugten später nur die Überreste der beiden U-Boot-Bunker Dora 1 und Dora 2. Zwei massige Betonklötze, die nicht gesprengt werden konnten, da die Menge des nötigen

Sprengstoffes ganz Trondheim zerstört hätte. Als sie an Trondheim vorbeifuhren, konnten Joachim und seine Kameraden auf den umliegenden Hügeln Verteidigungsanlagen gegen die gefürchteten Fliegerangriffe ausmachen. Sie blieben auch hier die einzigen sichtbaren Hinweise darauf, dass der Krieg Einzug gehalten hatte. Am nächsten Tag erreichten sie einen Fjord. Joachim war fasziniert von der Schönheit der Landschaft, über die er bisher nur in seinem abgegriffenen »Baedecker« gelesen hatte. Steil fielen die Hänge ab und stießen auf dunkelblaues Wasser, dessen Oberfläche in der Aprilsonne glitzerte und darüber vergessen ließ, wie eisig kalt es nach dem langen norwegischen Winter noch sein musste.

Als der Zug die südliche Spitze des Elfjords erreicht hatte, wechselten sie auf Transportboote. Joachim konnte sich nicht satt sehen an der bizarren Landschaft: An den Ufern des von Kiefernwäldern gesäumten Fjords stiegen steil die schroffen Berge Nordlands auf, die noch von einer festen Schicht aus Schnee und Eis bedeckt waren. Irgendwo dahinter im eisigen Nordmeer lag der Archipel Vega mit seinen sechseinhalbtausend einsamen Inseln. Schließlich erreichten sie den Hafen von Hemnesbergen. An die wenigen Holzhäuser des kleinen Ortes erinnerten nur noch Ruinen. Nach der Überquerung des Fjords wurden sie hier auf die bereits wartenden Lastwagen verladen. Joachim fühlte sich, als säße er in einer Salzbüchse und würde von unsichtbarer Hand durchgeschüttelt. Hinzu kam die Kälte, der sie auf dem Boot und im Lastwagen stundenlang ausgesetzt waren. Joachim dachte, dass im Garten seiner Mutter Anfang April ein bunter Teppich aus Narzissen, Tulpen und Osterglocken ausgebreitet war, dass die Sonne an klaren Tagen bereits über wärmende Kraft verfügte und dass er morgens vom Gesang der Vögel geweckt wurde, die bereits zurück waren aus dem Süden. Sie aber näherten sich dem Polarkreis, und es würde noch lange dauern, bis es für kurze Zeit Sommer sein würde.

Am 8. April überquerten sie nahe Mo i Rana und Fauske schließlich zum ersten Mal diese unsichtbare Linie, hinter der das Land der Mitternachtssonne, der Polarnacht, begann. Der 66. nördliche Breitengrad war durch eine Betonstele markiert, auf der mit eisernen Buchstaben die Aufschrift »Polarcirkel 1937« zu lesen war. Unter der Zahl 1937 hatten Kameraden vor ihnen zur Erinnerung an die Eroberung Norwegens im Jahr zuvor ein Hakenkreuz angebracht, eingebettet in die Zahl 1940. Die Stele diente als Sockel für mehrere ineinander verschlungene Metallringe, die das System der Längen- und Breitengrade der Erde symbolisierten.

Nacheinander nahm Joachim seine Kameraden mit der Leica auf, die ihm seine Mutter zur Reifeprüfung geschenkt hatte. Erst als Gruppe, dann noch jeden einzeln. Sie versanken bis zu den Oberschenkeln in einer Schneewehe, die der Wind an das Denkmal getrieben hatte. Zum Schluss machte Ludwig noch ein Foto von ihm. Wie zuvor die anderen lehnte Joachim so lässig an dem steinernen Monument, wie es bei der Kälte eben ging. Er war am Polarkreis, wo die Sonne im Winter eine Zeit lang gar nicht mehr aufging und im Sommer nicht mehr am Horizont versank. Hier begann der arktische Norden.

Mitte April schließlich fuhren sie mit dem Schiff durch den Narvikfjord in den Hafen ein, dessen Eroberung sie im Frühsommer des Vorjahres so gebannt verfolgt hatten. Die Kompanien lagen weit verstreut in verschiedenen Stützpunkten um Narvik herum. Langsam begann der Schnee zu schmelzen. Die Farben des nordischen Frühlings kamen so schnell, wie sie wieder verblassen würden. Kaum lag die Erde ohne die weiße Decke da, die sie beinahe acht Monate lang vor der Sonne verhüllt hatte, verwandelten sich die Hügel in das kräftige Grün der Gräser und Moose. Nach dem langen Winter blendeten die hellen Farben, die die kargen Berghänge scheinbar über Nacht übergestreift hatten. Die Wiesen, deren Wiedergeburt Joachim gar nicht für möglich gehalten hatte, waren gesprenkelt mit gelben Butterblumen und das zarte Grün der Birken hob sich ab vom satten Blau des wolkenlosen Frühlingshimmels. Die rot gestrichenen Holzhäuser mit den weißen Fensterrahmen malten vereinzelt Farbtupfer auf Berghänge und in Kiefernwälder.

Joachim genoss es, die Ärmel hochzukrempeln und Sonne an seine Haut zu lassen, die ihm so blass und käsig vorkam wie nie zuvor in seinem Leben. Ihm war, als hätte er nach langer Krankheit wieder das Reich der Lebenden betreten, wo nicht nur Schwarzweiß und Stille herrschten, sondern Blumen blühten und Vögel balzten. Er steckte sich eine Zigarette an, schloss die Augen, das Gesicht der Sonne zugewandt, die tatsächlich auch hier im hohen Norden noch über wärmende Kraft verfügte.

Dass sie in der Gegend um Narvik länger bleiben würden, glaubten sie nicht. Denn was gab es hier schon zu tun für die Gebirgsjäger. Stadt und Hafen waren fest in deutscher Hand, Heer und Luftwaffe kontrollierten das gesamte Land. Gebirgsjäger waren auserkoren, in schwierigem Gelände Land zu machen. Hier saßen sie nur herum und warteten darauf, gebraucht zu werden. Anders die Marineeinheiten, die in Narvik stationiert waren. Die U-Boote und Kriegsschiffe patrouillierten ununterbrochen im Fjord und vor der Küste auf der Suche nach feindlichen Schiffen. Irgendwo da draußen war auch die Tirpitz unterwegs. Die nach dem Großadmiral benannte Tirpitz war erst zwei Jahre zuvor in Anwesenheit des Führers vom Stapel gelassen worden. Sie war das stolzeste und größte Schlachtschiff nicht nur des Reiches, sondern ganz Europas und würde dafür sorgen, dass die Häfen und Küsten des Nordens in deutscher Hand blieben.

Joachim und seine Einheit taten, was sie nun schon seit Monaten taten. Sie reinigten in stumpfsinniger Routine ihre Waffen, machten immer die gleichen Schießübungen und unternahmen beschwerliche Märsche durch das unwegsame Gelände über die steilen Berghänge, die Narvik wie eine Festungsmauer umschlossen. Er beherrschte das Morsealphabet inzwischen so sicher, dass ihn auch die Stunden in der Funkkabine zu langweilen begannen.

Wenn Joachim und seine Kameraden Ausgang hatten, waren sie in den wenigen Cafés oder Bierstuben der durch den Kampf des Vorjahres stark zerstörten Hafenstadt dazu verurteilt, den Erzählungen der Kameraden von der heldenhaften Kriegsmarine zu lauschen. Sie selbst hatten nichts dazu beizutragen und brannten darauf, endlich ihren Mut und ihre Tapferkeit unter Beweis stellen zu können.

Am Ende mussten sie nicht lange warten. In den frühen Morgenstunden des 22. Juni 1941 überrannten drei Millionen deutsche Soldaten auf einer Linie vom Nordmeer bis zu den Karpaten die Grenzen zu Russland. An ihrer Seite kämpften 600.000 Verbündete aus Ungarn, Rumänien, Finnland, der Slowakei und Italien.

Joachim und seinen Kameraden war klar, dass es auch für sie gen Osten gehen würde. Vorauskommandos wurden bereits seit Wochen verlegt, nun folgte der Rest der Truppe. Im Hafen von Tromsö bestieg Joachim das Schiff, das die Einheiten über eine unruhige See weiter bis nach Kirkenes bringen sollte. Es schien, als wolle das Nordmeer mit aller Kraft aufbegehren gegen den Marsch der deutschen Armee nach Nordosten. Trotz der Übelkeit, die sie ausnahmslos quälte, ging Joachim an Deck, als sie Hammerfest passierten. Die nördlichste Stadt des europäischen Festlandes lag ruhig und friedlich in der Ferne da. Ihre bunten Häuser sahen aus wie eine Ansammlung roter und gelber Bauklötze, die ein Kind nach seinen ganz eigenen Plänen aneinander gereiht hatte.

Als sie schließlich das Nordkap umfuhren, waren auch alle anderen an Deck gestiegen. Niemand wollte den Moment verpassen, als ihr Schiff das hoch aus dem Eismeer ragende Schieferplateau umfuhr. Joachim versuchte, die Eindrücke mit seiner Leica festzuhalten. Aber das Schiff neigte sich in der stürmischen See pausenlos von der einen zur anderen Seite. Er hatte Angst, die Sicherungsleinen auch nur für einen kurzen Moment loszulassen und den Halt zu verlieren. Wer hier über Bord ging und in die eisigen Fluten stürzte, hatte keine Hoffnung auf Rettung. Die Schwimmwesten, die sie seit dem Beginn der dreitägigen Reise nicht hatten ablegen dürfen, hätten ihr Leben in der kalten See kaum verlängert. Sie verstärkten nur das Unwohlsein und die Angst, auf dem Grunde des Eismeers zu enden. Der Wind blies Joachim die Gischt ins Gesicht, aber er zog diese Art von Nässe der vor, die unter Deck herrschte. Bei jeder Neigung des Schiffes schwappte eine bräunlich graue Brühe aus Erbrochenem und durch die Luken eingedrungenen Wassers von der einen zur anderen Seite des Laderaums. Da es keine Pritschen, sondern nur den blanken Stahlboden gab, lagen erschöpfte Kameraden in dem, was sie in den Tagen quälender

Seekrankheit von sich gegeben hatten. Vor allem die österreichischen Kameraden, von denen nur wenige zuvor auf einem Schiff ohne festen Boden unter den Füßen gewesen waren, litten erbärmlich. »Wenn das hier vorbei ist, gehe ich lieber zu Fuß heim, als noch einmal ein Schiff zu betreten«, stöhnte einer von ihnen, bevor ihn eine neue Welle von Übelkeit übermannte. Der Gestank war unerträglich, zumal der peitschende Sturm es unmöglich machte, die Ausstiege für längere Zeit geöffnet zu halten, um frische Luft hineinzulassen.

Es wurde erst besser, als die See sich am dritten Tag des Transports nach Nordnorwegen beruhigt hatte. In Küstennähe passierten sie die Varanger Halbinsel. Als sie in den Fjord gleichen Namens einfuhren, ließen sie die Barentssee hinter sich und erreichten nach wenigen Stunden den Hafen von Kirkenes. Von hier aus wurde die Ausbeute der nahen Erzgruben verschifft. Nickel, Kupfer und Molybdän aus Petsamo hielten die Kriegsmaschinerie ebenso in Gang wie das Eisenerz aus Narvik. Dieser trostlose Fleck im Nordosten der Finnmark wurde so zum Kriegsschauplatz, dem das Oberkommando der Wehrmacht hohe Priorität einräumte.

Endlich war klar, was der Marschbefehl an die Eismeerfront bedeutete. Weiter im Osten lag das russische Murmansk. Wie Narvik blieb auch der Hafen von Murmansk durch die Ausläufer des Golfstroms das ganze Jahr über frei von Eis. Hier endete zudem die Murmanbahn, die die russischen Truppen mit Waren und Waffen versorgte. Die Alliierten verschifften über die Barentssee Panzer und Gewehre, ja sogar Kampfflugzeuge dorthin. Jedes alliierte Schiff, das den Hafen Murmansk erreichte, jede Ladung, die von dort aus über die Murmanbahn weiter gelangte und die russischen Truppen entlang der Front mit Nachschub versorgte, brachte den deutschen Vormarsch nach Osten in Gefahr. Ein Vormarsch, so die Propaganda, der notwendig war, um Raum für das deutsche Volk zu schaffen. Nur im Osten mit seinem Reichtum an Bodenschätzen, an Arbeitskraft und an Land würde das deutsche Volk über sich hinauswachsen und die Welt beherrschen können. Das hatte Joachim schon als Schüler gehört. Wenn er dann die Landkarte betrachtete und die Weite Russlands zu begreifen versuchte, war ihm manchmal ganz bang geworden. Die Vorstellung, dass dieses unfassbar große Land einst der Lebensraum sein würde, den deutsche Männer und Frauen besiedeln sollten, war für den kleinen Jungen zu groß. Jetzt war er achtzehn Jahre alt und ein stolzer Gebirgsjäger, aber immer noch war das Gefühl in ihm, dass all dies zu gewaltig war.

Als sie von Bord gingen, beruhigten sich ihre Mägen allmählich. Sie schauten sich um und waren überrascht, welch reges Treiben in dem kleinen Hafen herrschte. Der Russlandfeldzug hatte aus dem verschlafenen Städtchen einen bedeutenden

Knotenpunkt für die gesamte Eismeerfront gemacht. Nach und nach wurden gut 30.000 Kameraden und große Flottenteile nach Kirkenes verlegt. Davon wurde ein Großteil weiter nach Finnland beordert.

Auch Joachims Einheit blieb nicht im norwegischen Kirkenes, sondern bezog ihren Hauptstützpunkt in Petsamo. Die Wehrmacht hatte den Ort in finnisch Lappland von den Russen zurückerobert. Der kleine Flecken lag nur etwa 150 Kilometer vom russischen Murmansk entfernt. Deshalb also waren sie hier.

Nach dem Zählappell folgten sie ihrem Spieß in das Schulgebäude des Ortes. Es war für die Wehrmacht geräumt worden und diente nun als Durchgangsunterkunft für die neu eintreffenden Truppen. Nachdem er sein Marschgepäck so gut es ging untergebracht und sich eine Schlafstätte in einem der Klassenzimmer gesucht hatte, reihte sich Joachim auf dem Schulhof in die lange Schlange seiner Kameraden ein, die sich an der Essenausgabe gebildet hatte. Der Eintopf wurde von jungen Finninnen ausgegeben, Angehörige der Organisation Lotta Svärd. Ein Gedicht erzählte die Geschichte einer jungen Frau namens Lotta Svärd, die ihrem Mann in den Krieg folgt. Hinter der Front kocht sie für die Soldaten und kümmert sich um die Verwundeten. Viele junge Finninnen hatten in den vergangenen Jahren die graue Uniform der Lottas übergestreift. Sie wollten im Krieg gegen die Sowjetunion einen Beitrag leisten und verrichteten in Feldküchen, Lazaretten und in Schreibstuben ihren Dienst. Nun war die Arbeit für den Waffenbruder Deutschland für die jungen Frauen eine willkommene Gelegenheit, der Enge des elterlichen Haushalts zu entfliehen und ein Stück Unabhängigkeit zu erlangen. Für die Soldaten waren sie weit mehr als eine Hilfe beim Reinigen der Uniformen, beim Putzen der Unterkünfte oder bei der Versorgung der Verletzten. Jung und unbefangen, neugierig und fröhlich verdrehten die Lottas den Landsern die Köpfe. Den jungen Männern tat es gut, nicht wie in Norwegen als verhasste Besatzer behandelt zu werden. Sie waren Verbündete, einig im Kampf gegen die mächtige Sowjetunion, die seit dem Winterkrieg, der von Ende November 1939 bis Mitte März 1940 währte, finnisches Gebiet besetzt hielt und eine stete Bedrohung darstellte. Die Lottas erinnerten Joachim an die Mädchen zuhause, ihr Lachen war offen und ehrlich.

Am Abend saßen Joachim und die anderen auf den Bänken hinter dem Schulgebäude, wo bis vor kurzem die finnischen Schulkinder ihr Pausenbrot verzehrt hatten. Dank der Polarzulage herrschte kein Mangel an Zigaretten, Bier und Schnaps. Das sollte sich bis zum Schluss nicht ändern, selbst wenn es nur noch Kartoffeln und Kohl gab und die Suppe immer dünner wurde, hatten sie immer ausreichend zu rauchen und zu trinken. Ein österreichischer Kamerad holte seine Gitarre hervor, ein anderer kramte eine Mundharmonika aus dem Rucksack und sie sangen gemeinsam Schlager aus der Heimat. Die Sonne ging zu dieser Zeit hier oben nicht mehr unter und erst ein Blick auf die Uhr sagte ihnen, dass es schon weit nach Mitternacht war, als sie in das Schulgebäude gingen, um zu schlafen. Joachim lag unter einer hölzernen Schulbank und lauschte auf die Geräusche um ihn herum. Auch in dem Raum wurde es nur etwas dämmerig, nicht richtig dunkel. Als Joachim sich auf den Rücken drehte, konnte er an der Unterseite der Schulbank eine Metallplakette erkennen. Er musste sich etwas aufrichten, um im schlechten Licht die Gravur zu entziffern.

»He, Fritz, sieh dir mal an, woher die Schulbank kommt«, flüsterte er seinem Freund zu, der sich neben ihm ein Lager aus Decken und Kleidung bereitet hatte. Auf Deutsch stand dort »Rettig-Schulbank. Für Schüler von 160 bis 170 cm Körpergröße«. Die Kombination aus fester Bank und Tischplatte wurde in Deutschland hergestellt und fand sich in unzähligen Klassenzimmern des Reiches. Dass auch Kinder im äußersten Norden des Kontinents die Rettig-Schulbank drücken mussten, amüsierte Joachim. Auch Fritz musste über die Ironie der Situation lachen. Auf genauso einer Bank hatten sie vor gut einem Jahr noch selbst gesessen und für ihr Abitur gebüffelt. Zum Ende der Schulzeit war es ihnen vorgekommen, als würden die Schulbänke von Jahr zu Jahr schrumpfen. Mit jedem Zentimeter, den sie wuchsen, war es unbequemer geworden und am Ende hatten ihre Knie die Unterseite der Holzplatte berührt. Joachim legte sich wieder hin und dachte angestrengt darüber nach, welche Zeichen und Figuren in seine Bank eingeritzt gewesen waren. Es wunderte ihn, dass ihm das nicht mehr einfallen wollte, obgleich er jahrelang auf demselben Platz gesessen und Tag für Tag auf das Gekritzel gestarrt hatte. Er nahm sich vor, im Morgenlicht die Platte der Schulbank zu untersuchen, die ihm nun als Baldachin seiner unbequemen Schlafstätte diente. Als er schließlich in einen unruhigen Schlaf fiel, hatte er den Gedanken bereits vergessen.

Nach einer Woche auf Decken und den bloßen Holzdielen des Schulgebäudes bezogen sie endlich die eigens errichteten Baracken etwas außerhalb von Petsamo. Das Fundament bestand aus Stein, die Wände der Baracke aus Holzplanken. Jede Baracke verfügte über mehrere Schlafstuben mir je sechs Doppelstockbetten und einen Waschraum. Ein größeres Gebäude diente der Versorgung der Soldaten. In der Küche sorgten Lottas für das leibliche Wohl und es gab einen Aufenthaltsraum, in dem sie die freie Zeit verbringen, Karten spielen, rauchen und trinken konnten.

Die einzelnen Baracken bildeten ein Rechteck, in dessen Mitte der Appellplatz lag. Das Lager war zugleich Durchgangsstation für Fronteinsätze und Rückzugslager zwischen den Einsätzen. Vorne, am scharf bewachten Einfahrtstor, wehten die Reichsflagge und die Hakenkreuzfahne im blauen Julihimmel.
Joachim teilte sich eine Stube mit elf anderen Kameraden, darunter Fritz. Endlich konnten sie ihre Rucksäcke auspacken und die paar persönlichen Dinge, Fotos, Bücher oder Briefe im eigenen Spind unterbringen. Die Stockbetten bestanden aus Stahlrohr mit schmalen Pritschen, darauf lagen dünne Matratzen und grobe Wolldecken. Meist rollten sie ein Kleidungsstück zusammen, das dann als Kopfkissen diente. Erst allmählich gewöhnte sich Joachim an die nächtlichen Geräusche, an dass Schnarchen oder Stöhnen der Kameraden, an tiefe Seufzer und unverständliches Gemurmel. Irgendwann würde er sogar mit halb erfrorenen Fingern im Stehen in einen leichten Schlaf fallen können. Doch noch war er nicht erschöpft genug und litt unter der Enge und der verbrauchten Luft in der Baracke.
Joachim warf seinen Rucksack auf eines der oberen Betten und sah sich um. Er war froh darüber, dass er seit den zwei Monaten beim Reichsarbeitsdienst mit seinem Schulkameraden Fritz zusammengeblieben war. Auf der langen Reise hatten sie mehr miteinander geredet als während der gesamten gemeinsamen Schulzeit. Sie hatten einander von ihren Wünschen und Träumen erzählt und irgendwann auch von düsteren Gedanken, Ängsten und Heimweh. Auch Fritz hatte eine Mutter zurückgelassen, die ihn nur unter stillen Vorwürfen hatte ziehen lassen. Sein Vater war jung gestorben, sein älterer Bruder in den ersten Kriegstagen in Polen gefallen und nun war mit Fritz der letzte Mann der Familie fortgegangen. Daheim blieben seine zwei jüngeren Schwestern, die mit der Mutter eine kleine Gastwirtschaft betrieben.
Joachim und Fritz hatten sich schon als Schüler gut verstanden, aber erst die letzten Monate hatten aus ihnen Freunde gemacht. Fritz war immer einer der Stilleren in der Klasse gewesen, er taute erst auf, wenn sie im Winter nach der Schule mit ihm in die elterliche Gastwirtschaft gingen, um dort Billard zu spielen, bis die Mutter sie irgendwann mit dem Hinweis auf die zahlenden Gäste verscheuchte. Im Sommer blieb keine Zeit für Billard, Joachim und seine Klassenkameraden verbrachten die Nachmittage am nahen Stausee oder auf dem Bolzplatz. Fritz war selten dabei, wenn die anderen mit den Rädern zum Baden fuhren oder Fußball spielten. Stattdessen saß er an der Orgel der evangelischen Kirche oder vertiefte sich in seine Bücher. Nur wenn der Bolzplatz sich im Herbst in eine riesige Pfütze verwandelte und sie sich wieder um den Billardtisch im geheizten und trockenen Gastraum versammelten, schien Fritz die Gesellschaft der anderen dem Alleinsein vorzuziehen.

Wenn schon Joachim darunter litt, Tag und Nacht mit vielen anderen die Stube teilen zu müssen und sich nicht zurückziehen zu können, wie schwer musste das erst Fritz fallen.
Aber Fritz hatte stets einen Raum, in den er sich flüchten konnte. Für ihn war es die Zwiesprache, die er mit Gott hielt. Joachim beneidete ihn um diesen Rückzugsort, der nur ihm gehörte und in den kein brüllender Spieß und kein schnarchender Kamerad eindringen konnten. Ihm selbst gelang es trotz des Eifers der Mutter, ihn zu einem gläubigen Menschen zu erziehen, nicht, daran teilzuhaben. Im Gegenteil, mit jedem Toten, den sie steifgefroren aus dem Schnee zerrten, mit jedem Schuss aus dem eigenen Gewehr, der vielleicht einen Menschen niederstreckte, sollte sein Glaube an einen guten Gott schwinden.

Anfang Juli 1941 zog Joachim den ersten toten Kameraden aus der Liza an Land. Er war ganz leicht, solange er im Wasser trieb, trotz des Sturmgewehrs, der schweren Bergstiefel und der mit Wasser voll gesogenen Uniform. Erst als Joachim ihn geduckt über den Kiesstrand schleppte, nahm er wieder das Gewicht eines Mannes an. Joachim legte ihn zwischen den Kiefern ab, die ihnen als Deckung dienten. Der Tote mochte so alt sein wie er selbst und hatte keinen Hinterkopf mehr. Da, wo einmal die Hand seiner Mutter über den runden Hinterkopf mit dem vollen blonden Haar gestrichen hatte, waren nur noch blutige Knochensplitter und die graue, glänzende Masse eines Hirns, aus dem alle Träume und Erinnerungen entwichen waren. Wahrscheinlich war er überrascht worden vom schnellen Tod, denn die Augen des Mannes starrten fragend ins Nichts. Joachim drückte ihm die Lider zu. Er brach die Erkennungsmarke in der Mitte entzwei und steckte den unteren Teil in seine Hosentasche. Die Metallplakette brannte durch den Stoff seiner Uniform auf seinem Oberschenkel. Joachim griff sich an den Hals. Er musste sich vergewissern, dass seine eigene Marke noch ganz heil war. Ein paar Tage zuvor hatten sie im Morgengrauen den Marschbefehl für die Operation »Silberfuchs« erhalten. Sie überquerten den Titovka-Fluss und marschierten weiter nach Osten. Der Weg bis zu den Ufern der Liza war beschwerlicher als alles, was sie zuvor hatten bewältigen müssen. Zum Teil sanken sie bis über die Knöchel ein im sumpfigen Morast. Ihre Köpfe waren umschwirrt von einem Millionenheer hungriger Mücken, deren gierige Stachel sogar durch den Stoff der Uniform drangen. Joachim verstand nun den Sinn des engmaschigen grünen Moskitonetzes, das ihnen vor dem Abmarsch ausgeteilt worden war. Sie hatten Witze darüber gemacht. Es gehe nun wohl in die Tropen, Rommel, der alte Wüstenfuchs, warte bereits auf sie. Alles dummes Gerede, mit denen sie Ungewissheit und Ängste wegwischten. Nun waren sie froh, dass wenigstens ihre Gesichter einigermaßen vor den Stichen geschützt waren. Auf Sumpfgebiete und Kiefernwäldchen folgte die weglose Ödnis der Tundra. Kein Baum bot Schutz vor einer Sonne, der sie in diesen polaren Gefilden nicht eine solch umbarmherzige Kraft zugetraut hatten. Das Kartenmaterial war völlig unzureichend, ständig blieben sie stecken, mussten Behelfsstege durch Sümpfe legen und undurchdringbare Moore weiträumig umwandern. Die Natur bot ihnen keinerlei Deckung, dabei mussten sie ständig mit dem Beschuss durch die zurückdrängenden Russen rechnen.
Als sie schließlich die Ufer der Liza erreichten, fühlten sie sich völlig ausgelaugt. Es war früher Abend, aber immer noch flirrte die mückenverseuchte Hitze. Joachim versuchte, sich eine Fata Morgana vorzustellen. Aber was wünschte man sich hier,

wo es Wasser mehr als genug gab? Anders als in der Wüste, wo dem Verdurstenden ein See erschien, der weit über den Horizont reichte, wollte Joachim Korngarben und Pappeln sehen, die in einer erfrischenden Brise hin- und herwogten. Gerade gewachsene Bäume, die Alleen säumten, die als gerade Linien über Hügel und durch Felder gen Horizont strebten. Nichts von alledem war hier. Nur ein Fluss im Norden, über dem die Mücken tanzten und auf dessen anderer Seite der Russe wartete, um sie abzuknallen wie die Kaninchen. Dabei lockte das kalte Wasser in zweihundert Meter Entfernung. Verführerisch glitzerte es im Licht eines späten Sommerabends, der sich hier oben im polaren Norden durch nichts vom Tag unterschied. Zu gern hätte sich Joachim die völlig verschwitzte und verdreckte Uniform vom Leib gerissen und wäre nackt in das kühle Nass des Flusses gesprungen. Das erschien ihm noch verlockender als ein Bad und die dringend nötige Rasur. Anfangs war ihm der beißende Schweißgeruch sehr unangenehm gewesen, denn er hatte immer peinlich genau auf sein Äußeres geachtet. Dazu der Morast, der vom Hosensaum aus langsam bis zu den Schenkeln hoch gewandert war, die Blutflecken dort, wo er sich nicht hatte beherrschen können und die Mückenstiche blutig gekratzt hatte. Es quälte ihn, so tief gesunken zu sein, stinkend, dreckig und mit schlechtem Atem, einer Mischung aus zu selten geputzten Zähnen und der ständigen Raucherei. Aber hierin waren sie alle gleich, ob Schütze Arsch oder Feldwebel.
Aus dem Bad wurde nichts, denn kaum hatten sie sich niedergelassen und sich müde an ihre Marschrucksäcke gelehnt, pfiffen ihnen über den Fluss die Kugeln und Granaten um die Ohren. Sie hatten vermutet, der Russe sei durch den Beschuss aus der Luft längst weiter Richtung Osten zurückgedrängt worden und sie könnten die Liza, ohne auf Widerstand zu stoßen, am nächsten Morgen überqueren. Dann könnten sie Land gutmachen und weiter auf Murmansk zu marschieren. Der feindliche Beschuss nahm an Stärke zu. Joachim griff nach seinem Stahlhelm, den er bereits für die Nacht beiseite gelegt hatte. Er drehte sich auf den Bauch und hielt den Kopf so tief wie möglich. Während weitere Luftunterstützung angefordert wurde und sie das Geräusch der Sturzkampf-Flugzeuge, der bei den Feinden gefürchteten Stukas, herbeisehnten, blieben sie in Deckung zwischen den kümmerlichen Kiefern und dürren Birken. Vor ihnen lag ein Kiesstrand, der sich etwa vierzig Meter bis zum Flussrand zog. Gegenüber, am anderen Ufer, sahen sie in der Dämmerung die Gewehre und das Feuer der Granatwerfer aufblitzen. Joachim hielt seinen Karabiner, eine 98k, fest umklammert, seine Hände waren schweißnass und in seinen Gedärmen grummelte es so stark, dass er nicht wusste, wie lange er es noch würde halten können. Es war das erste Mal, dass er dem Feind so nahe war,

dass er in Schussweite des Feindes auf dem Boden kauerte und ihn eine Kugel treffen konnte.
Die Zeit dehnte sich endlos aus, doch schließlich, als das milchige Licht eines nicht enden wollenden Polartages alles schemenhaft beleuchtete, vernahmen sie die sich nähernden Flugzeuge. Was folgte, war kein geordneter Angriff. Joachim fühlte sich verloren und völlig planlos in dem Lärm und dem Chaos, das nun ausbrach. Auf der anderen Seite des Ufers stieg Rauch von den Einschlägen auf, ein Stuka war getroffen worden und stürzte taumelnd in den Waldstreifen gegenüber. Wenn der Pilot den Absturz überlebt haben sollte, dann helfe ihm Gott. Schließlich schien die Lage so weit unter Kontrolle, dass die erste Reihe seines Zuges zum Fluss stürzen sollte. Joachim gehörte zu der Gruppe, die den vorstürmenden Kameraden Deckung zu geben hatte. Das Rattern der Maschinengewehrsalven war so laut, dass Joachim noch Tage später nicht seine ganze Hörkraft zurückerlangt hatte. Nur ein Teil der Kameraden schaffte es über den Kiesstrand bis zum Rand des Wassers, wo sie sich auf den Boden warfen und auf das Signal zum Überqueren des Flusses warteten. Die Kameraden hielten den Kopf so weit es ging unten, jeder noch so kleine Fels wurde zur großen Hoffnung, dahinter Deckung zu finden und nicht getroffen zu werden. Joachim war schon ganz steif nach dem stundenlangen Liegen mit aufgestelltem rechten Arm und dem schussbereiten Gewehr, als es endlich hieß, der Russe sei zurückgedrängt worden. Nun stürmte auch Joachims Zug Richtung Fluss, während die erste Gruppe bereits durch das Wasser watete, schutzlos und unerträglich langsam. Immer noch waren sie im Visier der sich zurückziehenden Russen und es peitschten noch vereinzelt Schüsse über die Wasseroberfläche.
»Holt die Verwundeten, los, Beeilung!«, schrie der Spieß.
Joachim lief geduckt und im Zickzack auf den Kameraden zu, der es nur bis zum diesseitigen Ufer geschafft hatte, bevor er getroffen worden war, die Arme in die Luft gerissen hatte und hart auf dem Kies aufgeschlagen war. Der Blick dieses ersten Toten, der süßliche Geruch von Blut, das aus dem offenen Schädel strömte und die Aura eines vergangenen Lebens brannten sich in Joachims Sinne. Niemals würde er genug abstumpfen, als dass er den Mann, den er über einen Strand im Norden Finnlands geschleppt hatte, würde vergessen können. Das Gewicht des toten Körpers hing wie Blei an seinen Gliedern und ihm war, als bräche es ihm das Kreuz.
Die Vorhut sicherte das gegenüber liegende Flussufer, während Joachims Zug sich weiter um die Bergung der verwundeten und gefallenen Kameraden kümmerte. Erst als erste Sonnenstrahlen das fahle Dämmerlicht durchdrangen, konnte sich Joachim um sich selbst kümmern. Er suchte sich einen Busch und entleerte, was

noch in seinen Gedärmen war. Der penetrante, faulige Gestank überdeckte die Düfte der üppig tragenden Blaubeerbüsche, der frischen Triebe an den Kiefern und des saftigen Mooses, das sich durch jede Felsritze drängte. Der Kot hatte ihm die Unterhose und die Hosenbeine verklebt, als die ersten Schüsse fielen. Er schämte sich so, auch wenn er längst nicht der einzige war, der sich vor Angst in die Hosen geschissen hatte. Joachim zog die Sachen aus und wusch sie notdürftig im Wasser der Liza aus. Scheiße und Blut, dachte er, das ist die Liza. Nicht mehr das verführerisch klare und kühle Nass des Vortages, in das er so gerne eingetaucht wäre. Nur noch Scheiße und Blut.

Sie machten zwei Tage Rast, bevor es weiterging. Die ausgewaschenen Uniformteile hingen an den Zweigen in der Sonne, die Landser dösten im Schatten der Bäume, reinigten ihre Waffen und brachten ihr Marschgepäck in Ordnung. Joachim versuchte seine Kräfte zu sammeln. Ein Brief an seine Mutter misslang. Was hätte er ihr auch schreiben sollen? »Liebe Mutti, 23 von uns sind tot, 34 verwundet, davon haben sieben ein Bein oder einen Arm verloren, einer hat keinen Kiefer mehr und einem anderen mussten wir die Gedärme halten, die aus seinem Bauch quollen. Liebe Mutti, um mich mach dir keine Sorgen, mir geht es gut.«? Dann doch lieber schweigen.

Also tat er nichts außer zu essen, rauchend vor sich hinzustarren und immer wieder in einen unruhigen Schlaf zu fallen, aus dem er noch erschöpfter hochschreckte. Als es weiter ging Richtung Murmansk, war er beinahe froh darüber, in den stumpfsinnigen Trott des Marschierens fallen zu können, der jeden Gedanken und jedes Gespräch erstickte.

Am Ende des Gewaltmarsches konnten sie die Stadt von einem Bergrücken aus in der Ferne durch ihre Feldstecher ausmachen. Alle Entmutigung und Erschöpfung war bei diesem Anblick verflogen. Sie würden Stadt und Hafen im Sturm nehmen, ein zweites Narvik würde auch aus ihnen endlich Helden machen. Ging es nicht letztendlich darum, dem Vaterland einen so wichtigen Dienst zu erweisen und zum Helden zu werden. Dietl selbst hatte vorausgesagt, dass sie nur drei Tage dazu benötigen würden. Hätten sie Murmansk erst erobert und auch vom Süden her abgeschnitten, wäre der Russe von dieser wichtigen Lebensader getrennt. Joachim brannte wie seine Kameraden darauf, daran teilzuhaben. Unter Eduard Dietl, dem »Helden von Narvik«, würden sie Murmansk erobern können, trotz allem Widerstands der Russen. Hatte Dietl nicht schon einmal bewiesen, dass seine Gebirgsjäger am Ende jeder Übermacht trotzen konnten? Joachim blickte nach Osten.

Dorthin führte ihr Weg, nicht zurück zu den Gräbern, die sie auf ihrem Weg hierher hatten ausheben müssen. Nach Murmansk und dann weiter. Dietl wusste, dass er auf seine Männer zählen konnte. Immer wieder ließ sich das Feuer entfachen, wenn man so jung war wie sie.

Es kam anders. Erst Anfang November kehrten sie erschöpft und entmutigt nach Petsamo zurück. Die Eroberung von Murmansk war für dieses Jahr gescheitert, denn der Winter war mit voller Wucht über die Finnmark und Nordkarelien hereingebrochen. Wieder und wieder hatten die Gebirgsjäger versucht, den russischen Widerstand zu brechen und nach Murmansk vorzustoßen. Mal machten sie Land gut, dann wurden sie erneut von den Russen zurückgedrängt. Als schließlich die Nachschubstraße durch einen Erdrutsch völlig verschüttet wurde, mussten sie sich eingestehen, dass aus der schnellen Eroberung der russischen Stadt am Eismeer ein zäher Stellungskampf geworden war. Sie waren erschöpft und entmutigt und schon die Vorboten des polaren Winters machten ihnen zu schaffen. Erst als der arktische Winter längst sein kaltes Leinentuch über den Norden Lapplands ausgebreitet hatte, wurden sie endlich abgelöst und zurück in ihr Lager bei Petsamo verlegt.
Der Marsch in ihr Winterlager kostete Joachim die letzten Kräfte. Ein Schneesturm peitschte über die Tundra. Die Lastwagen mussten immer wieder vor den Schneemassen kapitulieren, so dass sie weite Strecken zu Fuß zurücklegen mussten. Dann trugen Rentiere die schweren Waffen und zogen die Feldküche, deren Räder durch Kufen ersetzt worden waren. Pferde und Maultiere wären bei den Temperaturen verreckt, die Rentiere aber waren genügsame und verlässliche Lasttiere. Den Landsern setzte die Kälte sehr zu. Auch die weißen Tarnanzüge, die sie über den Uniformen trugen, boten kaum zusätzlichen Schutz vor den feinen Eiskristallen, die der Sturm auf sie abfeuerte. Die Sicht war so schlecht, dass sie sich aneinander anleinten, damit niemand verloren ging in dieser Wüste aus Eis und Schnee. Unter die Füße hatten sie sich ihre Schneeschuhe geschnallt. Ohne diese wären sie bis zum Bauchnabel in den Schneewehen versunken, die sich an manchen Stellen binnen weniger Stunden aufgetürmt hatten. Joachim versuchte, seine Gedanken auf jeden einzelnen Schritt weg von der Front zu konzentrieren. Bloß nicht an den warmen Ofen in der Stube oder gar an zuhause denken, nur immer weiter in der endlosen Kette entkräfteter und frierender Gestalten, die sich nach Westen schleppten.
Als sie wieder in Petsamo waren, zeigte das Thermometer 34 Grad unter Null an. Joachim hatte Glück gehabt, aber ein paar seiner Kameraden hatten sich Erfrierungen zugezogen und wurden im Lazarett behandelt. Ein oder zwei abgefrorene Zehen

reichten jedoch nicht, um nach Hause zurückkehren zu dürfen. Und wer in Verdacht geriet, absichtlich eine Gliedmaße für den Heimfahrschein geopfert zu haben, kam vor das Kriegsgericht.
Nach den Monaten im Kampf um Murmansk und nach dem Gewaltmarsch zurück von der Front bekam ihre Einheit nur eine kurze Verschnaufpause zugebilligt. Bereits am vierten Tag hieß es wieder Wache schieben. Was in den hellen Sommernächten bis auf den Kampf gegen die Heerscharen von Mücken einigermaßen gut auszuhalten gewesen war, war nun eine furchtbare Qual. Die nur zwei Stunden, bis man abgelöst wurde, dehnten sich zu einer Ewigkeit. Joachim ging entlang des Stacheldrahtzauns, der das Lager schützte, auf und ab. Man musste unaufhörlich in Bewegung bleiben, wenn man keine Erfrierungen riskieren wollte. Der Schnee fiel in scheinbar unerschöpflichen Mengen vom Himmel und verwischte Joachims Fußabdrücke binnen kurzer Zeit. Sein weißer Atem unterschied sich kaum vom Zigarettenrauch, den er in regelmäßigen Abständen in die Kälte ausstieß. Irgendwann konnten seine Finger das Sturmfeuerzeug nicht mehr betätigen, sie waren steif und schmerzten. Aber das war ein gutes Zeichen, bedenklich wurde es erst, wenn man gar nichts mehr spürte. Dann hatte man sich ernsthafte Erfrierungen zugezogen und musste damit rechnen, einzelne Finger oder Zehen zu verlieren. Sie hatten gehört, dass an der Ostfront die Verluste durch Erfrierungen die durch Kampfhandlungen übertrafen, seit der Winter die Eroberung der Sowjetunion beinahe zum Erliegen gebracht hatte. Seine Mutter hatte Joachim geschrieben, dass zuhause Decken und Wintersachen für die Front gesammelt wurden. Aber was nutzten ein paar Wolldecken oder lange Unterhosen, wenn ein ganzes Heer nur unzureichend ausgerüstet war und Tausende den Kältetod starben. Joachim hatte erfrorene Gliedmaßen gesehen. Die harmloseren, bei denen sich lediglich Blasen auf Händen und Füßen bildeten. Und Erfrierungen, bei denen Zehen und Finger bläulich, dann schwarz wurden. Ein sicheres Zeichen, dass das Gewebe abgestorben und der Körperteil nicht mehr zu retten war. Deshalb konzentrierte sich Joachim auf die Gefühle in seinen Händen und Füßen, blieb in Bewegung und rieb sich immer wieder Nase und Ohren. Solange es weh tat, war alles gut.
Das Knirschen unter seinen Füßen und sein eigener Atem waren die einzigen Geräusche, die Joachim in der Stille der Polarnacht vernahm. Es kam ihm vor, als wäre er der einzige Punkt, der in einer unterbelichteten Fotografie hin- und herwanderte. In manchen Nächten war das anders, dann geriet der ganze nördliche Horizont in Bewegung. Joachim beobachtete fasziniert das schemenhafte Flackern des Nordlichts, das den nächtlichen Himmel mit schillernden, unwirklichen Far-

ben zum Leben erweckte. Joachim hatte in der Schule von diesem Phänomen gehört, von Aurora borealis, dem Nordlicht, hatte aber damals den pathetischen Schilderungen seines Geografielehrers keine Beachtung geschenkt. Nun sah er es selbst, dieses Farbenspiel, das allein die Natur hervorbrachte und nicht von dieser Welt schien. Es ließ ihn für kurze Zeit vergessen, dass die Kälte bis in seine Knochen gekrochen war und ihn ganz ausfüllte. Wie der Geist aus Aladins Lampe drängte ein grüner Schleier vom Horizont gen Himmel und vollführte die grazilen Bewegungen eines verträumten Tänzers. Manchmal duckte sich das Nordlicht auch und bewegte sich nur knapp über dem Horizont, als wage es sich nicht weiter hervor. Die Farbpalette schien unerschöpflich. Mal waberte ein grelles Grün über den nächtlichen Himmel, mal flackerte es weiß, mal war alles in unwirkliches Violett getaucht. Das Nordlicht, in der finnischen Sprache hieß es »revontulet«, war ein Schauspiel, das man selbst gesehen haben musste, an dem jede Beschreibung in Worten scheiterte, dachte Joachim. Und er freute sich jedes Mal, wenn es in der Ferne den nächtlichen Schleiertanz vollführte und die Stunden in der eisigen Kälte schneller vergehen ließ.

Um dem nicht enden wollenden Wachdienst Struktur zu geben, rauchte Joachim wie beinahe alle anderen auch eine Zigarette nach der anderen. An der Front half das Rauchen gegen die Anspannung, hier im Lager war es das Zeitmaß während der langen Stunden, die man draußen zubringen musste. Nach so und soviel Zigaretten hatte man schon ein Viertel hinter sich gebracht, dann die Hälfte und schließlich zündete man sich die vorletzte und die letzte Zigarette an, bevor man endlich wieder in die Wärme der Baracke zurückkehren und sich auf die Pritsche fallen lassen konnte.

Joachim hatte schon als Schüler ab und zu heimlich geraucht, aber seit er hier war, hatte er sich richtig daran gewöhnt. Alle rauchten, selbst Fritz, der sonst so disziplinierte Freund, widerstand dem Laster nicht. Dabei brauchten sie eigentlich keinen Beweis mehr, echte Männer zu sein. Es war mehr Zeitvertreib in den langen Stunden, wenn sie Wache schieben mussten oder tatenlos in den Baracken herumsaßen. Und dank der Polarzulage, die sie bekamen, herrschte zumindest an Zigaretten, Schnaps und Kunsthonig ein wahrer Überfluss. Den Honig allerdings schmierten sie in die zugigen Fensterritzen statt aufs Brot. Sie hatten bald entdeckt, dass er sich wegen der Kälte, die von draußen hereindrang, in eine feste Dichtungsmasse verwandelte, mit der sich die Ritzen gut verschließen ließen. Sorge machte ihnen nur der Gedanke an den Sommer, wenn das klebrige Zeug die Wände hinabtropfen würde. Aber der Sommer war weit, unendlich weit. Wie es aussah, wenn die

Sonne sich am Horizont zeigte und die Dunkelheit vertrieb, hätten sie bis dahin sicher alle vergessen.
Es gab Lichtblicke im langen Winter. Wenn sie Ausgang hatten, konnten sie auf der Pritsche des Lastwagens nach Petsamo fahren. Der kleine Ort war in den vergangenen Monaten zum Umschlagplatz für Proviant, Benzin und Munition geworden und schien vor Leben zu pulsieren, wenn man nach Wochen an vorderster Front endlich wieder unter andere Menschen kam. Mit dem Krieg waren nicht nur die deutschen Soldaten gekommen. In ihrem Gefolge hatten sich Händler und leichte Mädchen im Ort niedergelassen und ihn seiner Unschuld beraubt. Trotzdem begegnete die Bevölkerung den Landsern meist freundlich. Falls es Feindseligkeiten gab, wurden diese hinter verschlossenen Türen ausgetauscht. Ansonsten besann man sich darauf, dass Finnland Waffenbruder des Reiches war. Wenn es den Deutschen gelänge, Russland zu erobern, würde man die finnischen Gebiete zurückgewinnen, die im Winterkrieg an die Russen verloren gegangen waren. Auch die alteingesessenen Bewohner von Petsamo machten Geschäfte mit den Soldaten, die nur hier Möglichkeit hatten, ihren Sold in etwas Handfestes umzuwandeln. Auch viele Samen – oft wurden sie Lappen geannt, ein Begriff, den die Samen jedoch als erniedrigend und beleidigend empfanden – kamen in die Stadt, um Handel mit den Soldaten zu treiben. Die Ureinwohner finnisch Lapplands, in ihren bunt verzierten blauen Trachten und Fellstiefeln, hatten etwas, was bei Joachim und seinen Kameraden besonders begehrt war.
In jahrhundertealter Tradition fertigten sie aus Rentierfellen Mäntel und hohe Stiefel. Sie hatten gelernt, in dem widrigen Klima zu leben und sich entsprechend zu schützen. Auch Joachim war schon im Besitz eines wadenlangen Pelzmantels. Er half im Freien gegen den schneidenden Nordwind und diente nachts in der Baracke als zusätzlich wärmende Decke. Der Mantel und die Fellstiefel, die er einem alten Samen abkaufte, hatten ihn allerdings nicht nur einen Teil seines angesparten Solds der ersten Monate, sondern auch die Taschenuhr seines Großvaters und zwei Flaschen Schnaps gekostet. Aber nach der ersten Nachtwache unter dem sternenklaren Novemberhimmel hatte er seine Gewissensbisse wegen der Uhr vergessen. Es war ihm egal, wie spät es war in dieser ewigen Dunkelheit, das Zeitgefühl war ihm sowieso abhanden bekommen und nur die Abfolge und die Art der Mahlzeiten waren Anhaltspunkt, ob es Morgen, Mittag oder Abend war. Was bedeutete schon eine alte Uhr, wenn er doch jetzt die Kälte besser ertragen konnte.
Schnaps und Zigaretten konnten sie in Petsamo gegen Lebensmittel tauschen. Gegen eine harte Wurst aus Rentierfleisch oder getrocknete Blaubeeren, die nach

Sommer und Wärme schmeckten, sobald der Speichel ihnen das satte Aroma entlockte. Sie litten keinen Hunger, auch wegen der Polarzulage. Aber die Versorgung mit Obst und Gemüse war ein Problem. Die Äpfel waren oft wurmstichig und verschrumpelt oder wiesen faulige Stellen auf, die Kartoffeln hatten Augen auf der grünlichen Schale und Orangen und Zitronen waren ein Luxus, den es nur selten gab. Was es in Unmengen gab, war Kohl. Der Koch hätte eigentlich ein Eisernes Kreuz dafür verdient, in wie vielen Varianten er diesen zubereitete und immer wieder für eine Überraschung sorgte. Joachim schwor sich, nie wieder Kohl zu essen, wenn der Krieg vorbei und er wieder zu Hause war. Er ahnte nicht, dass er Jahre später daheim nachts über die abgeernteten Felder schleichen würde, um einen Kohlkopf zu ergattern, aus dem seine Mutter eine dünne Suppen bereiteten konnte.

Manchmal bekamen sie über die Feldpost Pakete von Zuhause. Joachim hatte seine Mutter gebeten, ihm Zwiebeln zu schicken. Sie hielten sich einigermaßen gut und hatten viele Vitamine. Es scherte hier niemanden, wenn der Atem nach Zwiebeln roch, außerdem überdeckte der Nikotingeruch alles andere einigermaßen. Die Pakete enthielten meist Ausschnitte aus der heimischen Tageszeitung, weniger Anekdoten aus dem Stadtleben als vielmehr Vermissten- und Todesmeldungen. Als Joachim den ersten Namen eines Mitschülers las, kam ihm das so unglaublich vor, dass er nicht trauern konnte. Erst in der Nacht schreckte er aus einem Traum hoch, in dem er mit Richard vom Schulhof geschlichen war, um unter der alten Kastanie am Stadtweiher heimlich zu rauchen. Sie hatten laut darüber gelacht, dass es ihnen gelungen war, sich in der großen Pause davonzuschleichen, und das, obwohl Dr. Rabe, der strenge Lateinlehrer, die Pausenaufsicht gehabt hatte. Joachim war von seinem eigenen lauten Lachen wach geworden. Er saß aufrecht im Bett und lachte, bis ihm die Tränen über die Wangen liefen und er endlich begriff, dass Richard tot war. Dass sein Schulfreund einer jener zweihunderttausend deutschen Gefallenen war, die der Russlandfeldzug in den ersten sechs Monaten bereits gekostet hatte. Aber davon wussten sie nichts. Sie hörten immer nur, dass der Lebensraum im Osten stetig größer wurde.

Nachdem er von Richards Tod erfahren hatte, folgten schreckliche Nächte, denn plötzlich spürte Joachim etwas ganz Neues in sich. Er hatte Angst. Nicht die Angst, die er als Schüler vor Klassenarbeiten gehabt hatte. Nicht die Angst vorm Schimpfen des Onkels, wenn er vom Bolzplatz oder vom Stausee zu spät nach Hause kam und seine Mutter sich Sorgen gemacht hatte. Joachim hatte Angst um sein Leben. Er wollte nicht so jung sterben wie Richard. Und es wurde ihm klar, dass auch Richard bestimmt völlig davon überrascht wurde, als ausgerechnet ihn eine Kugel traf. Joachim sah wieder den fassungslosen Blick des toten Soldaten, den er aus dem kalten Wasser der Liza geborgen hatte, während ihm die Kugeln um die Ohren pfiffen. Jederzeit könnte eine von ihnen auch seinen Schädel durchschlagen, könnte eine Granate ihm die Hände zerfetzen oder eine Mine ihm die Füße abreißen. Er war so jung, aber Joachim war plötzlich bewusst, dass er deswegen noch lange nicht unsterblich war.

Danach war alles anders. Das Polarlicht hatte nichts mehr von einem überwältigenden Naturschauspiel, es war wie das Leuchten der sich nähernden Feuergefechte. Die nächtliche Stille war bedrohlich, als ob tausend unsichtbare Augen auf einen gerichtet waren und sich geräuschlos näherten. Die Dunkelheit wurde unerträglich und die Sehnsucht nach Licht und Sonne verursachte körperlichen Schmerz. Er wollte nicht mehr hier sein, was tat er überhaupt hier? Dabei sollte es noch Jahre dauern, noch ganze drei Winter in Finsternis und Kälte, bis das alles in einem Fanal aus Blut und Schmerz endete.

Joachim wollte leben. Er wollte nicht im Eis verrecken, ohne Paris, die Sixtinische Kapelle und die Akropolis gesehen zu haben, ohne im Mittelmeer gebadet und die Zugspitze erklommen zu haben. Und er wollte nicht sterben, ohne mit einer Frau geschlafen zu haben. Das besonders. Er wollte wissen, wie es sich anfühlt, es sich nicht selbst besorgen zu müssen. Sie alle taten das, im Schutz der Dunkelheit und der Decken in den Baracken. Anfangs hatte Joachim sich dafür geschämt, dass sie es taten, obwohl sie nicht allein waren und jeder es sich vom anderen denken konnte. Aber die kurzen Momente des körperlichen Glücks nahmen für einen Augenblick die Angst, die Sehnsucht und das Verlangen nach Zärtlichkeit. Es hielt nur kurz an, dann wurde der eigene Atem wieder ruhiger und man musste das tiefe Atmen und unterdrückte Stöhnen der Kameraden mit anhören. Die anderen dabei zu hören, wie sie sich befriedigten, löste in Joachim einen tiefen Ekel vor sich selbst aus. Und doch musste auch er es immer wieder tun. Was hatten sie sonst schon in diesen langen und kalten Nächten weit weg von dort, wo Scham und Anstand eine Bedeutung hatten.
Wie unvergleichlich schön musste es sein, wenn Berührungen erwidert wurden, wenn man fremde Haut spürte und über die Rundungen von Brüsten und Hüften strich? Wenn langes Haar auf Gesicht und Brust kitzelte und sich Arme um den eigenen Körper legten. Joachim dachte an Mirja, das hoch gewachsene Mädchen in der grauen Uniform der Lottas mit den rotblonden Haaren und den grünen Augen. Wenn sie sich begegneten, lachte sie ihn an, als wüsste sie nicht, was er nachts in seinem Bett tat, als sei er ein ganz normaler junger Mann, der sie zum Tanzen ausführen und ihr Komplimente machen würde.

Nachdem sie am Nachmittag des Heiligabends ihrem Spieß, dem Hauptfeldwebel Rudolph Pänzinger, ungeduldig die Feldpost aus den Händen gerissen hatten, waren Joachim und seine Stubenkameraden in die Küchenbaracke gegangen, wo tatsächlich eine weihnachtliche Stimmung herrschte. Ein paar von ihnen hatten eine Kiefer geschlagen und den kleinen und windschiefen Baum mit allem behangen, das mit viel Phantasie als Weihnachtsschmuck durchging. Auch ein paar verbogene Blechlöffel und -gabeln, und auf eine Schnur aufgezogene Kronkorken hingen in den Zweigen des Baums. Die zerfurchte Oberfläche des langen Holztisches, war unter einer weißen Decke verschwunden. Heute würden sie alle gemeinsam essen, egal wie eng es war. Am Tisch hatten nicht alle Platz, deshalb hatten sie entlang den Wänden leere Munitionskisten aufgestellt und so für genügend Sitzplätze für alle Kameraden ihrer Einheit gesorgt. Sie verteilten sich auf Stühlen und Kisten

und lasen sich gegenseitig aus den Briefen vor, die sie über tausende von Kilometern rechtzeitig zum Weihnachtsfest erreicht hatten. Der Inhalt der Pakete wurde auf dem Tisch ausgebreitet, Blechdosen mit Weihnachtsplätzchen, Stollen und Marzipan. Das meiste hatte die lange Reise gut überstanden, allein der Anblick der Gaben aus der mütterlichen Speisekammer tat ihnen gut. Sie legten Orangen und Schokolade, Teil der weihnachtlichen Polarzulage, dazu und verwandelten die Tafel in einen reich gedeckten Gabentisch.
Irgendwann ging die Tür auf und vier junge Frauen in grauen Uniformen betraten den Raum und trugen dampfende Schüsseln herein. Joachim freute sich, dass auch Mirja heute Abend Dienst hatte und er sie stundenlang würde beobachten können. Die Lottas bedienten sie den ganzen Abend über, teilten Klöße und Bratenstücke aus und schenkten ihnen Bier und Schnaps nach.
Allein dass sie weibliche Wesen waren, machte sie allesamt unwiderstehlich. Die Wärme in der Stube ließ ihre runden Wangen glühen und unter der schlichten Uniform zeichneten sich die festen Brüste und schmalen Hüften junger Frauen ab. Sie wehrten sich tapfer gegen jede Einladung, einen Schnaps oder ein Bier mit Joachim und seinen Kameraden zu trinken. Schließlich waren sie Angehörige der Lotta Svärd und hatten als solche nicht nur ein Land, sondern auch dessen Moral zu verteidigen. Immerhin wurden sie allmählich ein wenig unbefangener, erröteten nicht mehr beim kleinsten Scherz und wechselten lachend ein paar Worte mit ihnen.
Joachim sah dem Treiben zu, als säße er im Lichtspielhaus seiner Heimatstadt und verfolgte gebannt einen spannenden Film. Wie war es möglich, dass hundert Kilometer östlich von hier die Front verlief, dass gerade jetzt Kameraden in der eisigen Kälte an ihrem eigenen Blut erstickten, sich die Faust auf zerrissene Arterien drückten und dabei wussten, dass die Zeit ihnen davon lief. Und er saß hier in dieser Stube, in der man vor Lachen und Singen das eigene Wort nicht verstand, in der junge Frauen wie Bienen umherschwirrten und sie mit Essen und Trinken versorgten, in der Kerzen leuchteten und im Ofen dicke Holzscheite brannten. Er konnte die Bilder nicht ausblenden, je mehr er es versuchte, desto eindringlicher wurden sie. Joachim merkte, dass sein Herzschlag raste, dass seine Hände schweißnass waren und er die Enge und Hitze nicht mehr aushielt. Blieb er, würde er schreien oder etwas zerstören, den Tisch mit dem Geschirr umwerfen oder seine Bierflasche auf den Boden schleudern. Auf Fritz' Frage, wohin er wolle, murmelte er nur ein knappes »frische Luft schnappen« und stürmte aus dem Gebäude.
Draußen lehnte sich Joachim an die Wand und versuchte, seinen Atem unter Kontrolle zu bekommen.

Einen solchen Anfall plötzlicher Panik hatte er nur einmal verspürt. Während der schriftlichen Reifeprüfung hatten sie das Klassenzimmer nur in Begleitung einer Aufsicht verlassen und die Toilette aufsuchen dürfen. Joachim hatte sich nach zwei Stunden mit Handzeichen gemeldet und darum gebeten, austreten zu dürfen. Vor der engen Kabine lauerte die Aufsicht auf verdächtige Geräusche. Während er im Sitzen pinkelte, krempelte Joachim vorsichtig den Ärmel seines Hemdes hoch, um die mathematischen Formeln von seinem Unterarm abzulesen. Auf einmal war ein Knopf abgesprungen und mit metallenem Klang auf dem Steinfußboden gelandet. Er hüpfte unter dem Türspalt der Kabine direkt vor die Füße der Aufsicht. Joachims Herz schlug so laut, dass er meinte, es müsse im ganzen Raum zu hören sein, Schweißperlen bildeten sich auf seiner Stirn und er öffnete mit zitternden Fingern das Schloss der Toilettenkabine. Er war sich sicher, dass der Hemdsknopf ihn verraten hatte und sein billiger Trick aufgeflogen war. Nun war er geliefert, mit Schimpf und Schande durch die Reifeprüfung gesaust. Noch Schülergenerationen nach ihm würde man über den Tölpel feixen, den ein billiger Knopf um sein Abitur gebracht hatte. Doch nichts davon geschah.
»Fertig, Steinborn?«, fragte die Aufsicht, überreichte ihm wortlos den Knopf und führte ihn zurück in den Klassenraum mit dem Schild »Ruhe bitte, Abiturklausur«. Es kostete ihn einige Zeit, bis er sich soweit beruhigt hatte, dass er wieder einen klaren Gedanken fassen und weiter schreiben konnte. Die Formeln, die er sich trotz der Aufregung hatte merken können, brachten ihm ein gutes Befriedigend und den ganzen Stolz seiner Mutter ein.

Joachim zog am Stummel der Zigarette und warf ihn auf den Boden, bevor er sich ein Loch in seine Wollhandschuhe brennen würde. Er fühlte sich wieder besser, die eiskalte Luft hatte die düsteren Gedanken aus seinem Kopf vertrieben. Ja, er verspürte sogar Lust, mit seinen Kameraden zu singen und zu feiern, als ob es um sie herum nichts gebe als die Freude des Weihnachtsfestes. Er blies den letzten Rauch in den nachtschwarzen Himmel und wollte gerade in die Baracke gehen, als er Schritte vernahm. Keine Furcht erregenden Schritte des Feindes, vorsichtiges Tippeln auf den Eisplacken, die sich auf dem Hof in der Mitte des Lagers gebildet hatten. Er stand auf der dem Hof abgewandten Seite der Baracke und machte sich nicht bemerkbar, als Mirja auf den Eingang zuging. Sie trug einen Weidenkorb, dessen Inhalt unter einem weißen Damasttuch verborgen war. Joachim vermutete, dass die Lottas ihnen eine Überraschung bereiten und ihnen Pulla, ein traditionelles finnisches Hefegebäck mir Kardamom, überreichen wollten. Mirja drückte den

Korb an sich, als hielte sie ein kleines Kind in den Armen, sie schützte ihn vor Kälte und hatte Sorge, auf dem glatten Boden auszurutschen und mit leeren Händen vor die Landser zu treten. Als Joachim aus dem Schatten der Baracke ins matte Licht der Eingangsbeleuchtung trat, erschrak sie dermaßen, dass ihr der Korb tatsächlich beinahe entglitten wäre. Aber Joachim war schneller, stürzte auf sie zu und griff nach dem Korb, dem der Duft frischer Hefe, Milch und Butter entströmte.
»Hoppla, das wäre beinahe schief gegangen«, war alles, was er zu Stande brachte.
Nachdem Mirja sich vom ersten Schreck erholt hatte, sah sie ihn an. Erst erstaunt, aber bald mit einem Lächeln, das so ehrlich war wie die Landschaft hier oben, so weit im Norden und fern von der Heimat. Die Kälte war gnadenlos, die Wärme war unbarmherzig, die Nacht war menschenscheu und der Tag fand kein Ende.
»Sie haben mich erschreckt«, sagte Mirja im Singsang eines starken finnischen Akzents und nahm ihm den Korb ab. Dabei berührten sich ihre Hände, aber die Finger waren so steif vor Kälte, dass sie von der Berührung zu wenig spürten um verlegen zu sein.
»Das wollte ich nicht, entschuldigen Sie bitte«, antwortete Joachim.
Dann standen sie stumm voreinander und wussten nicht, was jetzt gesagt werden musste. Joachim vergrub seine Hände in den Hosentaschen, während Mirjas Fingerknöchel sich immer weißer vor dem Hintergrund des dunklen Korbes abzeichneten.
»Lassen Sie uns hineingehen, Sie zittern ja schon«, brachte Joachim schließlich hervor.
Er legte die Hand leicht auf Ihre Schulter und lenkte sie sanft zur Tür der Baracke. Kaum hatten sie den Raum betreten, rief Mirja laut und kräftig, als kenne sie keinerlei Schüchternheit: »Frische Pulla, noch ganz warm! Kommt, esst, das gibt es nicht oft, aber es ist ja Weihnachten!«
Als seine Kameraden in den Korb griffen und sich von dem duftenden, honiggelben und noch warmen Gebäck nahmen, drehte sich Mirja um. Sie fand Joachims Blick und lächelte ihm über alle Männer und Frauen hinweg zu, quer durch den ganzen Raum, der mit Zigarettenrauch und Musik aus dem Radioapparat erfüllt war. Für einen kurzen Augenblick war es, als gebe es nur sie beide.
Joachim hatte sie schon öfter beobachtet. Mirja tat ihren Dienst sonst tagsüber in der Küche des Lagers. Er hatte einige Mal Säcke mit Kartoffeln oder Kisten mit Kohl dorthin schleppen müssen und sie bei einer dieser Gelegenheiten nach ihrem Namen gefragt. Sie war ihm aufgefallen, weil sie die meisten anderen Lottas um Hauptesgröße überragte. Groß und schlank, in der grauen Uniform und mit der

weißen Schürze aus gestärktem Leinen fiel sie auf. Doch gerade ihr hoher Wuchs, der ihr selbst ganz offensichtlich unangenehm war, machte sie verletzlich. Es schien, als schäme sie sich ihrer Größe und als wolle sie sich wegducken. Sie zog die Schultern leicht nach vorne, wenn sie ging, und stand verlegen und mit gesenktem Haupt inmitten ihrer Freundinnen und Kolleginnen. Das rotblonde lange Haar trug sie in dicken Flechten, die kaum unter die Haube passten, die den Lottas etwas Keusches und Klösterliches verlieh. Als Joachim das erste Mal vor ihr stand, erstaunte es ihn, dass er seinen Kopf nicht senken musste, um ihr in die Augen zu sehen. Sie waren direkt vor ihm, grün wie die Tundra, wenn sie im Frühsommer für kurze Zeit vom Winterschlaf erwachte und die Farbe prallen Lebens annahm.

Am Heiligen Abend gab es keine Gelegenheit mehr, mit Mirja zu sprechen, geschweige denn, mit ihr allein zu sein. An den folgenden Tagen hielt Joachim vergebens Ausschau nach ihr. Ging sie ihm aus dem Weg, war ihr die Begegnung unangenehm? Das konnte er sich nicht vorstellen, denn sie hatten ja nur ein paar Worte miteinander gewechselt. Hatte er ihren Blick am Heiligabend am Ende falsch gedeutet? Vielleicht hatte sie jeden so angesehen und allen ihr freundliches Lächeln geschenkt.

Wie so oft überkam Joachim ein Gefühl von tiefer Einsamkeit. Er lag abends in seiner Stube zwischen elf anderen Kameraden und fühlte sich dennoch ganz allein. Das ewige Kartenspiel, die Anekdoten und alten Geschichten fand er plötzlich unerträglich. Er musste sich zwingen, mitzuspielen und zuzuhören, während er sich doch eigentlich nichts sehnlicher wünschte, als einen Raum für sich zu haben. Sein eigenes Bett, sein eigenes Zimmer mit den Karl-May-Bänden im Bücherregal, dem Ausblick in den kleinen Garten hinter dem Haus und den Bildern der Helden seiner Kindheit an den Wänden. Die deutsche Nationalmannschaft mit ihrem Trainer Sepp Herberger oder Zarah Leander auf dem Kinoplakat von La Habanera. Joachim besaß sogar eine Schellackplatte, auf der Zarah Leander das Lied sang, das er so gerne gehört hatte: »Der Wind hat mir ein Lied erzählt.« Joachim hatte dieser dunklen, starken Stimme gelauscht und das Bild dieser geheimnisvollen, verführerischen Frau vor sich gesehen, die davon sang, wie allein sie in der Nacht sei und dass der Wind ihr von einem Glück erzählt habe, das so unsagbar schön sei.

Ihm fehlten sein Bett, sein Zimmer, seine Musik, seine Bücher, sein Zuhause. An seine Mutter mochte Joachim gar nicht denken, niemand sollte ihn weinen sehen. Das Lächeln Mirjas, dieses schönen und fröhlichen Mädchens, hatte ihm so gut getan. Hatte ihn das Heimweh für einen kurzen Moment vergessen lassen.

Es war wie früher, man schwärmte für ein Mädchen vom Lyzeum gegenüber der eigenen Schule und trieb sich in der Nähe des Eingangs herum, um ihr irgendwann wie zufällig gegenüberzustehen. Joachim zog es immer wieder in die Nähe der Küchenbaracke, wo er freiwillig Nachschlag für die Kameraden holte oder wohin er Proviantkisten trug. Aber seit nunmehr einer Woche hatte er Mirja nun nicht mehr gesehen. Allmählich nahm er es ihr übel, dass sie einfach fort war. Dabei wusste er natürlich, dass er gar kein Recht hatte, von ihren Plänen zu wissen. Aber es ärgerte ihn dennoch, auf sie zu warten.

Am Neujahrsmorgen ging Joachim auf wackligen Beinen zum Waschhaus. Sie hatten bis in die frühen Morgenstunden gezecht, geraucht und gesungen. Einigen war übel geworden von dem Schnaps. Joachim trank sonst nur Bier und sparte den Schnaps aus der Polarzulage lieber für Tauschgeschäfte in Petsamo. Aber in der letzten Nacht des Jahres 1941 hatte auch er immer weiter getrunken, auch als er längst spürte, dass der Boden unter ihm schwankte und die Wände sich neigten. Er wollte seinen schmerzenden Schädel unter das kalte Wasser halten und sich den säuerlichen Geschmack aus dem Mund bürsten. Als er das Waschhaus ansteuerte, hörte er eilige Schritte hinter sich und drehte sich um. Vor ihm stand Mirja, das Gesicht fast vollständig von einem grob gestrickten Schal verhüllt, im langen Fellmantel und mit einem kleinen, bunt bestickten Filztäschchen in der Hand.

Joachim hatte seit einer Woche nichts sehnlicher gewünscht, als sie wieder zu sehen. Und nun stand er verkatert und ungewaschen, mit Bartstoppeln und ungeputzten Zähnen vor ihr und schämte sich in Grund und Boden. Als wüsste sie, was in ihm vorging, strahlte sie ihn mit ihrem warmen Lachen an und sagte: »Oh, Sie haben gestern gefeiert, ja? Ich auch, mit meiner Familie. Mein Urlaub war das. Jetzt bin ich wieder da.«

»Jetzt sind Sie wieder da«, sagte er und fühlte sich sofort wie ein Schwachkopf, der den einfachsten Satz wiederholen muss, um ihn zu verstehen. Er wagte kaum Luft zu holen, denn er war sich seines schlechten Atems nach all dem Alkohol und den Zigaretten bewusst.

»Das ist ... das ist schön«, brachte er schließlich hervor und lächelte sie an.

»Ich muss arbeiten«, sagte Mirja und wandte sich in Richtung der Küchenbaracke. Er sah ihr nach, als sie sich noch einmal umdrehte und rief: »Ja, das ist schön«.

Ein paar Mal in den kommenden Tagen blieben sie beieinander stehen und tauschten einige Belanglosigkeiten aus. Für eine längere Unterhaltung fehlten ihnen Zeit und ein privater Raum. In der Küchenbaracke und auf dem Hof des Lagers herrschten ständig reger Betrieb, hundert Augen- und Ohrenpaare waren auf jeden gerichtet, der mit einer jungen und hübschen Lotta sprach. Joachim hielt in jeder freien Minute nach Mirja Ausschau. Einmal hatte er sie sogar allein in der Küchenbaracke erwischt. Sie stand vor einem unglaublichen Berg Kartoffeln und schälte eine um die andere, um sie in einen riesigen Topf mit Wasser zu werfen. Joachim schleppte zwei Säcke Linsen in den Vorratsraum und blieb schließlich an die Wand neben dem Herd gelehnt stehen, um ihr bei der Arbeit zuzusehen. Mit welcher Ruhe das Messer die Kartoffelschalen in kunstvollen dünnen Ringen entfernte, faszinierte ihn. Seine Mutter hatte so die Äpfel geschält, die sie ihm als Junge gab, wenn sich zwischen den Mahlzeiten sein Magen zu Wort meldete. Sie konnte einen ganzen Apfel schälen, ohne dass die rot und grün glänzende Spirale an einer Stelle riss. Das allerdings gelang Mirja bei den Kartoffeln mit ihrer rauen und unebenen Schale nicht. Joachim dachte, dass sie verrückt werden musste bei dem Berg, der noch vor ihr auf dem Holztisch lag. Aber es schien sie nicht zu bekümmern, im Gegenteil, sie hatte offensichtlich allerbeste Laune, summte vor sich hin und warf ihm ab und zu einen heiteren Blick zu.

»Sie dürfen hier gar nicht lange sein«, sagte sie beiläufig und strich sich eine Strähne ihres rotblonden Haares hinter das Ohr.

»Ich habe ja den Befehl bekommen, hier zu sein, und so viele schwere Säcke zu schleppen, das geht nicht so schnell«, stellte Joachim fest und zwinkerte ihr zu.

»Nein, das dauert eine Weile«, gab sie zurück und betrachtete ihn neugierig, ohne beim Schälen innezuhalten.

»Woher sprechen Sie eigentlich so gut Deutsch?«, fragte Joachim.

»Meine Großmutter spricht Deutsch mit uns. Und mein Vater auch sehr oft. Meine Großmutter war Kindermädchen bei einer Familie in Hamburg, als sie jung war.« Sie machte eine Pause und überlegte, dann fing sie leise an zu singen: »Guten Abend, gute Nacht, mit Rosen bedacht ...«

»Das hat meine Oma gesungen, wenn wir einschlafen sollten. Ein schönes Lied. Ich wusste aber nie, was Rosen sind. Die wachsen ja nicht in unseren Gärten. Ich habe mir alles Mögliche vorgestellt, Gebete, Träume, Decken, aber keine Blumen.«

Mirja lachte ihn wieder an, senkte dann aber den Blick, als fürchte sie, zu viel von sich preisgegeben zu haben. Joachim dachte, wie schön es wäre, ihr eine Rose zu besorgen. Einfach so, einfach, weil sie hier ja nicht wuchsen.

In den folgenden Tagen nahm sein Bedürfnis, sie zu sehen und mit ihr zu sprechen, weiter zu. Er wachte morgens mit ihrem Gesicht vor Augen auf und hoffte beim Zubettgehen, dass sie ihm im Traum erscheinen möge. Er musste aufpassen, dass es nicht auffiel, wie oft er um die Küchenbaracke herumschlich oder auf dem Hof zu tun hatte, wenn die Lottas morgens zur Arbeit erschienen. Mirjas Verhalten ermutigte ihn dazu, ihre Nähe zu suchen. Immer lächelte sie ihn an, winkte ihm unauffällig zu, die Hand am grauen Rock kaum merklich hebend.
Joachim war nicht der einzige, der für eines der Mädchen schwärmte. Auch seine Kameraden machten zaghafte Versuche, mit den Lottas ins Gespräch zu kommen. Aber im Gegensatz zu Mirja erwiderten die meisten Mädchen die Gesten nicht, sondern blickten errötend zu Boden. Außerdem kannten die wenigsten von ihnen mehr deutsche Worte, als diejenigen, die sie für die Verrichtung ihrer Dienste benötigten. Und bei den Landsern reichte es gerade mal für ein »kaunis nuori nainen« für »schönes Fräulein« oder »rakastan sinua«, »Ich liebe Dich«. Darauf und auf die anerkennenden Pfiffe der Soldaten reagierten die Lottas wie die jungen Mädchen zuhause. Sie hakten einander unter und kicherten, wenn die Soldaten ihnen zuwinkten oder etwas hinterher riefen. Es war das alte Spiel, bei dem die eine Gruppe einen Schritt nach vorne tat, wissend, dass die andere Gruppe sich zierte und einen Schritt zurückging. Andererseits taten die Mädchen nichts, was Joachim und seine Kameraden ernsthaft den Rückzug hätte antreten lassen. Im Gegenteil, wenn sie zu mehreren waren, warfen die jungen Frauen ihnen kesse Blicke zu. Und sie waren sich bei jeder ihrer Bewegungen bewusst, welche Wirkung sie damit erzielten. Das Zurückstreichen einer Haarsträhne unter die Haube, das erschöpfte Innehalten bei der Arbeit, die Hand an der Stirn und das Durchstrecken der Schultern, all das hatte etwas Unschuldiges und dennoch Aufreizendes. Es tat gut, dass die Mädchen hier so waren wie zuhause, wie im Frieden.

Die Anziehung, die Mirja auf ihn ausübte, konnte nicht verhindern, dass Joachims Gedanken und Träume allmählich eine andere Farbe annahmen. Sie wurden düsterer, je länger sie im Winterlager in Petsamo waren und je näher der Tag rückte, an dem sie die müden Kameraden an vorderster Front würden ablösen müssen. Sie waren nun schon seit November hinter den Kampflinien, beinahe drei Monate, in denen sie wieder zu Kräften gekommen waren. Der erneute Marschbefehl konnte jeden Tag eintreffen. Und diesmal würde der Aufbruch anders sein als beim ersten Mal, als sie darauf brannten, nach Murmansk zu marschieren und Geschichte zu schreiben. Diesmal würde die Angst ihr Begleiter sein. Die Angst, eine Kugel abzubekommen oder von einer Granate zerfetzt zu werden, auch die Angst, in Gefangenschaft zu geraten. Joachim versuchte, diese Gedanken nicht zuzulassen, aber immer wieder schlichen sie sich in die Träume, in denen er Mirja an sich zog, ihr Gesicht mit den grünlichen Augen in den Händen hielt und ihre vollen Lippen schmeckte.

Es war ein Samstag, an dem sie über den Hof zwischen Baracken auf ihn zukam. Die Samstage fand Joachim besonders bitter, denn am Sonntag würde Mirja bei ihrer Familie sein, während er selbst vor Langeweile verging. Sonntage waren frei, aber die anfängliche Freude über kurze Ausflüge in den Ort, über das Kartenspiel im kleinen Kaffeehaus statt wie jeden Abend zwischen getragenen Kleidern, dampfenden Stiefeln und bei schlechter Beleuchtung in ihrem Aufenthaltsraum war schnell vergangen. Oft blieben Joachim und seine Kameraden jetzt sogar in ihren Unterkünften, sie redeten sich mit der immer noch schneidenden Kälte und dem mühsamen Weg in den Ort heraus und schlugen die Zeit bis zum Montagmorgen tot, wenn der Trott sie endlich wieder davon abhielt, ins Grübeln zu kommen. Auch das Briefeschreiben, das Joachim am Sonntag erledigte, war nicht dazu angetan, seine Laune zu verbessern. Was hatte er schon groß zu berichten? Die Mahlzeiten glichen einander ebenso wie die Übungen im Gelände, das Reinigen der Waffen oder das Bedienen des Funkgeräts, an dem Joachim weiter ausgebildet wurde. Die große Frage, die sich gerade beim Schreiben nach Hause in seinen Kopf schlich, war, warum er hier war und was das alles sollte. Andererseits war er ja sicher, solange er im Winterlager war. Wenn er wieder an der Front war, würde er sich wahrscheinlich in jeder einzelnen Minute nach Petsamo zurücksehnen. Hier waren sie in Sicherheit, hier mussten sie weder frieren, noch hungern, noch sterben. Nun stand also wieder ein Sonntag vor der Tür, an dem er in sinnlosen Grübeleien versinken würde, dachte Joachim, als Mirja auf ihn zukam.

»Sie haben doch Sonntag frei, oder?«, fragte sie ihn und knetete dabei ihre Hände.

»Ja, den ganzen Tag«, antwortete Joachim. »Genau wie Sie.«

»Mein Vater fragt, ob Sie mit uns zu Mittag essen wollen. Er möchte gern mit einem deutschen Soldaten sprechen über den Krieg gegen die Russen. Er hat selbst gekämpft, im Winterkrieg. Möchten Sie zu uns kommen?«, fragte Mirja und wirkte dabei wie ein kleines Mädchen, das einen Erwachsenen schüchtern darum bittet, mit ihm ein Spiel zu spielen.

Joachim versuchte erst gar nicht, seine Freude zu verbergen: »Ja, gerne«, rief er aus, »das ist wunderbar. Bitte richten Sie Ihren Eltern aus, dass es eine Ehre für mich ist. Danke!«

»Es ist auch für uns eine Ehre«, sagte Mirja und kramte in ihrer Filztasche nach einem Zettel. »Hier, ich habe Ihnen den Weg aufgeschrieben, es ist ganz einfach. Hinter der Kirche geht ein kleiner Weg am Friedhof vorbei. Den müssen Sie bis zum Ende gehen, da steht unser Haus. Über dem Eingang hängt ein Rentiergeweih«, lachte sie und gab ihm das Papier.
»Bis Sonntag«, sagte Mirja und drehte sich dann um, als sei nichts gewesen.
Joachim blickte ihr nach. Erst allmählich begriff er, dass sie ihn tatsächlich eingeladen hatte, den Sonntag mit ihrer Familie zu verbringen. Pfeifend ging er auf die Baracke zu, in der seine Kameraden morgen ohne ihn Skat spielen und ihre Post erledigen würden.

Joachim hatte schlecht geschlafen, fühlte sich aber dennoch voller Energie, als er am Sonntagmorgen aufstand. Nachdem er sich gründlich gewaschen und rasiert hatte, zog er seine Ausgehuniform an und polierte die Stiefel auf Hochglanz. Beim Frühstück brachte er kaum einen Bissen hinunter, so aufgeregt war er. Den Vormittag verbrachte er mit Lesen, allerdings hatte er das Gefühl, immer auf dieselbe Stelle zu starren und hätte im Nachhinein nicht zusammenfassen können, worum es in der Geschichte ging. Als es endlich Zeit war aufzubrechen, setzte er die grüne Schirmmütze mit dem Edelweißabzeichen der Gebirgsjäger auf und warf sich den warmen Fellmantel über. Seinen Stubenkameraden war nicht verborgen geblieben, dass er etwas Besonderes vorhatte, und sie hatten ihn mit Fragen gelöchert, bis er schließlich von seiner Einladung erzählte. Joachim hatte das Gefühl, dass sie sich ernsthaft für ihn freuten, ohne neidisch zu sein. Einige von ihnen waren schon selbst bei finnischen Familien zu Gast gewesen, das war nichts Außergewöhnliches. Die Finnen begegneten ihren Verbündeten im Kampf gegen die Russen offen und freundlich. Sie hofften, dass es in Waffenbruderschaft mit dem Deutschen Reich gelingen würde, die Gebiete zurückzuerobern, die Finnland im Winterkrieg an die Sowjetunion verloren hatte. Die Seen und Wälder Kareliens, die in so vielen Liedern voller Wehmut besungen wurden und um die nun wieder erbittert gekämpft wurde.
Joachim ließ das Barackenlager hinter sich und machte sich zu Fuß auf den Weg ins drei Kilometer entfernte Petsamo. Das Angebot einiger seiner Kameraden, auf die Pritsche des Lastwagens zu springen und mit ihnen zu fahren, lehnte er dankend ab. Er brauchte die Bewegung an der frischen Luft, um sich ein wenig zu beruhigen. Trotz der Kälte waren seine Hände in den Fellhandschuhen feucht und er schämte sich schon jetzt bei dem Gedanken, Mirjas Vater mit einem schweißnas-

sen Händedruck zu begrüßen. Als er vor dem Holzhaus stand, atmete er einmal tief durch und wollte gerade klopfen, als die Tür aufgerissen wurde. Natürlich hatten sie hinter den Gardinen gestanden und auf sein Kommen gewartet, und bestimmt waren sie genauso nervös wie er selbst.

Vor ihm stand ein Bär von einem Mann. Mirjas Vater überragte Joachim um einen halben Kopf und füllte beinahe den ganzen Türrahmen aus. Er war nicht dick, hatte aber die breiten Schultern eines Mannes, der sein ganzes Leben lang hatte zupacken müssen. Joachim wusste von Mirja, dass ihr Vater aus der südfinnischen Hafenstadt Turku stammte und als junger Mann zur See gefahren war. Später war er seiner Frau in den Norden gefolgt und hatte den Lebensunterhalt der größer werdenden Familie in den Nickelgruben um Petsamo verdient. Seine Mutter war mit in den äußersten Norden gezogen und half im Haushalt und bei der Erziehung der Kinder, mit denen sie stets Deutsch sprach. Mirjas Vater war zwar erst Ende Vierzig, hatte aber trotz seiner imposanten Gestalt bereits etwas Verbrauchtes an sich. Die Schultern zog er nach vorn, als müsse er immer noch geduckt durch die Grubenschächte laufen, um nicht mit dem Kopf an die Stützbalken zu stoßen. Sein Haar war voll und stand über den Ohren struppig ab. Es hatte die typische Farbe ehemals strohblonden Haars, das vollständig weiß geworden war. Für diese Farbe, die immer ein wenig schmuddelig und undefinierbar aussah, fiel Joachim kein Name ein.

Mirjas Vater wirkte vielleicht nur noch größer, weil hinter ihm seine Frau fast verschwand, eine rundliche und kleine Person in der traditionellen Tracht der Samen. Sie hatte eine rote Haube über dem ergrauten, zu einem Knoten gesteckten Haar und trug eine Art Joppe aus gewalktem Wollstoff. Die Tracht war von einem kräftigen Blau, um den Halsausschnitt, über den Handgelenken und dem Saum waren breite rote Bänder aufgenäht, die mit bunten Stickereien verziert waren. Im Gegensatz zu ihrem Mann, dessen Gesicht wettergegerbt und zerfurcht war, leuchteten ihre runden Wangen glatt und rosig und ihre blauen Augen strahlten ihn an.

Mirjas Vater streckte ihm die Hand entgegen: »Arttu Järvi. Ich freue mich«, sagte er und drückte Joachims Rechte fest und bestimmt.

»Sehr angenehm, Steinborn, Joachim. Ich danke Ihnen sehr für die Einladung.«

Mit diesen Worten überreichte Joachim seinem Gastgeber eine Flasche Korn aus seiner monatlichen Polarzulage.

»Vielen Dank. Das ist meine Frau, Herr Steinborn. Mirja kennen sie ja bereits.«

Joachim ergriff die kleine und warme Hand von Frau Järvi und sah Mirja an, die sich bislang hinter ihren Eltern gehalten hatte, sich nun aber zwischen ihrem Vater und dem Türrahmen nach vorne drängte.

»Guten Tag, Fräulein Järvi, auch Ihnen herzlichen Dank für die Einladung. Danke, kiitoksia«, fügte Joachim auf Finnisch hinzu.
Bevor peinliche Stille entstehen konnte, legte Arttu Järvi Joachim die Hand auf die Schulter und wies ihm so den Weg ins Haus. Durch einen kleinen, dunklen und mit bunt bemalten Holztruhen vollgestopften Raum gelangten sie in die gute Stube, die ebenfalls eher klein ausfiel, aber vielleicht gerade deswegen so einladend und gemütlich war. In der Ecke schräg gegenüber der Zimmertür flackerte in einem gusseisernen Ofen ein Feuer. In der Mitte des Raums war ein Tisch für acht Personen gedeckt, neben Joachim, Mirja und ihren Eltern würden noch die Großmutter und die drei jüngeren Schwestern Platz finden. Die Mädchen standen dicht beieinander vor dem mit bunten Flickendecken bedeckten Sofa und musterten Joachim neugierig. Mirja war mit siebzehn Jahren die älteste der vier Töchter, dann folgten im Abstand von knapp zwei Jahren Minttu, Eevi und Inka. Mirja hatte Joachim erzählt, dass ihr Vater es keineswegs bedauerte, dass ihm seine Frau nur Töchter geboren hatte. Im Gegenteil, er sage immer, dass die Mädchen nicht in den Krieg ziehen oder in den Gruben arbeiten müssten. Sie sollten die Schule besuchen, danach etwas lernen und dann hoffentlich einen Mann finden, der ihnen Sicherheit bot. Minttu, Eevi und Inka hatten sich herausgeputzt, trugen gestärkte weiße Schürzen über ihrem Sonntagsstaat und ihre Zöpfe wurden von bunten Schleifen zusammen gehalten. Mirjas Mutter war die einzige, die die traditionelle Tracht der Samen trug. Und auch dies nur, wie Mirja ihm erzählt hatte, zu besonderen Anlässen. Joachim freute sich darüber, dass sie ihm zu Ehren die fröhlichen, bunten Kleider und die rote Haube trug.
In einem Sessel neben dem Ofen versank Mirjas Großmutter beinahe im abgenutzten Polster. Kaum zu glauben, dass dieses verhutzelte Weiblein mit dem schlohweißen Haar einen so stattlichen Sohn wie Arttu Järvi auf die Welt gebracht hatte. Joachim dachte unwillkürlich an seine eigene Mutter, eine zierliche Frau, die neben seiner Größe von einem Meter und achtzig ebenso zerbrechlich scheinen musste wie Mirjas Oma. Da er wusste, dass sie ihr Augenlicht beinahe vollständig verloren hatte, ging er behutsam ganz nah auf sie zu und nahm ihre Hand. Nachdem er sie begrüßt hatte, wandte er sich den drei Schwestern zu, die seinen Gruß ohne jede Spur von Schüchternheit erwiderten und ihn freundlich anlachten. Joachim entdeckte bei den jüngeren Mädchen die gleiche Offenheit, die auch Mirja ausstrahlte. Allesamt wirkten sie trotz ihrer Jugend wie Menschen, die mit beiden Beinen fest in der Erde Lapplands verankert waren. Menschen, die sich der bedingungslosen Liebe und dem Vertrauen ihrer Familie sicher sein konnten, komme, was wolle.

Als Arttu Järvi seinen Stuhl am Ende des Tisches anhob, um ihnen das Signal zu geben, dass sie Platz nehmen sollten, fiel Joachims Blick auf ein verblichenes Bild an der Wand. Zwischen den typischen Familienbildern, die alle paar Jahre beim Fotografen angefertigt wurden und mit den Jahren immer mehr Platz einnahmen, stach dieses Bild durch seine Schlichtheit und die verschwommenen Konturen seltsam hervor. »Darf ich?«, fragte Joachim und näherte sich dem Bild, das im Gegensatz zu den Porträts der Familie Järvi einen einzelnen Mann in kurzer Sporthose und Hemd zeigte, der mit erhobenen Händen über eine Ziellinie lief und dabei triumphierend direkt in die Kamera blickte. »Das ist doch Paavo Nurmi«, stellte Joachim fest und wandte sich zu Mirjas Vater um. Durch dessen Gesicht ging ein solches Strahlen, dass Joachim instinktiv wusste, dass er Arttu Järvi mit dieser Äußerung für sich gewonnen hatte.

Natürlich kannte Joachim den finnischen Nationalhelden Paavo Nurmi. Er war der beste Langstreckenläufer seiner Zeit und hatte über zwanzig Jahre lang alle Verfolger chancenlos hinter sich gelassen. Nicht nur in seiner Heimat wurde er bewundert.

»Ja, ganz Recht, dass ist Paavo Nurmi!«, rief Arttu Järvi begeistert aus und trat neben Joachim. »Er ist auch aus Turku, wissen Sie? Wir sind zusammen in die Volksschule gegangen. Nicht in dieselbe Klasse, er ist ja ein paar Jahre jünger als ich. Aber mein Bruder war mit ihm befreundet und er war ein paar Mal bei uns zu Hause. Er wird sich kaum daran erinnern, aber er hat meine Mutter immer gebeten, ihm frisches Hefegebäck zu machen. Weißt du noch, Mutter, der kleine Paavo Nurmi?«, rief er mit lauter Stimme, denn die alte Frau hatte nicht nur einen großen Teil ihrer Sehkraft eingebüßt, sondern hörte zudem sehr schlecht. Sie reagierte nur mit einem wagen Nicken auf die Frage ihres Sohnes und döste dann weiter.

»Seine Familie war sehr arm. Paavo saß oft an unserem Tisch, wir hatten immer etwas übrig für ihn, auch wenn meine Eltern selbst nicht viel hatten. Irgendwann fing er mit dem Laufen an. Und jetzt kennt ihn die ganze Welt, den kleinen Paavo«, sagte Mirjas Vater und betrachtete versonnen den Zeitungsausschnitt, der den Athleten bei seinem Triumph über 5.000 Meter bei den Olympischen Spielen in Paris im Jahre 1924 zeigte. Später war er in Ungnade gefallen und lebenslänglich gesperrt worden, weil er die Amateurregeln gebrochen und zu viel Geld für seine Wettkampfteilnahme erhalten hatte. Lange hatte man nichts mehr von Paavo Nurmi gehört, aber das änderte nichts daran, dass er in der Sportwelt nach wie vor verehrt wurde wie der Held einer griechischen Sage.

»Ich habe 1936 in Berlin Jesse Owens laufen sehen«, begann Joachim und erzählte, wie sein Onkel ihn bei den Olympischen Spielen als Dreizehnjährigen in das neu erbaute, gigantische Stadium am Maifeld mitgenommen hatte. Dort hatten sie mit eigenen Augen gesehen, wie der Neger Jesse Owens ganze vier Goldmedaillen für die Vereinigten Staaten von Amerika gewann. Ein Triumph, der dem Führer nicht gefallen konnte. Erst recht nicht, dass dann noch Owens deutscher Konkurrent Lutz Lang ihm zum Sieg gratulierte und die beiden sich vor den Augen der ganzen Welt umarmten. Auch andere schwarze Sportler ließen die arische Konkurrenz hinter sich und standen ganz oben auf dem Siegertreppchen. Der Führer soll wutentbrannt gesagt haben, die Amerikaner müssten sich schämen, ihre Medaillen von Negern gewinnen zu lassen. Später hieß es dann über die Erfolge der Schwarzen, es sei ja kein Wunder, dass sie schneller liefen und weiter sprängen, schließlich seien Neger wie Jesse Owens den Tieren näher als den Menschen.

Das Essen bei den Järvis war köstlich. Vor allem, weil es sich vom täglichen Einerlei im Lager unterschied wie Tag und Nacht. Die drei älteren Mädchen kümmerten sich um das leibliche Wohl der Eltern und des Gastes, während die elfjährige Inka neben ihrer Großmutter saß und die alte Frau geduldig und ohne Hast mit klein geschnittetenen Happen fütterte. Zuerst trugen Minttu, Eevi und Mirja duftende Karjalanpiirakka auf, mit Kartoffeln und Kohl gefüllte Pasteten aus Roggenmehl, zu denen ein Gemisch aus Ei und Butter gereicht wurde. Dann kam Poronpaisti, der traditionelle Rentierbraten auf den Tisch. Alle lachten, als Joachim versuchte, die finnischen Wörter korrekt auszusprechen: »Poronpaisti«, »karlajanpiiraka«, wiederholten die Schwestern abwechselnd und schüttelten sich vor Lachen, wenn ihm wieder und wieder die Aussprache misslang. Selbst zur Großmutter schien vorgedrungen zu sein, dass die Stimmung heiter war, sie schmunzelte still in sich hinein. Nachdem sie ihre Teller restlos geleert und viel gelacht hatten, öffnete Mirjas Vater die Flasche Korn und schenkte Joachim und sich ein Glas voll ein.
»Arttu, ich bin Arttu«, sagte er und hob das Schnapsglas. »Wir sind doch Waffenbrüder!«
Damit stießen sie die Gläser klirrend aneinander und tranken in einem Zug aus.
»Und ich bin Joachim. Auch für Sie, wenn Sie mögen«, traute er sich zu sagen und sah Mirja fragend an.
»Ja, gerne«, erwiderte sie und zum ersten Mal schien es Joachim, als habe er sie verunsichert. Doch das hielt nicht lange an, und als die Mädchen mit Beerenkompott und süßem Rahm aus der Küche kamen, waren sie bereits alle wieder in Anekdoten und Erinnerungen vertieft.
Viel zu schnell floss der Nachmittag dahin. Bald wurde es für Joachim Zeit, den

Rückweg anzutreten. Sie verabschiedeten sich herzlich voneinander, fast schon wie Freunde. Joachim musste versprechen, bald wiederzukommen und ihr Gast zu sein. Was ihm denn besonders gut geschmeckt hätte? Die Natur böte so vieles, was er noch kosten müsse. Arttu Järvi erzählte von der Landschaft, die Joachim bislang als herb und karg wahrgenommen hatte, als handele es sich um den Garten Eden. Nach süßen Beeren und duftenden Pilzen müsse man sich nur bücken und schon sei der Korb voll. In den Flüssen hüpften einem die Lachse und die Saiblinge nur so in die Netze und in den Wäldern die Schneehühner vor die Flinte. Er würde schon sehen, wenn erst der Sommer käme, würde sich unter der weißen Schneedecke die wahre Pracht dieses herrlichen Landes zeigen. Und unbedingt müsse man all dies verteidigen, es war doch ihre Heimat, das Land der Finnen – und der Samen, wie Arttu Järvi nach einem strengen Seitenblick seiner Frau schnell hinzufügte.

»Deshalb sind wir ja hier«, sagte Joachim ohne Zögern. Erst als er auf dem Heimweg darüber nachdachte kamen ihm Zweifel, ob das die ganze Wahrheit war.

Endlich kam der Frühling. Der Schnee schmolz und verwandelte die Wege in Rinnen aus tiefem Morast. Eine neue Generation Mücken erwachte mit dem ersten wärmenden Sonnenschein zum Leben. Die ausgewachsenen Weibchen fanden jedes Fleckchen unbedeckte Haut und stillten ihren Durst am Blut der Männer. Dennoch freuten sich Joachim und seine Kameraden über jeden Tag, an dem das Thermometer nicht mehr unter den Gefrierpunkt sank. Die Fellmäntel wurden bald zu warm und am Mittag konnten sie bei körperlicher Arbeit sogar die Ärmel hochkrempeln und die Sonne an ihre käsige Haut lassen. Die Geländeübungen bestanden nun nicht mehr aus ausgedehnten Schneewanderungen auf Skiern oder Schneeschuhen, sondern aus Fußmärschen durch die Tundra, bei denen sie aufpassen mussten, nicht bis zu den Schenkeln in Schlammlöchern zu versinken. Ihre Hauptaufgabe bestand darin, die Nachschubwege zu befestigen, die Unterkünfte, die im schneereichen Winter sehr gelitten hatten, wieder in Ordnung zu bringen und Unterstände und Depots zu bauen. Für den Nickelabbau in den Erzgruben südlich von Petsamo wurden die Landser nicht herangezogen. Es hieß, dass russische Kriegsgefangene in den Gruben schuften mussten. Joachim war froh, dass ihnen diese Knochenarbeit erspart blieb und sie sich an der frischen Luft betätigen konnten. Die körperliche Arbeit war anstrengend, tat aber auch gut. Schließlich hatten sie sich monatelang wegen der niedrigen Temperaturen kaum mehr längere Zeit im Freien aufgehalten. Nach dem Dienst zog es Joachim und seine Kameraden hinunter zum Wasser, zu dem Fluss, der bei Petsamo in den Fjord mündete und seine Wassermassen ins Eismeer speiste. Es war eine Kleinigkeit, Lachse zu fangen und mit reicher Beute ins Lager zurückzukehren.

Das helle Licht und die Sonne machten es ihnen leicht zu verdrängen, was sie doch alle wussten: Lange würden sie nicht mehr in Petsamo sein, die Landser, die die harten Wintermonate an der Front verbracht hatten, sehnten ihre Ablösung herbei. Joachim hatte gehört, dass es bei den Scharmützeln, die sich die Kameraden immer wieder mit den Russen geliefert hatten, viele Tote gegeben habe. Aber auch der eisigen Kälte waren manche zum Opfer gefallen, waren nachts erfroren, wenn sie bei der Wache die Müdigkeit übermannt hatte. Vor allem diejenigen Kameraden der Sechsten Gebirgsjägerdivision, die im Herbst als Verstärkung aus dem heißen Kreta an die Eismeerfront verlegt worden waren, hatte die unmenschliche Kälte völlig unvorbereitet getroffen. Einige hatte Zehen und Finger verloren und es ging das Gerücht, dass es sogar Selbsttötungen gegeben habe. Joachim war froh, dass sein Bataillon die schlimmsten Monate des Winters in Petsamo hatten verbringen können. Nicht nur wegen seiner Freundschaft mit der Familie Järvi, sondern auch, weil er

sich nicht vorstellen konnte, wie er die Kälte und den zermürbenden Stellungskrieg ausgehalten hätte. Sie selbst waren immer wieder ausgerückt, um die südliche Flanke der Front zu sichern, aber nach ein paar Tagen waren sie in das feste Lager zurückgekehrt, wo sie ein Bett und eine ordentliche Mahlzeit, ein Ofen und eine Waschgelegenheit erwarteten. An der Front wurden zwar auch Baracken errichtet, aber diese waren naturgemäß schlicht und schützten nur unzureichend vor der Kälte. Sie boten lediglich einen einfachen Schutz vor den Schneestürmen, die bei Temperaturen von bis zu vierzig Grad unter Null immer wieder über die Tundra peitschten. Hier in Petsamo hatten sie den strengen polaren Winter im Gegensatz zu den Kameraden an der Front gut und einigermaßen sicher überstanden.
Kurz nach Ostern war es damit vorbei. Morgens beim Appell erhielten sie den Marschbefehl, aber anders als sie befürchtet hatten, ging es nicht zurück Richtung Osten, nicht auf Murmansk zu. Sie erfuhren lediglich, dass sie über die norwegische Grenze nach Südwesten verlegt würden. Dort sollte ein neues Jagdkommando gebildet werden, aus Joachims Radfahr-Bataillon würde ein Rentierzug werden. Um ihre Marschrucksäcke zu packen und ihre Baracken für die Kameraden von der Front in Schuss zu bringen, hatten sie genau vierundzwanzig Stunden Zeit. Als sie in ihre Stuben liefen, rollten bereits die ersten Lastwagen ins Lager, die sie in die Nähe von Kautokeino bringen würden.

Joachim hatte Mirjas Familie erst am Ostersonntag besucht. Aus dem ersten Kennenlernen war inzwischen ein fast familiäres Verhältnis geworden. Da ihm die grenzenlose Gastfreundschaft Arttu Järvis und seiner Familie ein wenig unangenehm war, sorgte Joachim nun immer dafür, Dinge mitzubringen, die zur Mangelware geworden waren, die er aber gegen Schnaps, Zigaretten oder Schokolade immer irgendwie besorgen konnte. Butter gehörte dazu, Rasierklingen oder Kaffee. Für die Mädchen verzichtete er selbst auf die Drops, die ebenfalls Teil der Polarzulage waren. Sobald er sie bei seinen sonntäglichen Besuchen aus der Tasche holte, fingen die beiden jüngeren Schwestern an, sich darum zu balgen. Arttu hatte Joachim das Spielen auf der Mundharmonika beigebracht, während Joachim ihn in die Geheimnisse des Schachspiels eingeweiht hatte. Die ganze Familie war Joachim in den letzten drei Monaten ans Herz gewachsen, besonders aber würde er Mirja vermissen. Nein, er konnte sich eigentlich überhaupt nicht vorstellen, nicht mehr mit ihr reden zu können oder ihr unbefangenes Lachen zu hören. Und der Kuss, den sie ihm beim Abschied am Ostersonntag endlich gegeben hatte, sollte doch erst der Anfang sein. Und jetzt hieß es Sachen packen und losmarschieren. Das durfte nicht sein

und es war nur ein schwacher Trost, dass es nicht an die Front ging, sondern dass sie eine Herde Rentiere zusammentreiben sollten. Wofür auch immer das gut sein sollte.
In der Stube herrschte ein heilloses Durcheinander. Kleidungsstücke und Ausrüstungsgegenstände lagen durcheinander auf den Stockbetten und auf dem Dielenboden, es war unmöglich, dass alle gleichzeitig ihre Tornister nach dem vorgegebenen Muster ordentlich packten. Dazu gab es genau festgelegte Regeln, die sie bei ihrer Grundausbildung verinnerlicht hatten. Damals musste das Packen des Tornisters so oft wiederholt werden, bis sie es im Schlaf beherrschten. In das obere Fach kamen Wasch- und Nähzeug sowie die Leibwäsche und ein Handtuch. Die Schuhe wurden an die seitlichen Wände des größeren unteren Faches gedrückt, dazwischen fanden eine Fleischkonserve, das Kochgeschirr und das Gerät zum Reinigen der Gewehre Platz. Schließlich verfügte der Tornister noch über zwei schmale Seitentaschen. In der einen wurde der zusammengerollte Mantel oder eine Decke, in der anderen wurden die Strümpfe verstaut. Auch eine Zeltleine und eine Dreieckszeltbahn gehörten zu den Dingen, die nicht vergessen werden durften.
Joachim beschloss, die anderen erst einmal fertig packen zu lassen und währenddessen nach Mirja Ausschau zu halten. Er ging über den Hof zur Küchenbaracke, denn er wusste, dass sie bis abends Dienst hatte. Die Vorbereitungen für ihr letztes Mittagessen an gedeckten Tischen für viele Wochen wurden getroffen, dicke weiße Bohnen kochten seit Stunden in den großen Töpfen, es roch nach gebratenem Speck und nach Suppenkraut. Drei junge Frauen liefen zwischen Herd und Tischen herum, aber Mirja war nirgends zu sehen. Als eine Lotta namens Aino zur Vorratskammer neben der Eingangstür ging, fragte Joachim sie, wo Mirja sei. Inzwischen war es ein offenes Geheimnis, dass Joachim häufig Gast der Familie Järvi war. Da die Treffen stets unter elterlicher Aufsicht stattfanden, hatten sie ja auch nichts zu verbergen.
»Mirja, nein, heute krank«, antwortete Aino in brüchigem Deutsch und mit starkem finnischen Akzent. Augenblicklich machte sich in Joachim Verzweifelung breit. Wie sollte er sich von ihr verabschieden, wenn sie heute nicht zum Dienst erschienen war. Die ganze Einheit hatte strikte Ausgehsperre bis zum Abmarsch. Sich davon zu schleichen, würde als Fahnenflucht geahndet, es war unmöglich, das Lager heute noch einmal zu verlassen.

Joachim ging zurück zu seiner Baracke, in der es summte wie in einem Bienenkorb. Viele Landser waren froh darüber, dass die Zeit in Petsamo fürs erste vorbei war.

Diejenigen, die kein Mädchen hatten, sehnten sich schon lange nach Abwechslung, selbst ihre gelegentlichen bewaffneten Einsätze während des Winters hatten sie als willkommene Unterbrechung des täglichen Einerleis gesehen. Joachim drängte sich an seinen Kameraden vorbei und kramte in dem Lederbeutel, in dem er seine wenigen persönlichen Dinge verstaut hatte, nach Schreibzeug. »Na, Joachim, musst du deiner Liebsten noch einen Abschiedsbrief schreiben? Sollen wir dir beim Dichten helfen ... Meine finnische Blume, nun muss ich ziehen ... meine süße Lotta, nun geh ich fort ...«, so ihre Kommentare, als er sich an dem kleinen Holztisch Platz geschaffen hatte und zu Stift und Papier griff. Mehr denn je wünschte er sich in diesem Moment etwas Intimität. Er konnte sich wegen all der dummen Sprüche, die ja gar nicht bös gemeint waren, nicht konzentrieren.
Was wollte er Mirja denn eigentlich schreiben, was konnte er ihr überhaupt sagen? Er wusste ja auch nicht mehr, als dass sie losziehen und Rentiere rekrutieren sollten. Weder hatte man ihnen gesagt, wie lange dieser kriegswichtige Auftrag dauern würde, noch, ob sie danach in ihr Hauptlager bei Petsamo zurückkehren würden. Mehrmals zerriss Joachim das Papier, nachdem er mühevoll einige Zeilen geschrieben hatte. Als sich die Stube langsam leerte, wurde es etwas ruhiger und es fiel ihm leichter, den Brief an Mirja zu verfassen. Einen Brief, von dem er inständig hoffte, dass es kein Abschiedsbrief war. Joachim fasste zum ersten Mal in Worte, was ihm Mirjas Familie bedeutete. Sie waren ein Stück zuhause, das ihn tröstete und ihm über sein Heimweh hinweg half. Dass er sie kennenlernen und mit ihnen zusammen sein durfte, verdankte er Mirja. Aber das war nicht alles. Mirja hatte einen Platz in seinem Herzen eingenommen, in dem vorher nur Sehnsucht war und den sie gefüllt hatte mit Wärme und einem starken Gefühl. Der Kuss, den sie ihm gegeben hatte, ließ ihn hoffen, dass sie ähnlich für ihn empfand. Darüber müssten sie sprechen, sobald er zurück war. Hoffentlich ganz bald, denn die Vorstellung, nicht mehr in das tiefe Grün ihrer Augen schauen und der Melodie ihrer weichen Stimme lauschen zu können, war ihm unerträglich. Er würde ihr schreiben, so oft er Gelegenheit hätte. Und er würde jede Nacht von ihr träumen.
Joachim verschloss den Umschlag und lief hinüber zur Küchenbaracke. Aino rührte mit schweißglänzender Stirn in den dampfenden Töpfen. Als sie ihn sah, kam sie zum Eingang und nahm den Brief an sich. Sie versprach Joachim, ihn Mirja zu übergeben, wenn sie wieder gesund sei. Seine Bitte, den Brief auf dem Heimweg bei Familie Järvi abzugeben, beantwortete sie mit einem unsicheren Lächeln. Bestimmt hatte Aino ihn nicht verstanden und Joachim blieb nur zu hoffen, dass der Brief Mirja überhaupt erreichen würde.

Am nächsten Morgen sprangen sie auf die Pritschen der Lastwagen, die sie nach Kautokeino bringen sollten. Tagsüber verwandelte sich der harte Boden in eine dicke Schicht zähen Morasts, nachts froren die Spuren der Lastwagen zu tiefen Rinnen. Sie fuhren morgens früh ab, da es einfacher war, die Lastwagen über den eisigen Boden zu rangieren als durch den Schlamm, in den sich alle Wege spätestens gegen Mittag verwandelt haben würden. Dann blieben die Fahrzeuge immer wieder stecken und mussten von den Landsern aus dem Schlamm gezogen werden. Die Uniformen waren von oben bis unten mit Dreck bedeckt, als das Bataillon nach einigen Tagen sein Ziel erreichte. Kautokeino lag am Ufer des Flusses Altaelva in der norwegischen Finnmark und wurde überwiegend von Samen bewohnt. Es erwies sich als eine weit verstreute Siedlung mit roten Holzhäusern und umzäunten Gehegen, in denen die Rentiere gehalten wurden. Deren Zahl überstieg die der menschlichen Bewohner um ein Vielfaches. Die Bedeutung des kleinen und unscheinbaren Ortes lag allein in der Rentierzucht, die die hier ansässigen Samen betrieben. Außer den Rentierherden, den schmucken roten oder weißen Holzhäuschen und er kleinen Holzkirche mit dem spitzen Turm gab es hier nichts, an das Joachim sich später erinnern würde.
Sie hielten sich nur zwei Tage in Kautokeino auf, bevor sie, diesmal zu Fuß und mit der Rentierherde im Schlepptau, durch unwegsames Wald- und Seengebiet wieder Richtung Nordosten marschierten. Nach zwei Tagen erreichten sie die Ufer des Karasjokka. Der Fluss würde sich mit der fortschreitenden Schneeschmelze in einen reißenden Strom verwandeln, ein Überqueren würde später im Jahr unmöglich sein. Noch bedeckte ihn jedoch eine Eisschicht, die ihnen dick genug vorkam, um die Rentiere hinüberzuführen. Joachim stand noch am Ufer, als von der Mitte des Flusses Schreie zu hören waren. Die Tiere wurden unruhig und zerrten an den Leinen, einigen gelang es sich loszureißen und zurück ans Ufer zu laufen. Der Zug kam zum Stillstand, bevor er sich in einem weiten Bogen wieder Richtung östliches Ufer in Gang setzte. Ein Teil des Bataillons verharrte auf dem zugefrorenen Fluss, ein anderer am westlichen Ufer. Als Joachim zwei Stunden später endlich auch das andere Ufer des Karasjokka erreichte, erfuhr er, was geschehen war.
Oberstleutnant Ehlers, ein blonder Westfale mit kantigem Gesicht, der immer zu einem Scherz aufgelegt war und abends oft zur Gitarre griff, um mit kräftiger Stimme Schlager zum Besten zu geben, war in der Mitte des Flusses mit seinem Rentier eingebrochen. Weil das Tier wie wild mit den Hufen schlug und sich panisch um sich selbst drehte, hatten die Kameraden, die sich bäuchlings der Einbruchstelle näherten, Oberstleutnant Ehlers nicht zu fassen bekommen. In dem eisigen Wasser

schwanden seine Kräfte schnell und er blieb immer länger unter Wasser. Wenn er für kurze Zeit an die Oberfläche kam und nach Luft schnappte, ruderte er wild mit den Armen und schrie nach Hilfe, wobei er sich verschluckte und mit einem Gurgeln aus der Kehle wieder in den eisigen Fluten versank. Die schwere Winteruniform, das geschulterte Sturmgewehr und die klobigen Bergstiefel taten ihr übriges und zogen ihn hinab in die Tiefe. Fritz war ganz vorne dabei gewesen und erzählte Joachim unter Tränen, dass er, auf dem Bauch liegend, in Oberstleutnant Ehlers weit aufgerissene Augen unter der Eisdecke geblickt hatte, bevor dieser endgültig in den Tiefen des Karasjokka versunken war. Das Rentier gab noch ein paar panische Schreie von sich, bevor es ebenfalls unter der Eisdecke verschwand und sich eine gespenstische Stille über den Fluss legte. Fritz und die anderen, die vergeblich versucht hatten, Oberstleutnant Ehlers zu retten, waren schließlich vorsichtig zurück gerobbt, bis sie es wagten, aufzustehen und ihren Weg zum östlichen Ufer des Karasjokka fortzusetzen. Bei jedem Peitschen und Knacken, das der gefrorene Fluss von sich gab, warfen sie sich wieder auf den Bauch und beteten, dass die Eisdecke sie tragen würde. Joachim versuchte, Fritz abzulenken, aber dieser starrte nur gedankenverloren vor sich hin und verkroch sich bald in seinen Schlafsack.

Das Ereignis hatte ihnen klar gemacht, dass der Tod nicht nur dort auf sie lauerte, wo Schüsse und Granatengeheul zu hören waren. Die Natur war gegen sie, hier oben im Norden. Sie schien sich mit Kälte und Eis, mit sengender Hitze, trostloser Weite, mit Schlamm und Mücken dagegen zu wehren, dass sie hier waren. Die Erde selbst bekämpfte sie als Eindringlinge, die hier nichts zu suchen hatten, dachte Joachim. Und was würde man Ehlers' Frau und seinen Kindern sagen, wenn man ihnen die Nachricht überbrachte? Es gab keinen Leichnam, von dem sie Abschied nehmen konnten, und keine Erkennungsmarke zum Beweis seines Todes. Er war nicht im Kampf gefallen, sondern im Eis eingebrochen und ersoffen, als er versuchte, eine Rentierherde über einen Fluss in Nordnorwegen zu treiben, dessen Namen sich kein Mensch merken konnte. Es würde kein Grab geben, an dem man des Toten gedenken und um ihn trauern könnte. Von diesem Mann blieb nichts als die Geschichte eines weiteren sinnlosen Todes.

Als sie Anfang Mai Ivalo erreichten, warteten mehrere Briefe auf Joachim. Das Feldpostamt war auch im Krieg mit deutscher Gründlichkeit straff organisiert. Es war dem besonderen Ehrgeiz der Feldpostbeamten zu verdanken, dass kaum ein Brief verloren ging und eine Postsendung meist nicht länger als vierzehn Tage zwischen Front und Heimat und umgekehrt unterwegs war. Seine Mutter berichtete Joachim aus der Heimatstadt und sandte ihm Grüße von Nachbarn und Freunden. Auch Albert hatte ihm geschrieben. So erfuhr Joachim, dass die Busse schließlich doch konfisziert worden waren. »Die blaue Ida« rollte also nicht mehr durch die Straßen seiner Heimatstadt, durch die Brüderstraße und über den Westenhellweg, an der Petrikirche vorbei bis zum Markt. Seit sie nicht mehr hinter dem Steuer des Busses sitzen musste, arbeitete Joachims Mutter wie viele ihrer Nachbarinnen und Freundinnen in der Akkumulatoren-Fabrik. Sie selbst beklagte sich nicht, wahrscheinlich weil sie ihren Sohn nicht beunruhigen wollte, aber Albert schrieb, dass die Fabrik als kriegswichtiger Betrieb immer wieder Ziel alliierter Luftangriffe war. Albert selbst war am Rangierbahnhof eingesetzt, der ebenfalls häufig bombardiert wurde. Überhaupt schien das Leben in der Heimat immer stärker in den Krieg hineingezogen zu werden. Mochte die Front auch irgendwo in Karelien, Nordafrika oder am Kaukasus verlaufen, zuhause fielen Bomben, Trümmer begruben Frauen und Kinder unter sich und Familien fanden sich nach einem nächtlichen Luftangriff mit nichts als den Kleidern am Leib vor den Ruinen ihres Hauses wieder.

Joachim schämte sich für den Gedanken, konnte ihn aber nicht vertreiben. Warum sollten nur sie den Krieg zu spüren bekommen? Warum nicht auch die Leute daheim? Gehörte das nicht auch zur moralischen Unterstützung der tapferen Frontsoldaten, zu der immer aufgerufen wurde? Sicher, was konnten all die Frauen und Kinder dazu? Aber konnte er denn etwas dazu? Nicht zum ersten Mal beschlichen Joachim Zweifel, ob es richtig gewesen war, dass er wie alle anderen die Hand in die Höhe gereckt hatte. Die Gefühle, die ihn zuvor schon beschlichen hatten waren Angst, das Bangen um das eigene Leben, die Furcht vor einer schweren Verwundung oder der Gefangenschaft. Das, was er jetzt empfand, war ganz anders, denn es hatte allein mit ihm zu tun. Er hatte die Entscheidung getroffen, er war hier, weil er »Ja« geschrieen hatte. Niemand anderem konnte er die Schuld dafür geben, dass er dreckig, hungrig, frierend und mit voll geschissenen Hosen am Ende der Welt in die Mündungen russischer Gewehre blickte. Irgendwann hätten sie ihn so oder so eingezogen, das wusste er. Und wie all seine Mitschüler und Freunde hätte auch Joachim die Schande nicht ausgehalten, sich nicht vorher schon freiwillig gemeldet zu haben. Der Preis für ein paar gewonnene Monate wäre hoch gewesen: Scham und das beißende Gefühl von Feigheit. Er hatte sich freiwillig gemeldet. Und deshalb war niemand anderes verantwortlich für seine Situation als er selbst. Dieses Eingeständnis schmerzte Joachim. Es weckte eine Sehnsucht in ihm, die er als Kind verspürt hatte, wenn er von seiner Mutter getrennt war, wenn er die Ferien auf dem Hof von Tante Grete verbracht hatte oder mit Albert in die alte Heimat gereist war. Ein tiefes Verlangen nach Schutz und Geborgenheit, nach jemandem, der die Zügel in die Hand nahm und dem man blind und voller Vertrauen folgen konnte. Jemand, der ihn an der Hand nahm und an sich drückte, wenn er traurig war.

Mit niemandem konnte er über seine Gefühle reden außer mit Fritz. Der hörte nicht nur zu und fand die passenden Worte, der wusste auch genau, was Joachim meinte und empfand ähnlich. Fritz an seiner Seite zu haben, tat Joachim gut. Er verstand sich mit allen Kameraden und es gab keinen, mit dem er nicht wenigstens einen höflichen Umgang gepflegt hätte. Aber Fritz war ein Freund, wie man ihn mit viel Glück einmal im Leben findet. Joachim vertraute ihm bedingungslos. Manchmal kam es ihm vor, als schütze Fritz' Freundschaft ihn wie ein undurchdringbarer Panzer. Aber seit dem Tod von Oberstleutnant Ehlers hatte sich auch bei Fritz etwas verändert. Alles Kindliche war aus seinen Zügen verschwunden, seit er dem verzweifelt mit dem Tod ringenden Mann durch die Eisdecke hindurch in die Augen geblickt hatte.
»Was tun wir hier eigentlich?«, hatte er Joachim gefragt, ohne wirklich eine Antwort zu erwarten. »Wofür ist Ehlers gestorben? Kannst du mir das sagen, Joachim? Für eine Herde Rentiere?«
Bestimmt waren sie nicht die einzigen, die sich mit solchen Zweifeln trugen, aber Joachim hätte niemandem außer Fritz seine Unsicherheit und Skepsis offenbart. Auch seiner Mutter oder Albert schrieb er nichts über seine Gefühle. Zwar wurde die Feldpost in der Regel nicht zensiert, aber immer wieder gab es Stichproben, so dass sie sich nicht nur über ihren genauen Standort und militärische Belange ausschwiegen, sondern auch über das, was in ihnen vorging. Joachim war sich sicher, dass es seine Mutter sowieso nur verunsichern würde, wenn er ihr von seinen Ängsten und Zweifeln schrieb. Es war schon schlimm genug für sie, dass er sich freiwillig gemeldet hatte und sie seit nunmehr zwei Jahren um sein Leben bangte. In jedem Brief erkundigte sich seine Mutter danach, wann er endlich wieder Fronturlaub erhalten und sie zuhause besuchen würde. Das letzte Mal war er im Sommer des Vorjahres zuhause gewesen. Auch in einem der Briefe, die Joachim in Ivalo

erwarteten, fragte sie ihn, wann sie ihn wieder in ihre Arme schließen könnte. Er hatte keine guten Nachrichten für sie. Nachdem sie nach dem beschwerlichen, mehrwöchigen Marsch endlich mit den Rentieren in Ivalo eingetroffen waren, hatte Generalleutnant Schörner verfügt, die dienstfreien Sonntage zu streichen und den Fronturlaub auszusetzen. Schörner, jetzt kommadierender General des XIX. Gebirgskorps, wollte sie damit für angeblich schlechte Disziplin und Trödelei während des Marsches bestrafen. Vorwürfe, die an den Haaren herbei gezogen waren. Es war unmöglich, auf dem aufgeweichten Boden der Tundra schneller voranzukommen. Auch das Überqueren der Flüsse war mit dem im Frühsommer schnell ansteigenden Wasser immer mühsamer geworden. Sie hatten große Umwege in Kauf nehmen müssen und viel Zeit verloren, das war wahr. Aber nicht, weil sie getrödelt hatten, sondern weil die Umstände widrig waren. Und was er mit schlechter Disziplin meinte, war ihnen schleierhaft. Natürlich hatten sie abends am Feuer gesessen, getrunken und gesungen. Aber hätten sie nach dem täglichen Gewaltmarsch stramm stehen oder Waffen putzen sollen, die nicht zum Einsatz kamen?
Ferdinand Schörner war verhasst bei den Soldaten. Als er im Vorjahr mit seiner Gebirgsjägerdivision aus Griechenland an die Eismeerfront verlegt worden war, eilte ihm sein Ruf voraus. Hinter vorgehaltener Hand nannte man ihn den blutigen Ferdinand, er war ein strammer Nazi, der im Balkankrieg und in Griechenland mit eiserner Faust gegen den Feind vorgegangen war. Im Vorjahr hatte Schörner während des Balkanfeldzuges mit seinen Gebirgstruppen die Metaxas-Linie, den Verteidigungswall der Griechen, durchbrochen und strategisch wichtige Bergpässe besetzt. Einem Vorauskommando unter seiner Führung gelang es Ende April 1941, auf der Akropolis die Reichskriegsflagge zu hissen. Für seine militärischen Leistungen wurde ihm im Jahr 1941 am Geburtstag des Führers das Ritterkreuz des Eisernen Kreuzes verliehen. Gegenüber feindlichen Truppen, Partisanen und der Zivilbevölkerung kannte Ferdinand Schörner keine Nachsicht. Auch gegenüber den eigenen Männern trat er mit unnachgiebiger Härte auf, kämpfte gegen vermeintliche Nachlässigkeit und Schlendrian und ließ es sich nicht nehmen, die strikte Befolgung seiner Befehle höchstpersönlich zu kontrollieren. Gefürchtet waren seine unangemeldeten Blitzbesuche bei der Truppe, wenn er im »Fieseler Storch« plötzlich auftauchte, um die Disziplin bei der Truppe wiederherzustellen. Nicht selten bediente sich General Schörner dabei Degradierungen, Zwangsversetzungen und Standgerichten. Das bekamen sie nun auch zu spüren, indem er ihnen den freien Tag und die Aussicht auf Fronturlaub nahm. Joachim war maßlos enttäuscht. Er sehnte sich nach ein paar unbeschwerten Wochen. Nach einer sauberen Toilette,

deren Tür man verriegeln konnte, nach einem warmen Bad, einem weichen Bett, in dem man ohne Angst in einen traumlosen Schlaf fallen konnte.
Noch enttäuschter allerdings war er, dass sich unter dem Päckchen Briefe, das ihm der Feldpostbeamte überreichte, keine Nachricht von Mirja fand. Zwei Monate war er nun ohne ein Lebenszeichen von ihr. Er wusste noch nicht einmal, ob sie seine Zeilen zum Abschied erreicht hatten. Der Gedanke, dass inzwischen ein anderer bei der Familie Järvi ein und aus ging, mit Arttu Schach spielte und mit den jüngeren Mädchen herumalberte, machte ihn ganz verrückt. Und daran, dass Mirja einem anderen als ihm schöne Augen machte, durfte er erst gar nicht denken.

Die Ankündigung, den Urlaub zu streichen, stellte sich schließlich als bloße Drohung heraus. Schon im Juli packten Fritz und Joachim ihre Sachen und brachen zum Durchgangslager in Rovaniemi auf, der ersten Station bei Antritt und der letzten bei Ende des Fronturlaubs. Die wichtigste Stadt finnisch Lapplands lag am Kemijoki, einem Fluss, der an einigen Stellen die Dimensionen eines Sees annahm. Nur wenige Kilometer nördlich von Rovaniemi verlief der Polarkreis, den Joachim und Fritz vor gut zwei Jahren im norwegischen Mo i Rana erstmals übertreten hatten. Nach all den kleinen Orten und Städtchen, Petsamo, Kirkenes, Ivalo oder Kautokeino, und erst Recht nach all den Wochen in der rauen Wildnis des arktischen Nordens kam ihnen Rovaniemi wie eine Weltstadt vor. Nachts erleuchteten Gaslaternen die größtenteils gepflasterten Straßen, auf denen tagsüber rege Betriebsamkeit herrschte. Die Auslagen der Läden waren bunt und vielfältig, aus den Bäckereien duftete es nach Zimt, Kardamom und frischem Brot und in einem kleinen Kaffeehaus gab es hauchdünnes Gebäck zum echten Bohnenkaffee. Schon die beiden Tage in Rovaniemi kamen Fritz und Joachim vor wie lange Ferien, wenn sie auch wie alle anderen die Routine des Fronturlaubs durchlaufen mussten. Sie begann mit der Sichtung ihrer Papiere, den Eintragungen ins Soldbuch und schließlich mit einer gründlichen Entlausung.
Alle eigenen Versuche, die Läuse und Wanzen los zu werden, schlugen regelmäßig fehl oder waren nur von kurzem Erfolg gekrönt. Im Winter hatten sie ihre Kleidung bei minus dreißig Grad und weniger nachts vor die Barackenfenster gehängt, in der Hoffnung, Läuse, Nissen und Wanzen würden den Kältetod sterben. Sobald sie die Wäsche und die Uniform wieder am Leib trugen, begann sich unter dem Kragen, unter den Achseln und im Schambereich wieder etwas zu regen. Die Viecher waren einfach nicht kaputt zu kriegen, unaufhörlich musste man sich zwischen den Beinen, unter den Armen und am Kopf kratzen. Wo es warm und feucht war, setzten ihnen

die geschlechtsreifen Tiere besonders zu und saugten sich genüsslich und gierig mit ihrem Blut voll. Das Einzige, was für kurze Zeit half, waren die chemischen Entlausungsaktionen, die natürlich weder in der Wildnis noch während der Kampfhandlungen durchgeführt werden konnten. In Rovaniemi wurden sie die Plagegeister endlich los. Es war ja auch nicht unbedingt wünschenswert, wenn Familie, Nachbarn und Freunde in der Heimat anstatt tapferer deutscher Soldaten einen Haufen verlauster und verdreckter Gestalten zu Gesicht bekämen.
Nach der Entlausung mussten Fritz und Joachim zum Stabsarzt. Die Lunge wurde geröntgt und wenn nötig wurden die Impfungen aufgefrischt. Schließlich waren die beiden Freunde fertig zur Weiterreise und nahmen die Verpflegung entgegen, Hartwurst, Käse, Brot, Drops und Äpfel. Daneben gab es noch das begehrte »Führergeschenk für die Frontkämpfer«. Dieses Paket für die Fronturlauber enthielt eine Ration Bohnenkaffee, mehrere Tafeln Schokolade und sogar eine Flasche Wein, allesamt Dinge, mit denen man die Lieben daheim überraschen und davon überzeugen konnte, dass die Lage durchaus noch gut war. Joachim hatte in Rovaniemi bei einer alten Samin noch ein paar Mitbringsel gekauft: Ein Messer mit einem Griff aus Rentierhorn für den Onkel und eine schön gearbeitete silberne Spange für seine Mutter. Ob sie die Spange, mit der viele samische Frauen ihre blauen und roten Gewänder aus gewalkter Wolle unter dem Hals schlossen, tragen würde, bezweifelte Joachim jedoch. Seine Mutter trug nichts außer einem goldenen Ring mit einem Aquamarinstein, den sie von ihrer eigenen Mutter bekommen hatte. An ihren Ehering konnte sich Joachim nicht mehr erinnern, sie musste ihn gleich nach der Trennung abgelegt und, er traute es seiner Mutter zu, den Ring einfach weggeworfen haben. Regelmäßig ereiferte sie sich über andere Frauen, die Ketten, Armreife und Ohrgehänge trugen, mit den Worten: »Die ist ja behängt wie ein Weihnachtsbaum.«

Nach mehreren Tagen auf engen Lastwagenpritschen, dem feuchten Deck eines Truppentransportschiffes und harten Eisenbahnbänken erreichten Joachim und Fritz an einem strahlenden Hochsommertag ihre westfälische Heimat. Der Weizen auf den Feldern der üppigen Bördelandschaft stand bereits hoch. So weit das Auge reichte, wiegten sich die gelben Rapsblüten in der warmen Sommerbrise hin und her. Schwarzweiß gefleckte Holsteinkühe standen auf den saftig grünen Weiden und im Schatten der Backsteinmauern der vorbeiziehenden Bauernhöfe pickten Hühner nach Körnern. Schon von weitem reckte sich endlich der Kirchturm des Sankt Patrokli-Doms ihrer Heimatstadt in den tiefblauen Himmel. Da sie eine genaue Ankunftszeit nicht hatten angeben können, erwartete niemand die beiden

Freunde auf dem Bahnsteig. Aber das machte nichts, das Gefühl, zuhause angekommen zu sein, war auch so stark genug. Vor dem Bahnhofsgebäude, das bislang nicht von Bomben getroffen worden war, trennten sich Fritz' und Joachims Wege. Sie hatten ausgemacht, sich in den kommenden zwei Wochen gegenseitig zu besuchen, mit den Rädern zum Baden an den Stausee zu fahren und abends zum Tanzen auszugehen. Fritz schlug den Weg Richtung Altstadt an, in der die Wohung seiner Mutter lag.

Joachim ging in entgegengesetzter Richtung die Niederbergheimer Straße entlang Richtung Ortsausgang. Sein Weg führte ihn am lang gestreckten Gebäude des Glühlampenwerks vorbei. Nachdem in jener Novembernacht vor ein paar Jahren alle Scheiben der Fabrik von einem entfesselten Mob eingeworfen worden waren, hatte dessen jüdischer Eigentümer die Stadt verlassen. Es hieß, er sei in die Schweiz ausgewandert, wo er ganz plötzlich verstorben war, nachdem ihm ein Konsulatsmitarbeiter mitgeteilt hatte, dass er von nun an kein Deutscher mehr sei. So hatten es die Nachbarn auf der Niederbergheimer Straße jedenfalls hinter vorgehaltener Hand erzählt. Nach etwas mehr als zwei Kilometern stand Joachim vor dem Haus, in dem er aufgewachsen war, seit seine Mutter zu ihrem Bruder gezogen war.

Alles sah aus wie im Fronturlaub vor einem Jahr. Im Vorgarten, den er durch das ewig quietschende gusseiserne Tor betrat, blühten Sommerblumen in allen Farben. Rittersporn und Levkojen trugen das Gewand, Malven und Stockblumen verströmten den Duft des Sommers. Bienen und Hummeln labten sich an den schweren Blüten und bereiteten Joachim ein Willkommenskonzert. Über die abgetretenen grauen Steinfliesen ging er auf die Eingangstür zu. Er wusste, dass der Onkel, sobald Joachim die Klingel gedrückt hatte, hinter der Wohnzimmergardine in den alten Rasierspiegel gucken würde, den er außen am Fenster in einem Winkel zur Haustür angebracht hatte, um sehen zu können, wer vor der Tür stand. Joachim hatte sich immer darüber lustig gemacht und sich dann die Geschichten von den Zigeunern anhören müssen, die von Haus zu Haus zogen und bettelten, als seine Mutter und Albert Kinder waren. In der Nähe der westpreußischen Stadt Graudenz hatten ihre Eltern einen stattlichen Gutshof besessen, bis das Gebiet nach dem Weltkrieg, den man schon bald den »Ersten« nennen würde, an Polen fiel. Seine Mutter hatte ihm als Kind davon erzählt, wie aufregend es war, wenn die Zigeuner am Waldrand ihr Lager errichteten und die Frauen in langen, farbenprächtigen Gewändern und mit Schmuck aus aller Herren Länder von Hof zu Hof zogen. Frieda und Albert hatten sich hinter ihrer Mutter versteckt, wenn es an der Tür klopfte und neugierig hinter ihren Röcken hervor gelugt, sobald sie die Tür öffnete. »Gute

Frau, gebt uns Milch und Brot für die Kinder«, baten die Zigeunerinnen und rollten dabei das »r«, so dass es für die Kinder auf dem Hof noch fremdländischer klang. Friedas Mutter hatte immer etwas gegeben, wenn sie auch auf das fahrende Volk geschimpft und seine, wie sie fand, Gottlosigkeit und Faulheit mit scharfen Worten verurteilt hatte. Aber die großen, braunen Augen der Zigeunerkinder hatten immer wieder ihr Herz erweicht. Vor sich hin schimpfend ging sie in die Speisekammer, um ein Stück Speck oder Brot, ein paar Äpfel, Zwetschgen oder Kartoffeln zu holen, während Frieda und Albert die Haustür bewachen und aufpassen sollten, dass die Zigeunerinnen nichts in ihren weiten Röcken verschwinden ließen. Nach ein paar Tagen hatte die ganze Sippe dann ihr Lager abgebrochen und war, oft unbemerkt im Dunkel der Nacht, weiter gezogen. Die Kinder mussten am nächsten Morgen enttäuscht entdecken, dass die Zigeuner nicht mehr da waren und warteten sehnlich auf die nächste Gruppe, die sich für kurze Zeit auf dem Platz am Waldrand einrichten würde. Dann würden sie wieder in der Abenddämmerung durch das Kornfeld schleichen und sich wie die Indianer anpirschen, um den Gitarrenklängen und den unbekannten Gesängen zu lauschen, die so fremd, so traurig und schön klangen.
Joachim selbst hatte nicht ein einziges Mal erlebt, dass Zigeuner geklingelt hätten, um ein Almosen zu erbitten. Und nach allem was man hörte, war es damit ja nun sowieso vorbei.

Joachim drückte den kleinen Messingknopf, neben dem in geschwungenen Lettern der Name Steinborn eingraviert war. Sobald er geklingelt hatte, sprang er von der Treppe unter das Wohnzimmerfenster. Sein Onkel würde im Spiegel niemanden entdecken und an einen Streich der Nachbarkinder glauben. Joachim und seine Freunde hatten es selbst geliebt, durch die Gärten um die Häuser zu schleichen und »Mäuseklingeln« zu spielen. Wehe, wenn sie erwischt wurden. Dann erwartete sie erst bei den Nachbarn und später noch einmal zu Hause ein Donnerwetter. Es kam, wie Joachim es sich gedacht hatte. Nach einer kurzen Weile wurde das Fenster aufgerissen und Alberts wohlvertraute Stimmer rief:« Ihr Bengel, es ist Mittagsruhe! Wenn ich Euch erwische, dann setzt es was!«
Joachim trat einen Schritt vor und blickte nach oben.
»Oh je, jetzt habe ich aber Angst«, sagte er.
Das wütende Gesicht seines Onkels verwandelte sich in ein strahlendes Lachen.
»Joachim, mein Junge, du bist schon da? Warte, warte, ich mach dir auf!«
Damit verschwand er vom Fenster und Joachim hörte, wie er aufgeregt rief: »Frieda, Frieda! Joachim ist da! Der Junge ist da!«

Am Abend saßen sie unter dem Kirschbaum und konnten sich nicht voneinander trennen. Über ihnen summten die Insekten, im kleinen Gehege in der hintersten Ecke des Gartens gackerten die Hühner und die Vögel in der Hainbuchenhecke zum Nachbargrundstück trällerten ihr Abendlied. Joachim konnte kaum glauben, dass diese Welt noch existierte. Ein Jahr lang, seit er das letzte Mal Fronturlaub gehabt hatte und zuhause gewesen war, hatte er nichts gehört als gebrüllte Befehle, das Schnarchen und Stöhnen seiner schlafenden Kameraden und die Todesmelodien, die die Russen ihnen mit ihren Stalinorgeln und Gewehren hinüberschickten. Die Laute des friedlichen Gartens überwältigten ihn ebenso wie die Farben. Das satte Grün der Wiese, die leuchtende Pracht der Sommerblüten und das Rot der Kirschen, die vor ihm auf dem Holztisch standen. Er konnte nicht aufhören, eine um die andere in den Mund zu stecken und die Kerne in hohem Bogen Richtung Hecke zu spucken. Als Junge hatte er geglaubt, dass aus jedem dieser Kerne ein neuer Kirschbaum wachsen würde und sich gefragt, wie sie alle in dem schmalen Garten Platz haben würden. Im Rohr der Teppichstange nistete wie eh und je eine Meisenfamilie. Zuerst war es still geworden, nun aber trauten sich die Meiseneltern wieder hinaus, um auf der Wiese nach Würmern für ihre Jungen zu picken, die ihre kleinen Köpfe vorwitzig aus der Öffnung im Rohr steckten und neugierig zu ihnen hinüber spähten.

Albert fragte Joachim nach dem Leben an der Front, nach ihren Einsätzen und seiner Einschätzung der Lage. Seine Mutter hingegen vermied es, ihm Fragen zu stellen und erzählte stattdessen von den Ereignissen des vergangenen Jahres. Von den Bombenangriffen auf die Bahnlinie und die Fabriken am Stadtrand, von Nachbarinnen, die lange schon keine Nachricht mehr von ihren Söhnen hatten und davon, dass sie sich eine neue Schneiderin hatte suchen müssen, nachdem Familie Meerbaum abgeholt worden war.

»Ich wusste gar nicht, dass sie Juden sind, man hat es ihnen auch gar nicht angesehen«, sagte Frieda.

»Weißt du noch, Joachim, der kleine Karl kam doch oft mit, wenn Frau Meerbaum Maß genommen hat oder ein Kleid vorbei brachte. So ein kleiner Blonder mit abstehenden Ohren, der sich immer hinter seiner Mutter versteckte. Er traute sich erst hervor, wenn ich mit der Bonbondose kam.«

Joachim erinnerte sich nur zu gut an den Jungen. Manchmal hatte er mit ihm im Garten ein bisschen Fußball gespielt, damit die Frauen in Ruhe Kleider anprobieren konnten.

»Und seit wann sind sie weg?«, fragte er.

»Seit Februar«, antwortete seine Mutter. »Ich weiß es von Frau Röhrig, sie wohnt ja auch im Kohlbrink. Sie hat gesehen, wie sie abgeholt wurden.«
Frieda schüttelte den Kopf, aber bevor er noch weiter fragen konnte, stand sie abrupt auf.
»So, ich hole uns noch einen Saft, ja? Wir haben noch ein paar Flaschen aus dem letzten Jahr. Dieses Jahr werden es nicht so viele, die Apfelbäume tragen nicht sehr viel. Es ist ja im April noch einmal richtig kalt geworden, mit Nachtfrost. Da sind viele Blüten erfroren.«
Joachim wollte noch mehr wissen über Familie Meerbaum und die anderen, von denen er wusste oder sich dachte, dass sie Juden waren. Im Norden hörte man ja nichts als Gerüchte, und die schwollen ja erfahrungsgemäß an, je länger sie unterwegs waren. Aber dass seine Mutter dem Thema ein deutliches Ende setzte, war ihm eigentlich auch ganz recht. Er hatte genug gesehen und war im Grunde froh, einmal eine Pause von allem zu haben. Da musste er sich nicht noch Geschichten von Leuten anhören, die er persönlich kaum kannte. Außerdem hätten die Meerbaums und wie sie alle hießen ja von selbst gehen können, statt zu warten, bis sie abgeholt wurden. So wie der Fabrikbesitzer es gemacht hatte, als er in die Schweiz umzog. Dass er dort dann gleich eine Herzattacke erlitten hatte, grenzte ja schon an Ironie des Schicksals. Aber es zeigte auch, dass wer schlau war, früh genug die Koffer gepackt hatte. Joachim hätte allerdings interessiert, was aus dem alten Meerbaum geworden war. Er hatte im Weltkrieg in Frankreich gekämpft und war sogar Träger des Eisernen Kreuzes, was damals nur selten vergeben wurde. Als verdientem Frontkämpfer war dem alten Meerbaum bestimmt nichts zugestoßen. Und gewiss hatte man auch seine Familie nur umgesiedelt, er war ja so etwas wie ein Kriegsheld. Joachim beruhigte der Gedanke, denn er wollte ja nicht weiter über die Familie der Schneiderin nachdenken. Nur, der kleine Junge ging ihm nicht aus dem Kopf. Es konnte einfach nicht sein, dass dem blonden Kerl mit den Segelohren etwas angetan wurde, nein, er lebte jetzt einfach woanders.
Seine Mutter kam aus dem Haus zurück und hatte eine angestaubte Flasche Apfelsaft in der Hand. Als Albert sie entkorkte, verströmte die Flasche einen unangenehm sauren Geruch.
»Ach, wie schade«, rief sie, »die war wohl nicht richtig dicht. Jetzt habe ich schon wieder eine Flasche Essig!«
»Ich geh in den Keller und hole eine neue«, bot Albert an.
»Lass mal«, sagte Joachim. »Ich bekomme nach all den Kirschen sowieso nichts mehr runter. Und ich bin müde von der Reise. Lass uns morgen weiterreden.«

Joachim erhob sich und gab seiner Mutter und Albert einen Kuss auf die Wange. »Schlaft gut.«
»Schlaf auch gut, mein Junge«, antwortete seine Mutter.
»Keine Sorge, das werde ich. Immerhin habe ich seit einem Jahr nicht mehr in einem richtigen Bett geschlafen. Und nicht alleine im Zimmer, wir sind ja meist zu zwölft in der Stube. Das Schnarchen könnt Ihr Euch vorstellen, da wird ein ganzer Wald abgeholzt!«, sagte Joachim. »Wahrscheinlich kommt es mir ganz komisch vor, wenn ich nur die Geräusche aus dem Garten höre.«
Damit wandte er sich um und ging ins Haus, die kleine Treppe zur Wohnungstür hinauf und in sein Zimmer, in dem alles noch war wie vor zwei Jahren, als er nach dem Abitur seine Sachen gepackt und nach Norden aufgebrochen war.
Joachim war sich so sicher gewesen, sofort in einen tiefen, traumlosen Schlaf zu fallen. Aber als er unter der weichen Decke lag und sein Kopf in dem Federkissen versank, war alle Müdigkeit und Schwere dahin. Er wälzte sich unruhig von der einen auf die andere Seite, trotz der frischen Nachtluft, die durch das offene Fenster drang, begann er zu schwitzen und die Stille im Haus schrillte in seinen Ohren. Erst als die ersten Vögel erwachten und in den Bäumen ein vielstimmiges Zwitschern anhob, fand er endlich in den Schlaf.
Es war bereits spät am Vormittag, als Joachim vom Klappern in der Küche erwachte. Er brauchte einen Moment, bis ihm einfiel, dass er zuhause war, gerade noch hatte er Mirja vor sich gesehen, wie sie in der Küche des Lagers mit den großen Töpfen und dem Küchengerät hantierte. Wo war sie bloß? Warum hatte sie ihm nicht geschrieben? Die Gedanken hatten ihn bis hierher begleitet, tausende Kilometer von Petsamo entfernt. Joachim wusste nun, dass er auch im Fronturlaub nicht wirklich wegkam von dem Leben und Sterben im Norden. Es hatte sich in sein Reisegepäck geschlichen und war einfach mitgekommen. Und es würde sich nicht mehr abschütteln lassen, wohin er auch ging.

Ein paar Mal traf sich Joachim in den nächsten zwei Wochen mit Fritz. Sie nahmen die Räder, Wasser und Proviant und fuhren über die kaum befahrene Landstraße zum Drüggelter Becken, dem Teil des Stausees, der noch mit Wasser gefüllt war. Früher hatten sie immer den Stausee angesteuert, ein riesiges Wasserreservoir, das das gesamte Umland mit Trink- und Brauchwasser versorgte. Während Kinder in Ufernähe planschten und Jugendliche sich Wettschwimmen zur hölzernen Badeinsel lieferten, saßen rauchende Herren im Dreiteiler neben ihren Damen im Sonntagsstaat und mit großen Sonnenhüten auf dem Deck des Ausflugsbootes, das

gemächlich über den See tuckerte und ab und zu eine Schiffsglocke aus blank poliertem Messing erschallen ließ. Mit den Badefreuden und Sonntagsausflügen war es vorbei, seit die Staumauer im Mai von einer alliierten Fliegerbombe getroffen worden war. Die Rollbombe hüpfte leichtfüßig über die Wasseroberfläche, stupste mit der Nase die Staumauer und sank bis auf eine Tiefe von zehn bis fünfzehn Metern hinab, wo sie schließlich explodierte und einen schmalen Riss ins Mauerwerk sprengte. Da der Stausee nach ergiebigen Frühlingsniederschlägen randvoll gefüllt war, weitete sich der Riss unter dem Druck der Wassermassen binnen Minuten zu einem gewaltigen Keil. Als die Staumauer geborsten und sich die Wassermassen ins Tal ergossen hatten, waren über tausend Menschen elendig in den Fluten ersoffen. Die meisten von ihnen in einem Kriegsgefangenlager unweit des Staudamms, andere in weiter entfernten Orten, durch die eine über zehn Meter hohe Flutwelle eine Schneise der Verwüstung schlug, Menschen, Tiere, Zäune, Mobilar und Automobile mit sich riss. Nun gab es den Stausee nicht mehr. Die Segelboote und Ausflugsschiffe waren entweder fortgerissen worden oder lagen kieloben an den Ufern dieses riesigen Grabes.
Das Drüggelter Becken war der natürliche Teil des Sees, der zum Baden weniger spannend war und den sie früher nur aufgesucht hatten, wenn er im Winter zugefroren war. Der Stausee selbst war so groß gewesen, dass er nur selten eine Eisfläche bildete, die dick genug war zum Schlittschuhlaufen. Aber das kleine Becken war nicht mehr als ein größerer Teich und einige Nächte mit Frost genügten, um mit den Kufen über das Eis gleiten zu können. Dick eingepackt in warme Wolljacken, Mützen und Handschuhe, die Füße in von den Müttern selbst gestrickten Wollsocken und klobigen Stiefeln, unter die sie sich die frisch geschliffenen Kufen schnallten, glitten sie über die glatte Eisfläche. Wenn es geschneit hatte, mussten sie Besen mitnehmen und sich erst einmal eine Bahn frei kehren. Wenn Joachim jetzt daran dachte, wie sehr er bei den Heimfahrten gefroren hatte, mit vom Eislaufen nass geschwitztem Rücken auf dem Rad zurück nach Hause, konnte er nur darüber lachen. Minus fünf, minus acht Grad, wie kalt mochte es gewesen sein an jenen Winterabenden, wenn sie im Dämmerlicht aufbrachen und erst im Dunkeln die Haustür aufschlossen, wenn ihre Finger steif gefroren waren und die Füße anfingen zu jucken, sobald sie in der warmen Wohnung waren und wieder Leben in die eisigen Glieder kam. Hätte ihm damals jemand prophezeit, dass er bei Temperaturen von unter minus vierzig Grad mehrere Stunden lang im Freien würde aushalten müssen, er wäre sicher gewesen, binnen kurzer Zeit zu erfrieren. Kälte tat weh, Kälte lähmte und sog den letzten Funken Glück und Lebensmut aus den Gliedern.

So lange, bis eine bleierne Müdigkeit einen zu Boden zog und in einen traumlosen Schlaf wiegte, aus dem man nie mehr erwachte.
Doch jetzt zog sie die Hitze des Sommers zum See. Um dorthin zu gelangen, ging es zunächst stetig bergauf bis zum Bismarckturm, von dem aus man einen herrlichen Blick über die weite Bördelandschaft hatte. Wenn sie oben angekommen waren, lief ihnen der Schweiß bereits in den Hemdkragen. Umso erfrischender war die Fahrt bergab und schließlich der Sprung in den kühlen See. Anders als in den Sommern davor waren sie oft die einzigen, die am Ufer im Schatten der Eichen und Buchen lagen. Es waren ja auch keine Ferien, und es war Krieg. Wer hatte schon Zeit und Muße, einen ganzen Sommertag am See zu verbringen. Fast hatten sie ein schlechtes Gewissen, dass sie hier lagen und faulenzten, während ganz Deutschland damit beschäftigt war, die Welt zu erobern.
»Wir tanken nur ein bisschen Kraft, damit wir wieder ordentlich marschieren können«, zerstreute Fritz Joachims Zweifel. »Genieß es einfach und dank dem Herrn, dass du hier sein kannst. Und das mit mir«, lachte er und sprang auf, um in den See zu stürmen.
Joachim tat es ihm nach und sie balgten im Wasser herum wie junge Hunde, bespritzen sich, tauchten sich gegenseitig unter und schwammen um die Wette. Abends machten sie sich erschöpft aber glücklich auf den Rückweg, pflückten am Wegesrand die ersten reifen Äpfel und kehrten mit einem Bärenhunger nach Hause zurück.
In diesen Momenten gelang es Joachim, einfach im Hier und Jetzt zu sein. Es lag auch an Fritz, der dieselben Bilder mit sich herumtrug wie Joachim, der aber Ruhe und Zufriedenheit ausstrahlte und dessen Gottvertrauen düstere Gedanken davonblies wie ein kräftiger Windstoß. In Fritz Gesellschaft fühlte sich Joachim wie der Neunzehnjährige, der er ja auch noch war. In der Uniform waren sie Soldaten, die für Reich und Führer ihr Leben lassen würden. Darunter waren sie Jungs, die immer noch gerne den Ball über den Bolzplatz schossen, sich Radrennen lieferten und im Wasser rangelten. Es tat gut zu merken, dass sie das noch konnten, einfach jung sein.

Umso schwerer fiel nach zwei Wochen, die im Fluge verronnen waren, der Abschied von zuhause. Natürlich war es nicht zu vergleichen mit dem ersten Abschied vor zwei Jahren. Inzwischen hatten Joachim, seine Mutter und Onkel Albert ja die Erfahrung gemacht, dass es kein endgültiger Abschied sein würde, sondern eine Trennung bis zum nächsten Wiedersehen. Zweimal schon war er unversehrt aus dem Krieg zurückgekehrt, warum also nicht auch ein drittes oder viertes Mal, und schließlich ein letztes Mal? Lang konnte das alles ja nicht mehr dauern, zwar hatten sie Murmansk nicht einnehmen können, aber die Grenzen des Reiches schoben sich an vielen anderen Fronten weiter voran. Die Wehrmacht hatte Frankreich genauso fest im Griff wie den Balkan und Skandinavien. Erst vor ein paar Tagen hatten sie im Volksempfänger gehört, dass die Sechste Armee den Angriff auf Stalingrad eingeleitet hatte. Bald wären die Ölfelder im Kaukasus in deutscher Hand. Rommels Afrikakorps stand in El Alamein und hatte nur noch hundert Kilometer Richtung Alexandria zu überwinden. Auch der Suezkanal lag zum Greifen nah. Das Jahr 1942, dessen war sich Joachim sicher, würde die Grenzen des Reiches unaufhaltbar weiter Richtung Süden und Osten verschieben. Selbst wenn es im Norden seit Monaten nicht weiter voranging und sie vor Murmansk weiter in einem Stellungskrieg verharrten. Was spielte schon eine Hafenstadt an der Eismeerküste für eine Rolle, wenn Namen wie Stalingrad, El Alamein oder Thessaloniki die Erfolge der Wehrmacht markierten? Die Fähnchen wurden weiter umgesteckt, der Radius wurde immer noch größer, die Stärke des Reiches wuchs mit jeder Schlacht, die geschlagen wurde. Irgendwann würde man Kräfte Richtung Norden verlagern können und dann wäre es ein Kinderspiel, bis auch auf dem Namen Murmansk ein Fähnchen mit der Reichskriegsflagge stecken würde.

Auch im Zug, der sie nach Travemünde brachte, gab es kaum ein anderes Thema als die deutschen Erfolge. Mit wiedererwachtem Stolz trug Joachim seine Uniform, nahm von völlig Fremden gute Wünsche entgegen und ließ sich anerkennend auf die Schulter klopfen. Ein kleiner Junge, der an seinem Abteil vorbei ging, blieb stehen und salutierte, ein älterer Mann erzählte ihnen von seiner Teilnahme an der Schlacht von Verdun und zeigte ihnen die linke Hand, von der ein Granatsplitter ihm drei Finger abgerissen hatte.

»Gott sei Dank bin ich Rechtshänder«, lachte er, »das war es wert gegen den Franzmann!« Joachim und Fritz erwiderten aus Höflichkeit das Lachen des Alten, obwohl ihnen dabei etwas mulmig zumute war.

Mit dem Schiff ging es weiter nach Oslo, von dort aus per Bahn und Lastwagen Richtung Norden bis ins Durchgangslager in Rovaniemi. Joachim konnte kaum glauben, dass sie erst vor gut zwei Wochen von hier aus nach Hause aufgebrochen waren. Es kam ihm wie eine Ewigkeit vor, obwohl doch die Tage zuhause viel zu schnell vorüber gegangen waren. Die weite und nahezu baumlose Landschaft wirkte jetzt auf ihn, als habe jemand alle Farbe ausgewaschen und die Stadt, die ihm vor drei Wochen noch wie eine quirlige und farbenfrohe Metropole vorgekommen war, wirkte trostlos und trist auf ihn. Nichts mehr von den Farben und Klängen des Sommers im heimischen Garten und am See, über den Weizenfeldern und dem Buchenwald. Wie lange würde es dauern, bis es in seiner Welt wieder das Gelb der Sonnenblumen, das Grün der Baumkronen und das Rot des Klatschmohns am Rand der Kornfelder geben würde?

Als alle Einträge in ihren Soldbüchern vorgenommen und sie fertig zur Weiterreise waren, überraschte Joachim und Fritz ein neuer Marschbefehl. Wider Erwarten ging es ohne Umwege zurück nach Petsamo, wo sie die Flanke der erstarrten Eismeerfront sichern sollten. Ihre Einheit war schon vor einer Woche von Ivalo aus dorthin zurückverlegt worden und hatte das alte Barackenlager bezogen. Sobald sie komplett waren, würden sie die Kameraden an der Front ablösen.
Während Fritz darüber jammerte, dass sie den Hochsommer hauptsächlich im Kampf gegen die Mücken statt gegen die Russen verbringen würden, dachte Joachim nur an eines. Bald würde er wissen, was mit Mirja war, warum sie ihm nie geantwortet hatte und ob es noch einmal einen Kuss für ihn geben würde. Dass sie sich von ihm abgewandt haben könnte, daran mochte er nicht glauben. Er konnte es sich auch nicht vorstellen, nach all den schönen Stunden, die sie während des Winters miteinander verbracht hatten. So hätte sich Mirja nicht verstellen können. Es musste etwas Unvorhergesehenes geschehen sein, das sie am Schreiben hinderte. Kein Unglück, wiederholte er mit geschlossenen Lippen immer wieder wie eine Beschwörungsformel. Bitte, kein Unglück.
Spät am Abend erreichten sie Petsamo und bezogen ihre alte Stube im Lager. Die Kameraden begrüßten sie mit großem Hallo und fragten nach Neuigkeiten aus der Heimat. Wie sahen die deutschen Städte aus? Stimmte es, dass die Luftangriffe stark zugenommen hätten? Gab es noch alles zu kaufen oder litten die Menschen Hunger? Waren die Mädchen immer noch so hübsch? Hatten sie eines zum Tanzen ausgeführt? War da mehr gewesen? Joachim und Fritz antworteten geduldig auf alle Fragen. Dabei hatte Joachim selbst nur Mirja im Kopf. Aber er traute sich nicht, vor der versammelten Stube zu fragen, ob sie noch in der Küche Dienst tat. Natürlich wussten die anderen um seine Freundschaft mit der finnischen Familie Järvi.

So mancher hatte ihn im Winter darum beneidet, den freien Sonntag gemeinsam mit einer Familie verbringen zu können, statt wieder einmal im kleinen Kaffeehaus der Stadt Karten zu spielen oder in der Stube zu hocken und die Post zu erledigen.
Nach einer Weile sprang Heinrich plötzlich vom Stockbett und schlug sich mit der Hand an die Stirn: »Mensch, Joachim, ich hab' da noch was für dich. Beinah' hätte ich es vergessen!« Heinrich kramte in seinem Spind und holte ein Bündel hervor.
»Die haben eine halbe Weltreise hinter sich«, sagte er und überreichte Joachim die Briefe, ohne sich ein Grinsen verkneifen zu können.
Joachim riss ihm das Bündel aus der Hand und drehte es um. Der Absender lautete M. Järvi, Petsamo. Mirja hatte ihm also geschrieben, hatte an ihn gedacht. Als Joachim die Anschrift sah, war ihm klar, warum ihn die sehnlich erwartete Post über all die Monate nicht erreicht hatte: Mirja hatte seinen Namen und seinen Dienstgrad angegeben, nicht aber die Feldpostnummer, ohne die die Zustellung entweder nicht möglich war oder verweigert wurde. Als seine Einheit kurz nach Ostern so übereilt aus Petsamo abgezogen worden war, hatte Joachim schlichtweg vergessen, Mirja in dem Brief, den Aino ihr geben sollte, seine Feldpostnummer mitzuteilen. Joachim schwankte zwischen Erleichterung und Wut über seine eigene Dummheit. Über drei Monate lang hatte er darüber gegrübelt, warum Mirja ihm nicht zurück geschrieben hatte. Und anstatt ihr selbst noch einmal zu schreiben und danach zu fragen, hatte er sich lieber ausgemalt, dass sie längst nicht mehr an ihn dachte und ihr Herz einem anderen schenkte. Ein einziger Brief von ihm hätte genügt. Dann hätte sie seine Feldpostnummer gehabt und ihm antworten können. Doch sein Stolz und seine Zweifel hatten ihm im Weg gestanden. Nachdem er auf seinen ersten Brief keine Antwort erhalten hatte, hatte er sich lieber alles Mögliche vorgestellt, als ihr noch einmal zu schreiben und ihr hinterherzulaufen. Erst sollte sie ihm einen Brief schicken, bevor er wieder zum Füllfederhalter greifen würde. Joachim konnte nur hoffen, dass Mirja nun nicht zu stolz war, ihm seine Borniertheit zu verzeihen.
»So, da hab' ich ja Einiges zu lesen«, sagte Joachim gespielt gelassen in die Runde und zog sich auf seine Pritsche zurück.
Er stopfte sich Decke und Kissen in den Rücken, zündete sich eine Zigarette an und begann mit dem untersten Brief des Bündels. Zwei Tage nachdem sie verlegt worden waren, hatte Mirja ihm auf seinen Brief geantwortet. Am Tag des Marschbefehls hatte sie Fieber bekommen und konnte ihren Dienst in der Küche nicht antreten. Sie schrieb, wie leid es ihr täte, dass sie sich nicht richtig voneinander hatten verabschieden können, dass sie aber ganz sicher sei, Joachim bald wieder zu sehen.

In jedem ihrer Briefe versicherte Mirja, dass sie ihn vermisse und ihr Wiedersehen in jeder einzelnen Minute herbeisehne. Und dass, obwohl er ihr nicht zurück schrieb. Dachte er nicht mehr an sie, begann sie schließlich zu fragen. Aber da sie dies nicht glauben wollte und konnte, legte sich Mirja eine Erklärung für sein Schweigen zurecht. Er musste wohl an der Front sein und konnte ihr nicht schreiben. Ging es ihm dort gut oder war er etwa verwundet worden und konnte deswegen keinen Brief schicken? Ihre Fragen und Zweifel wurden drängender und der letzte Brief, den sie vor über vier Wochen abgeschickt hatte, klang matt und resigniert. Sie würde nun nicht mehr schreiben, bis sie eine Antwort erhielte. Ungewissheit und Sorge wären unerträglich geworden, sie müsse nun endlich Gewissheit haben, was mit ihm war. Wenn es Joachim irgend möglich sei, solle er ihr ein Lebenszeichen schicken, nur ein Zeichen, ein kleines Zeichen, bitte. Joachim war erschüttert, seine anfängliche Freude darüber, dass sie ihm seit Ostern so viele Male geschrieben hatte, schmolz mit jedem der Briefe dahin. Seine Sturheit war Schuld, dass sie beide in Ungewissheit und Sorge um den anderen gewesen waren. Wie konnte er das nur wieder gut machen? Würde Mirja ihn überhaupt noch wollen, wenn er ihr sagte, dass er zu stolz gewesen war, um ihr erneut zu schreiben? Sie würde es bestimmt nicht verstehen, denn sie selbst hatte so offen über ihre Gefühle geschrieben, ohne Scheu und falschen Stolz.
Obwohl er von der langen Reise müde war, verbrachte Joachim eine unruhige Nacht und sehnte den Morgen herbei. Jetzt, im Hochsommer, nahmen sie ihre Mahlzeiten an langen Holzbänken und Tischen im Freien ein. Neben der Küchenbaracke war eine große Plane aufgespannt, die sie vor Regen und Sonne schützte.
Schon von der anderen Seite des Hofes sah Joachim sie. Mirja stand an der Essensausgabe und schenkte den Landsern aus einer großen Blechkanne Kaffee ein. Sie sah nicht auf und verrichtete konzentriert ihre Arbeit. Fritz, der neben Joachim ging, stieß ihm leicht den Ellenbogen in die Seite: »Joachim, hast du sie gesehen?«
»Ja, aber wie kann ich denn jetzt mit ihr reden?«, fragte Joachim den Freund.
»Gib ihr beim Essenfassen ein Zeichen, das bekommt doch keiner mit«, sagte Fritz. Sie reihten sich in die Schlange ein und nahmen jeder einen Teller für die Brotscheiben, ein Stück Schmierwurst, einen Klecks Marmelade und ein Stück Butter. Als Joachim mit dem Kaffee an der Reihe war und Mirja ihn erkannte, schlug sie sich die Hand vor den Mund und versuchte erst gar nicht, ihre Überraschung zu verbergen. Ein Durcheinander aus Freude und Ärger brachte ihre Gesichtszüge in Bewegung, als er so unerwartet vor ihr stand. »Mirja, ich muss mit dir reden«, flüsterte Joachim ihr zu.

Mirja gelang ein leichtes Nicken und mit zitternder Hand goss sie ihm Kaffee in seine Blechtasse, wobei ein guter Teil daneben ging und ihm die Hand verbrühte. Wenn das der einzige Schmerz war, den ihr Wiedersehen ihm verursachte, wäre das großartig, dachte Joachim und ging zu den Tischen hinüber. Er nahm Fritz gegenüber Platz, so dass er Mirja unauffällig beobachten konnte. Sie hatte sich schnell wieder im Griff und schenkte mit ihrer freundlichen Art und ohne Eile Kaffee an die Kameraden aus, bis auch der letzte an der Reihe war. Dann nahm sie die leere Blechkanne und trug sie in die Küchenbaracke zurück.

Jetzt war der richtige Moment, ein Wort mit ihr zu wechseln. Die anderen waren noch schläfrig und kauten missmutig an ihren Broten oder blödelten herum. Keiner achtete auf Joachim, als er aufstand und zum Kücheneingang hinüber ging. Mirja schien schon auf ihn zu warten, denn sie stand direkt hinter der Tür und wischte an einem Regal herum, an dem es gar nichts sauber zu machen gab. An ihrem Blick erkannte Joachim, dass Wut und Enttäuschung die Oberhand gewonnen hatten, aber bevor sie den Mund öffnen konnte, hatte er schon die Arme um sie geschlungen. Er hielt sie ganz fest, drückte seinen Mund in ihr Haar und flüsterte immer wieder: »Es tut mir so leid, es tut mir so leid. Ich liebe dich Mirja, es tut mir so leid.«

Als er es aussprach, wusste Joachim, dass dies die Wahrheit war. Er spürte, wie Mirjas Körper in seiner Umarmung immer weicher wurde und sie jeden Widerstand aufgab. Schließlich schluchzte sie leise und schloss ihre Arme um ihn. Sie musste gar nichts sagen, alles war gut.

Joachim und Mirja blieb nur kurze Zeit, um über die vergangenen Monate zu sprechen und das Missverständnis aus der Welt zu schaffen. Aber diese kurze Zeit würde in Joachims Erinnerung großen Raum einnehmen. Die drei Stunden am Ausläufer des Fjords, als er seinen Kopf in ihren Schoß gebettet hatte, als ihr offenes Haar ihn kitzelte, wenn sie sich zu ihm hinunterbeugte und ihn küsste. Das Bad im kalten Wasser, Mirjas nasser Körper eng an seinem. Schließlich der letzte Abend, bevor seine Einheit an die Front verlegt wurde. Mirjas Familie hatte Joachim aufgenommen wie den verloren geglaubten Sohn. Über das Missgeschick mit der unbekannten Feldpostnummer konnten inzwischen alle lachen, sogar Mirja und Joachim. Die deutsche Post nahm es eben genau, die Feldpost war da keine Ausnahme. An seinem letzten Abend in Petsamo hatte Arttu Järvi Fische gebraten, die er am frühen Morgen gefangen hatte, dazu gab es Kartoffeln und Rote Bete aus dem kleinen Gemüsebeet hinter dem Haus. Nach dem Essen hatten sich Joachim und Mirja auf die Holzbank im Garten gesetzt. Keine der drei jüngeren Schwester ließ sich blicken.

Offenbar hatten sie strikte Anweisung, Joachim und Mirja in den Stunden des Abschieds in Ruhe zu lassen. Sie saßen im blassen Licht der Mitternachtssonne und hielten sich schweigend bei den Händen. Die Sonne ging um diese Jahreszeit gar nicht mehr unter, um Mitternacht war es noch helllichter Tag. Erst ab Ende Juli würde die Sonne immer tiefer und länger hinter dem Horizont verschwinden, bis sie schließlich von Ende November bis Ende Januar überhaupt nicht mehr zu sehen sein würde.
Als Joachim sich verabschieden musste, brauchten sie keine Worte, um zu wissen, dass sie in Gedanken beieinander sein würden. Wie lange er auch fort sein würde, ein Teil von ihm blieb diesmal bei Mirja.

Während sie durch die Tundra marschierten, fraßen die Mücken sie auf. Joachim hatte sich das Moskitonetz über den Stahlhelm gezogen, den sie nun wieder tragen mussten. Das hielt zwar die Plagegeister ein wenig ab, aber dafür staute sich die Hitze darunter. Auch unter dem Helm prickelte die schweißnasse Kopfhaut, wenn sie mit schwerem Marschgepäck ungeschützt durch die pralle Mittagssonne liefen. Die Straßen um Petsamo waren in gutem Zustand, denn von den Gruben aus dem Gebiet um die nordfinnische Stadt rollten die Transporter mit den Eisenerzen für die Herstellung von Kupfer und Nickel nach Süd und West. Die Erze wurden im Reich dringend für die Kriegsproduktion benötigt. In der letzten mit einer Straße verbundenen Ansiedlung an den Nickelgruben verbrachten sie die Nacht in den leeren Klassenzimmern der Volksschule. Joachim und Fritz ließen sich auf die Knie fallen, um zu sehen, ob auch hier die Schulbänke von der Firma Rettig stammten. Aber es handelte sich offenbar um ein einheimisches Produkt aus grob abgeschliffenem Fichtenholz und ohne die Metallplakette der deutschen Firma.
Bevor sie den Ort verließen und in unwegsames Gelände vorstießen, wurde ihre Ausrüstung kontrolliert und falls nötig ergänzt. Der Hochsommer neigte sich hier schon dem Ende zu und bereits Ende September konnte es bitter kalt werden und anfangen zu schneien. Deswegen erhielten sie am Morgen vor ihrem Weitermarsch an die Front die Winterausrüstung, den weißen Tarnanzug und die Schneebrille, ohne die man im endlosen Weiß des polaren Winters binnen Stunden schneeblind werden konnte. Dazu schwere Stiefel und dicke Fäustlinge. Joachim war es ein Rätsel, wie er damit ein Funkgerät, geschweige denn sein Sturmgewehr bedienen sollte. Er würde die Handschuhe also selbst bei bitterer Kälte immer wieder ausziehen müssen, wenn es darauf ankam.
Gegen Mittag begannen sie den beschwerlichen Marsch durch die Tundra, durch-

querten kleinere Flüsse und kamen an zahlreichen namenlosen Seen vorbei, bis sie schließlich den ihnen zugewiesenen Frontabschnitt erreichten. Den Kameraden, die hier seit drei Monaten die Stellung hielten, war vor wenigen Tagen ein kleiner Vorstoß in östliche Richtung gelungen. Joachim und seine Einheit wurden überschwänglich begrüßt, bedeutete ihre Ankunft doch für die anderen den Rückmarsch nach Petsamo und für viele von ihnen den lang ersehnten Fronturlaub. Da sie sich auf eben erst erobertem Gelände befanden, gab es hier weder Blockhütten noch Unterstände. Lediglich Dreieckszeltbahnen waren zwischen dünnen Birkenstämmen aufgespannt und mussten fürs Erste als Schlafstatt dienen. Zwei Tage nach ihrer Ankunft erreichte der Nachschubzug mit schwerem Gerät und Werkzeugen Joachims Einheit. Da es hier, irgendwo zwischen den Flüssen Titovka und Liza, keinerlei befestigte Wege oder Straßen gab, wurden Waffen und Ausrüstung von Packpferden transportiert, die in diesem schwierigen Gelände gut zurecht kamen. Im Winter würden sie durch Rentiere ersetzt, die auch bei niedrigsten Temperaturen verlässlich liefen, im Gegensatz zu den Motoren der Lastwagen, die bei Temperaturen unter minus dreißig Grad regelmäßig verreckten.
Zunächst war Joachims Einheit mit dem Errichten des Lagers beschäftigt. Wo es keine Bäume gab, dienten Erdhügel als Quartier. Joachim hatte einige dieser spartanischen Unterstände bei dem Marsch durch die Tundra gesehen. Im Sommer waren die fensterlosen Hügel mit Moos bewachsen und kaum als Unterkünfte zu erkennen. Da am Frontabschnitt von Joachims Einheit jedoch die Flüsse und Seen von schmalen Baumstreifen gesäumt wurden, konnten sie hier feste Baracken aus Kiefernstämmen bauen, die weitaus wohnlicher waren als die Hügel unter der Erde, in die kein Tageslicht drang. Das Errichten von Blockhütten war Teil ihrer Ausbildung beim Reichsarbeitsdienst gewesen, sodass sie innerhalb weniger Tage mit einigem Geschick mehrere Quartiere errichteten. Aus Birkenstämmen wurden einfache Stockbetten gezimmert, die dickeren Stämme zu Hockern zerlegt. Nach und nach brachten die Packpferde zudem Dinge, die das tägliche Leben wieder etwas komfortabler machten. Schon das Vorhandensein einer Waschschüssel oder eines Rasierspiegels machten in der Wildnis einen gewaltigen Unterschied aus.
Nach ein paar Tagen hatten sie das Gefühl, für den nahenden Herbst und Winter gewappnet zu sein. Der erste Schnee würde nicht lange auf sich warten lassen, trotz der Wärme am Tage sanken die Temperaturen nachts bereits auf den Gefrierpunkt. Damit wurden auch die Mücken endlich träger und weniger. Die Sonne verabschiedete sich nun für immer längere Zeit und wich einem diffusen Dämmerlicht. Immer öfter musste die Einheit ausrücken und dem Russen damit zeigen, dass das

deutsche Heer nach wie vor gewillt war, Murmansk und die Murmanbahn einzunehmen. Das war die offizielle Parole. Wie alle anderen ahnte auch Joachim, dass die Chance lange vertan war. Niemand sprach es aus, aber allen war klar, dass sie gleich beim ersten Vorstoß unter General Dietl Stadt und Hafen hätten einnehmen müssen. Murmansk schien zum Greifen nah, nur 120 Kilometer trennten sie von dem Hafen und der Murmanbahn. Aber die Eismeerfront war schon lange erstarrt, Bewegungen in die eine oder andere Richtung waren minimal, forderten aber trotzdem immer wieder Opfer auf beiden Seiten. Obwohl sie selbst noch nicht in Kampfhandlungen verwickelt gewesen waren, konnten sie in der Ferne beinahe täglich das Rattern von Maschinengewehren hören. Vor allem aus der Luft wurden die russischen Linien immer wieder angegriffen, solange die Witterung dies noch zuließ. Bald würde es auch damit vorbei sein, bei Schneestürmen und Temperaturen von unter minus vierzig Grad würden sie keine Unterstützung aus der Luft mehr bekommen. Den Russen musste klar sein, dass die Zeit auf ihrer Seite war.

Während die Kakophonie des Krieges tagsüber deutlich zu hören war, herrschte nachts eine gespenstische Ruhe. Wenn er Wache hatte, konnte sich Joachim nicht des unguten Gefühls erwehren, beobachtet zu werden. Jedes Mal, wenn das Streichholz kurz aufflammte und er sich eine Zigarette anzündete, gab er eine perfekte Zielscheibe ab.

Von Tag zu Tag wurde es nun kälter. Bald war der Boden gefroren und der Wind pfiff durch die Holzbaracken. Die Ritzen verklebten sie nach schon alter Gewohnheit mit Moos und Kunsthonig, der ihnen eimerweise zur Verfügung stand. Wer sich nicht bei den Samen mit Fellmantel und Stiefeln eingedeckt und die Polarzulage lieber selbst versoffen hatte, musste sich nun den Spott der Kameraden anhören. Zwar verfügte jede Baracke über einen kleinen gusseisernen Ofen, aber nichts ging über den warmen Mantel aus Rentierfell als wollige Zudecke. Wenigstens schienen sich die Wanzen und Läuse wohl zu fühlen, die sich spürbar vermehrten, je weniger die Soldaten sich gründlich waschen und ihre Wäsche wechseln konnten. Beim Versuch, das Ungeziefer auf dem Ofen zu rösten, hatte Jupps Uniform Feuer gefangen und beinahe einen Stubenbrand ausgelöst. Die Hitze schien den Viechern jedoch genauso wenig auszumachen wie die klirrende Kälte, die sie höchsten etwas lähmte, aber keinesfalls umbrachte. Wenn sie ihre Kleidung über Nacht draußen ließen, erwachten Wanzen und Läuse in der Körperwärme schnell wieder zum Leben und schienen hungriger als zuvor. Nicht immer konnte sich Joachim beherrschen und sich auf etwas anderes als den quälenden Juckreiz konzentrieren. Sobald er anfing zu kratzen, konnte er nicht aufhören, bis die Wanzenbisse oder

Stiche der Läuse bluteten. Dann mischte sich unter den Juckreiz noch ein stechender Schmerz. Meist entzündeten sich die aufgekratzten Stellen und fingen an zu eitern. Besonders unangenehm war dies an den Hoden und am After. Die Wunden verheilten schlecht, nässten und stanken, während immer neue hinzukamen. Sie hatten zwar Wechselwäsche, aber wie sollten sie die Unterhosen in dem höchstens lauwarmen Wasser und mit dem bisschen Kernseife richtig sauber bekommen? Das auf dem Ofen erhitzte Wasser reichte gerade einmal aus, sie mit genügend heißem Tee oder Kaffee zu versorgen.

In den Lagern hinter der Front war die Wäsche Aufgabe der Lottas gewesen. Die Soldaten gaben sie in Leinensäcken ab und bekamen sie frisch gewaschen und gefaltet zurück. Hier schrubbten sie ihre Sachen selber in Zubern mit geschmolzenem Schnee und trockneten sie an Leinen über dem Ofen. Damit sie wenigstens von Kopfläusen verschont blieben, hätten sie ihre Köpfe scheren können, aber das hätte auch bedeutet, noch weniger natürlichen Schutz gegen die Kälte zu haben. Joachim hätte alles gegeben, um Wanzen und Läuse los zu werden. Er ekelte sich vor sich selbst, hasste den Anblick der verschmutzten Wäsche und den Geruch nach mangelnder Hygiene und eiternden Stichen. Er versuchte sich einzureden, dass das nichts war verglichen mit den Wunden und dem Leid, das ihnen vielleicht noch bevorstand, wenn sie in Kämpfe verwickelt würden. Aber das war kein wirklicher Trost und verstärkte das Gefühl von Hilflosigkeit. Joachim sehnte sich ja kaum mehr nach Hause, alles, was er sich von Herzen wünschte, war, wieder in Petsamo zu sein.

Als selbst die breiteren Bäche zu bizarren Eisformationen erstarrten, war es auch mit dem Fischen vorbei. Anfangs hatten sie täglich Lachse aus dem Wasser gezogen, sie waren so reichlich, dass ihre Reusen binnen weniger Stunden vor silbrig glänzenden und zuckenden Fischkörpern zu platzen drohten. Sie brieten die Lachse an Stöcken über dem offenen Feuer. Dafür mussten sie möglichst trockenes Holz und Reisig zusammensuchen, um nicht zu viel Rauch zu erzeugen. Mit der Feldküche war auch eine Räuchertonne eingetroffen, sodass der Überschuss an Fisch als Vorrat für den langen Winter konserviert werden konnte. In den größeren Flüssen würden sie auch im Winter noch eisfreie Stellen finden und ihre Reusen auslegen können, aber in dem Radius um ihr jetziges Lager gab es nur schmale Bäche und kleinere Seen, die allesamt zufrieren würden.

Hätte Joachim im Herbst geahnt, dass sie den ganzen Winter an diesem Frontabschnitt ausharren mussten, hätte sein Kummer vielleicht über die Hoffnung gesiegt. Doch er rettete sich von Woche zu Woche, weil er dachte, es müsste bald vorbei sein und ihre Ablösung eintreffen. Immerhin funktionierte die Feldpost nach ein paar Wochen selbst in dieser Einöde und trotz der stetig wachsenden Schneedecke. Er konnte Mirja schreiben und bekam regelmäßig Antwort. Dass sie ihn vermisste und ihm von ihrer Liebe schrieb, tröstete ihn und tat ihm zugleich weh. Mirja war da und wartete auf ihn, zu ihr musste er zurückkehren, für sie musste er diesen Winter überleben. Aber er verzweifelte eben darüber, jetzt nicht bei dem Mädchen sein zu können, das er liebte. Er trug ihr Bild immer bei sich und las ihre Briefe wieder und wieder. Aber er konnte Mirja nicht anfassen, ihre Lippen nicht küssen und sein Gesicht nicht in ihrem Haar verstecken. Stattdessen wartete er inmitten der Tundra darauf, dass die Russen über sie herfielen.

Sie rechneten ständig mit einem Angriff. Zu lange war es bis auf kleinere Scharmützel ruhig geblieben. Was Joachim und seine Kameraden nicht wussten, war, dass die russische Armee alle Kräfte bündelte, um Stalingrad zurückzuerobern. Die Stadt, die den Namen des Mannes trug, der Hitler ein ebenbürtiger Gegner war. Ende November 1942 war es der Roten Armee gelungen, über 200.000 deutsche Soldaten und ihre Verbündeten in der Stadt einzukesseln. Während die Gebirgsjäger die Eismeerfront sicherten, verreckten im Kampf um die Stadt an der Wolga ihre Kameraden und hunderttausende russische Männer, Frauen und Kinder. Nicht nur die Kampfhandlungen forderten Opfer, die Menschen verhungerten und erfroren zwischen den Trümmern ihrer Häuser und in den Ruinen der einst so stolzen Stadt.

Davon drang nichts zu ihnen. Immer noch lautete die Parole, dass es gelingen würde, die Russen vor sich her zu treiben und die Ölfelder im Kaukasus zu erobern. Endlich Murmansk einzunehmen und die Murmanbahn zu unterbrechen, war also immer noch wichtiges strategisches Ziel, denn die Nachschublieferungen der Alliierten über den eisfreien Hafen kamen auch gegen ihre Kameraden der Sechsten Armee im Kampf um Stalingrad zum Einsatz. Jedoch setzte ihnen der gnadenlose polare Winter dermaßen zu, dass an das Durchbrechen der Front und einen Sturm auf Murmansk nicht zu denken war.

Am Neujahrsmorgen 1943 fiel das Quecksilber auf über fünfzig Grad minus. Die Polarzulage war nur noch eine schöne Erinnerung, inzwischen waren sie schon zufrieden, wenn nicht permanent der Hunger an ihnen nagte. Der Schnee war in solchen Mengen gefallen, dass auch die Rentiere stecken blieben und sie oft tagelang auf Proviant warten mussten. In der Feldküche kursierte der Witz, man müsse noch einen Eimer Wasser zur Suppe schütten, die Rentiere seien schon wieder nicht gekommen. Die Brotration wurde auf dreihundert Gramm pro Mann und Tag ge-

kürzt, die Hartwurst hauchdünn geschnitten und der Kohleintopf immer wässriger. Wenn sie ausrückten, merkten sie nach kurzer Zeit, wie ihre Kräfte schwanden. Selbst mit den Schneeschuhen bewegten sie sich nur schleppend über die weiße Decke, immer wieder brachen sie in Verwehungen ein und mussten sich mühsam aus dem Schnee herauskämpfen. Joachim dachte, dass sie ein leichtes Opfer für die Russen waren. Diese in Leichenweiß gehüllten Figuren, die über die unendliche Eisfläche zogen und immer wieder erschöpft Halt machten. Nur die Kälte, die alle Gliedmaßen binnen Minuten starr werden ließ, ließ sie weitergehen.
Bei einem dieser Erkundungsmärsche waren zwei aus Joachims Stube, Jupp und Richard, schneeblind geworden. Sie hatten beim Abmarsch am frühen Morgen ihre Schneebrillen vergessen und die Kraft des Lichts unterschätzt, das der Schnee reflektierte. Erst fingen die Augen stark an zu tränen, dann verschleierte zunehmend die Sicht, bis sie nur noch Schwarz sahen und die Augen zu empfindlich waren, sie zu öffnen. Joachim, Fritz und ein paar andere hatten die beiden, die vor Schmerzen jammerten und stöhnten, an Seilen zurück zum Lager geführt. Sie hatten viele Stunden dafür gebraucht, denn immer wieder stürzten Jupp und Richard und mussten zum Weiterlaufen überredet werden. Die nächsten Tage verbrachten sie mit verbundenen Augen in der Holzbaracke. Ein provisorischer Vorhang aus Wolldecken schützte ihre Schlafstellen zusätzlich vor dem Eindringen des Lichts der Gasleuchte. Erst allmählich gewöhnten sich ihre Augen wieder an das matte Dämmerlicht in der Baracke. Dabei hatten Jupp und Richard noch Glück gehabt, denn sie würden wohl keine bleibenden Schäden davontragen. Außerdem konnten sie froh sein, mit einem ordentlichen Anschiss aus der Sache herauszukommen, denn bei jeder Verletzung oder Erkrankung konnte der Eindruck entstehen, absichtlich unvorsichtig gewesen zu sein und auf eine Fahrkarte nach Hause spekuliert zu haben. Joachim und den anderen war der Vorfall jedenfalls eine Lehre, niemand ging mehr ohne Schneebrille auf Erkundungsmarsch.

Seinen zwanzigsten Geburtstag verbrachte Joachim Mitte Januar 1943 mit dem Versuch, ein paar entlaufene Rentiere wieder einzufangen. Die Tiere hatten sich nachts losgerissen, als in wenigen Kilometern Entfernung das Getöse einer Stalinorgel die Männer aus dem Schlaf geschreckt hatte. Hastig waren sie in ihre Uniformen und Stiefel gestiegen und hatten die Baracken verlassen. Die Gewehre im Anschlag lagen sie mehrere Stunden in einiger Entfernung des Lagers und warteten darauf, dass auch sie Ziel eines Angriffs würden. Aber nichts geschah. Joachim hockte hinter einem Felsen und bediente das Funkgerät. Der Empfang war schlecht, aber immerhin konnte er nach einer Weile die Nachricht weitergeben, dass die Russen, die nur wenige Kilometer nördlich versucht hatten, die deutschen Linien zu durchbrechen, zurückgedrängt worden waren. Die Lage hatte sich beruhigt und sie konnten in die Holzhütten zurückkehren. Im Lager mussten sie feststellen, dass sich die Rentiere, die am Vortag Proviant und Post gebracht hatten, losgerissen hatten und verschwunden waren. Joachim und ein paar andere bekamen den Befehl, nach den verschreckten Tieren zu suchen. Ein sinnloses Unterfangen in der Weite der verschneiten Tundra und Stunden, nachdem die Tiere panisch davongelaufen waren. Außerdem konnten sie nur im Hinterland suchen, da vor ihnen die Front verlief. Als sie am Abend steifgefroren und erschöpft ins Lager zurückkehrten, machte Joachim Meldung: »Melde gehorsamst, Rentiere sind desertiert!«

Bei ihrem Spieß konnten sie solche Sprüche riskieren. Hauptfeldwebel Rudolph Pänzinger war ein Bär von einem Mann, groß und breitschultrig und mit einem stattlichen Vollbart. Nur sein noch vor ein paar Monaten beachtlicher Bauch war in den vergangenen Wochen sichtlich weniger geworden, aber das, sagte er, würde sich schon wieder ändern, wenn er erst wieder seine Maß Bier vor sich hätte. Pänzinger stammte von einem Bauernhof in Oberbayern. Da sein älterer Bruder den Hof übernommen hatte, als die Eltern die Arbeit nicht mehr schafften und ins Austragshaus zogen, war Rudolph Pänzinger mit knapp zwanzig Jahren zu den Gebirgsjägern gegangen. Bis zum Krieg war er immer in der Nähe des elterlichen Hofs stationiert gewesen, in Landsberg oder Mittenwald, wo er auch seine Frau kennengelernt hatte. Er sehnte sich nach Bayern, den Bergen und Wäldern, vor allem aber nach seinen drei Kindern, die in rascher Folge geboren wurden und nun ohne Vater aufwuchsen. Wenn seine Frau ihm ein Bild schickte, zeigte er es stolz herum. Ein Mädchen mit langen Zöpfen und im Dirndl neben zwei Jungen in Lederhosen, die vor einem Haus mit überquellenden Geranienkübeln auf den Holzbalkonen standen, lachend einen Hund streichelten oder mit dicken Broten in den Händen auf einer Bank am See saßen.

»Das ist der Frieden«, sagte Pänzinger dann kopfschüttelnd mit seinem starken bayerischen Dialekt, »das ist der Frieden«.

Bis auf diese gelegentlichen schwermütigen Momente war Pänzinger ein Mann, der gerne dröhnend lachte, am lautesten über die eigenen Witze, gern aber auch über die seiner Männer. Für Joachim und seine Kameraden war Rudolph Pänzinger, obgleich er nur zehn Jahre älter war als sie selbst, wie ein väterlicher Freund, ein Fels in der Brandung. Er gab ihnen das Gefühl, immer gut auf seine Jungs aufzupassen, mit ihm würden sie schon heil aus dem Krieg heraus kommen. Über die desertier-

ten Rentiere konnte Pänzinger jedenfalls herzlich lachen: »Die sind zu den Russen übergelaufen, da kommen bestimmt ein paar Freiwillige nach«, stellte er fest und entließ Joachim in seine Baracke. Damit war die Sache für ihn erledigt.
Als Joachim die Holzhütte betrat, war es dunkel und still. Ungewöhnlich für diese Zeit, meist spielten sie abends noch lange Karten oder schrieben Briefe. Leise schloss Joachim die Tür hinter sich, als plötzlich eine Kerze aufflackerte und die Gesichter seiner Kameraden beleuchtete, die um den Holztisch versammelt standen und anfingen zu singen: »Hoch soll er leben, hoch soll er leben, dreimal hoch!«
Joachim war völlig perplex. Er hatte nicht damit gerechnet, dass nach dem Schreck der vergangenen Nacht irgendjemand an seinen Geburtstag denken würde. Wahrscheinlich hatte Fritz dafür gesorgt, dass er wenigstens ein ordentliches Ständchen bekam zu seinem Zwanzigsten. Aber nicht nur das. Auf dem Tisch lagen zwei Briefe, ein Päckchen und zwei Tafeln Schokolade. Daneben standen eine Flasche Schnaps und mehrere Gläser. Joachim war gerührt. Er umarmte die Kameraden und bedankte sich, sie stießen mit dem Schnaps an, der heiß in der Kehle brannte und eine Wärme verbreitete, die nach dem Tag in der eisigen Kälte besonders willkommen war.
»Na los, mach schon den Brief auf«, sagte Fritz und stieß ihn an. »Wir sind nicht beleidigt! Du musst uns nur erzählen, was deine Süße dir Schönes schreibt.«
»Das heb' ich mir für später auf«, antwortete Joachim und legte Mirjas Brief und den seines Onkels zur Seite.
Mit einem Taschenmesser zerschnitt er den Bindfaden, der das Päckchen zusammen hielt. Den Inhalt breitete er auf dem Tisch aus: Eine Blechdose mit einem halben Früchtebrot und einem Rest Weihnachtsstollen, eine in Zeitungspapier eingewickelte Hartwurst und ein Taschenkalender mit dem Aufdruck 1943. Seine Mutter schrieb, dass das Jahr ja noch jung sei, wenn er das Päckchen erhielte. Er solle versuchen, jeden Tag einen Eintrag zu machen, damit er, wenn »alles vorbei« sei, davon berichten könne wie es ihm ergangen war. Joachim kam kurz der Gedanke, ob er sich später überhaupt an alles würde erinnern wollen. Vielleicht wäre es besser, alles zu vergessen und ganz neu anzufangen. Lange kam er nicht zum Grübeln, denn Fritz drückte ihm das wieder gefüllte Glas in die Hand und sie stießen wieder und wieder an. Auf ihn. Und auf das Leben.
Später suchten sie Radio Belgrad, den Sender, der an allen Frontabschnitten empfangen werden konnte, in Nordafrika genauso wie hier oben in Lappland. Früher hatten sie jeden Abend kurz vor zehn Uhr auf die Ansage »Wir grüßen unsere Hörer« gewartet. Es wurde ganz still in der Stube, wenn die tiefe Stimme Lale Andersens erklang und sie das Laternenlied sang:

»Vor der Kaserne, vor dem großen Tor,
stand eine Laterne und steht sie noch davor,
so woll'n wir uns da wiederseh'n,
bei der Laterne woll'n wir steh'n,
wie einst Lilli Marleen, wie einst Lilli Marleen.«

Dann war das Lied plötzlich aus dem Programm genommen worden. Millionen von Soldaten von Kairo bis Narvik hatten gegen die Absetzung von Lilli Marleen protestiert und erreicht, dass ihr Lied doch wieder gespielt werden durfte. Aber die Freude darüber, Abend für Abend dieser Melodie der Wehmut und der fernen Liebe lauschen zu können, währte nur kurz. Seit fast einem Jahr war das Lied nun endgültig verboten. Die Gefühle, die darin zum Ausdruck kamen, all die Sehnsucht und das Heimweh, ziemten sich wohl nicht für einen deutschen Soldaten. Sich vor dem Endsieg nach Hause zu wünschen, kam der Wehrkraftzersetzung gleich. Dennoch sangen Joachim und seine Kameraden im Norden Lapplands nach wie vor noch eine Version des Liedes, allerdings genauso heimlich, wie sie die Feindsender einschalten, um Lilli Marleen weiterhin hören zu können. So stimmten sie auch spät an diesem Januarabend das Lied an, das dem Propagandaminister hoffentlich noch nicht zu Ohren gekommen war:

»Über dem Polarkreis, da ist es bitterkalt,
da gibt es kein Mädchen, nur Sumpf und Moor und Wald.
Wir wollen wieder heim ins Reich, zu Fuß, per Bahn,
das ist uns gleich, zu dir, Lilli Marleen.«

Es war nach Mitternacht, als Joachim endlich auf seiner Pritsche lag, müde, voller Sehnsucht, und doch, am Leben.

Sie waren am Leben. Im Gegensatz zu ihren Kameraden, die in Stalingrad gefallen, verhungert oder auf dem Weg in die Gefangenschaft erfroren waren. Die Nachricht von der Niederlage der Sechsten Armee unter General Friedrich Paulus versetzte sie Anfang Februar in Angst und Schrecken. Auch wenn das Oberkommando der Wehrmacht verlautbaren ließ, die Sechste Armee habe »bis zum letzten Atemzug« und »unter der vorbildlichen Führung« von Paulus gekämpft, sei aber einer »Übermacht« und »ungünstigen Verhältnissen erlegen«. Wenn ganz offiziell war, dass die gesamte Sechste Armee nicht mehr existierte, lag eine Flanke frei, war eine Schneise in die Ostfront geschlagen, die kaum mehr zu schließen sein würde. Jeder von ihnen kannte irgendeinen, der in Stalingrad dabei war. Oder dabei gewesen war, denn nun waren ja die meisten tot, zum Krüppel geschossen oder in Gefangenschaft

geraten. Brüder und Cousins, Freunde aus der Nachbarschaft oder vom Bolzplatz, Söhne von Bekannten, die Soldaten der Sechsten Armee hatten Namen und Gesichter. Der Galgenhumor, mit dem sie ihre eigene Lage bislang kommentiert hatten, machte einer bitteren Ernüchterung Platz. Aller Gleichmut, mit dem sie versucht hatten, einfach nur die Zeit bis zur Ablösung zu überstehen, wich dem Gefühl des Ausgeliefertseins. Nicht weit von ihnen entfernt lauerte ein Feind, der in der Lage war zu siegen. Das war ein neuer Gedanke, und der machte Angst.
Daran änderte auch die Rede von Joseph Goebbels nichts, die im Februar aus dem Berliner Sportpalast über den Äther schnarrte und den Siegeswillen des deutschen Volkes beschwor. Pflichtschuldig hörten Joachim und seine Kameraden zu, aber in die Begeisterung der Massen, die dem Propagandaminister in Berlin zujubelten, mochten sie nicht einstimmen. Zu viel hatten sie in den Briefen aus der Heimat gelesen, war ihnen durch andere zu Ohren gekommen oder hatten sie selbst erlebt, wenn sie nachts in einem Erdloch lagen und hofften, am Morgen noch alle vier Glieder beisammen zu haben. Nicht nur war eine ganze Armee vernichtet, es ging eher zurück als stetig voran und in der Heimat wurden die Städte zu Schutt und Asche gebombt. Ob und wann die Kinder zur Schule gingen, hing inzwischen davon ab, wie viele Stunden sie nachts im Luftschutzbunker gesessen und gebetet hatten, dass die Einschläge nicht näher kommen mögen. Pickelige Jungs mit dem ersten Flaum auf den Wangen standen an den Flugabwehrkanonen der Heimatfront, statt den Faust zu lesen oder über den Bolzplatz zu jagen. BDM-Mädels strickten mit ihren Großmüttern Strümpfe für die Soldaten an der Front, die oft nur noch einen oder gar keinen mehr brauchen würden. Mütter und Schwestern schufteten in Munitionsfabriken oder taten andere kriegswichtige Dienste, denn schließlich hatte die deutsche Frau die heilige Pflicht, ihren Beitrag zum Endsieg zu leisten. Die Männer und Söhne herzugeben, war nicht genug. Der totale Krieg, auf den Goebbels die Massen einschwor, war doch längst da. Ja, das im Nationalsozialismus erzogene, geschulte und disziplinierte deutsche Volk musste die volle Wahrheit ertragen. Es erfuhr ja inzwischen am eigenen Leib, wie schwierig es um die Lage des Reiches bestellt war. Dennoch grölten die entfesselten Massen im Sportpalast ihre Zustimmung zu Goebbels Parole: »Nun, Volk, brich auf, und Sturm, brich los!«
Als die Übertragung beendet war, ließ Rudolph Pänzinger eine Flasche Schnaps herumgehen: »Prost Kameraden! Na, dann geht's wohl endlich los mit die Krieg«, stellte er fest und nahm einen tiefen Schluck aus der Flasche. »Ihr habt's ja gehört: ›Der Sieg liegt greifbar nahe vor uns, wir müssen nur zufassen!‹«

Joachim kam der Sieg nie ferner vor als jetzt, im eisigen Februar im Norden Finnlands. Wenn etwas näher war als ihnen lieb sein konnte, waren es die Russen. Immer häufiger wagten sie Angriffe auf deutsche Stellungen, sodass an ruhige Nächte nicht mehr zu denken war. Sie hatten das Lager inzwischen zusätzlich mit Unterständen gesichert. Eigentlich waren es nicht mehr als Löcher, die zusätzlich mit Ästen abgedeckt waren. Es war eine elende Schinderei gewesen, mit den Spitzhacken Vertiefungen in den steinhart gefrorenen Boden zu graben und brauchbares Holz zu sammeln. Das Resultat war mehr als jämmerlich und erschien Joachim lächerlich angesichts der Waffen, die der Feind einsetzte. Die russischen Katjuschas, deren Raketen angeordnet waren wie Orgelpfeifen und dem Granatwerfer den Namen Stalinorgel eingebracht hatten. Oder die Leichtpanzer der Roten Armee, die auch in schwierigem Gelände und bei tiefem Schnee außerordentlich wendig waren und gut vorankamen. Joachim dachte, dass sie Bunker mit dicken Betonwänden gebraucht hätten, um vor der Wucht der russischen Waffen sicher zu sein. Bestimmt keine Erdlöcher mit ein paar Stützbalken aus krummen Kiefernzweigen und einem Dach aus Birkenreisig und Ästen, das alle paar Stunden vom Schnee befreit werden musste, um nicht unter der weißen Last einzustürzen.
Anfang März machte das Gerücht die Runde, dass sie bald abgelöst würden. Joachim lag mit Jupp in einem der Schneelöcher. Sie hielten Wache und malten sich aus, was sie tun würden, wenn sie wieder in Petsamo waren. Sich gründlich mit heißem Wasser waschen oder in die Sauna gehen, die sie im vergangenen Jahr unter fachkundiger finnischer Anleitung im Lager errichtet hatten. Frische, nach Seifenpulver duftende Wäsche anziehen und sich ordentlich rasieren. Die Haare schneiden und sich in der Sanitätsbaracke entlausen lassen. Einen echten Bohnenkaffee mit vier Löffeln Zucker trinken und in ein noch warmes Brot mit Butter und Marmelade beißen. Abends ein Bier zum Braten, der in fetter brauner Soße schwamm.
»Und dann, Joachim«, fragte Jupp grinsend, »dann ist ja wohl ein Besuch fällig?«
Joachim kam nicht mehr zum Antworten. Ein pfeifendes Geräusch kündigte an, dass ihnen gleich die Granaten um die Ohren fliegen würden. Die Stalinorgel hob zur Ouvertüre an, der Rhythmus wurde schneller und das Orgelspiel lauter. Was dann folgte, war das blanke Chaos. Neben Joachims Unterstand spritzte eine Fontäne aus Schnee und Erde in die Höhe, der Lärm war ohrenbetäubend. Joachim versuchte abzuschätzen, wie weit die Russen entfernt waren, aber er konnte nicht mehr klar denken. In seinem linken Ohr pfiff es, etwas klebrig Warmes lief ihm den Hals hinunter und er merkte, dass das Sturmgewehr in seiner Hand unkontrolliert auf- und niederschlug, so sehr zitterte er vor Schreck. Jupp schien es ähnlich zu

gehen. Er hatte seine Waffe fallen gelassen und die Handschuhe abgestreift und drückte beide Hände auf seine Ohren. Blut sickerte durch seine Finger. Wir bluten aus den Ohren, dachte Joachim panisch und warf einen Blick auf seine linke Hand. In diesem Moment schlug die nächste Granate ein, wieder in ihrer Nähe und mit einem Krachen, das körperlich wehtat. Joachim spürte, dass jemand an seiner Schulter zerrte und geriet in Panik. Er drehte sich auf den Rücken, das Gewehr im Anschlag. Pänzinger war in ihren Unterstand gesprungen und schrie etwas, aber weder Joachim noch Jupp verstanden, was er ihnen mitteilen wollte. Der Spieß machte rudernde Bewegungen und zeigte hinter sie, in Richtung Lager. Endlich meinte Joachim seinen Lippen ablesen zu können, was er brüllte: »Rückzug«, ja es musste Rückzug heißen.

Er sprang aus dem Loch und lief geduckt los, als eine weitere Granate hinter ihm einschlug. Joachim wurde von der Wucht der Detonation auf den Boden geschleudert. Er hob vorsichtig den Kopf, um zu sehen, wie weit Jupp und Pänzinger hinter ihm waren. Alles, was er im aufstiebenden Schnee und Dreck und durch den Rauch des Gefechts erkennen konnte, war die breite Gestalt seines Feldwebels, der etwas hinter sich herzog. Joachim brauchte einen Moment, um zu verstehen. Jupp, fuhr es ihm schließlich durch den Kopf. Das konnte nur Jupp sein.

Sie erreichten die Holzbaracken mehr kriechend als laufend. Das Pfeifen der Stalinorgel war zu einem ununterbrochenen Weltuntergangsgetöse angeschwollen, in schneller Folge untermalt vom Paukenschlag der Detonationen und vom Trommelfeuer der Maschinengewehrsalven. Pänzinger schleppte Jupp zum Verwundetennest, wo ein Sanitäter dabei war, sich um mehrere Verwundete gleichzeitig zu kümmern. Joachim brannte darauf zu erfahren, wen es erwischt hatte, aber er musste am Maschinengewehr Stellung beziehen, wo er Salve um Salve in Richtung der angreifenden Russen abfeuerte. Das Funkgerät konnte er nicht bedienen, da es in seinen Ohren laut pochte und alle Geräusche sich zu einem einzigen Brei vermengten. Er nahm an, dass längst Unterstützung angefordert war. Sicher würde es nicht lange dauern, bis Verstärkung kam.

Es sollten Stunden vergehen, bis sie Beistand aus der Luft bekamen und die Stukas die russischen Stellungen bombardierten. Erst gegen Mittag war die Lage unter Kontrolle und der Gefechtslärm verebbte. Joachim war wackelig auf den Beinen, als er seinen Posten am Maschinengewehr endlich verlassen konnte und zum Verwundetennest hinüber lief. Hier fand nur die Erstversorgung statt, Notverbände wurden angelegt und in aller Eile die Entscheidung gefällt, wer transportfähig war und

wer nicht. Erst auf dem Verbandsplatz hinter den Kampflinien war eine intensivere ärztliche Versorgung möglich. Dort wurden die Notverbände erneuert, Tetanusserum oder Schmerzmittel gespritzt und, wenn die Zeit davonlief, auch Notoperationen durchgeführt. Wenn die Verwundeten stabil waren, konnten sie von dort aus ins nächste Feldlazarett gebracht werden. In welchem Zustand ein Verwunderter war und ob es lohnte, ihn weiter zu behandeln, entnahmen Ärzte und Sanitäter dem Begleitzettel, der jedem Verletzten an die Uniform geheftet wurde. Der Zettel mit den Angaben zu Verwundung und Behandlung wurde erst entfernt, wenn der Soldat tot war. Dann war nur noch die Erkennungsmarke von Bedeutung.
Als Joachim das Verwundetennest erreichte, lagen dort nur noch die Toten. Otto und Richard, der gehofft hatte, seine Schneeblindheit würde ihn retten. Alfred, der vor ein paar Tagen ganz stolz erwähnt hatte, dass er sich nun auch rasieren müsse. Und Karl-Heinz, der täglich seiner Mutter schrieb und ihr versicherte, dass er bald gesund zu ihr zurückkehren und ihr helfen würde, das Geschäft zu führen. Sie und alle anderen lagen friedlich nebeneinander als würden sie schlafen. So hatten sie im Sommer die freien Tage am Fjord verbracht, einfach auf dem Rücken liegend, über sich den wolkenlosen Himmel und weit hinter sich die Erinnerung an den Frieden. Nun lagen sie wieder ganz ruhig Seite an Seite, die jungen Männer, von denen Joachim einige zu Freunden geworden waren.
In die Fassungslosigkeit und den Schmerz über den Verlust mischte sich etwas anderes. Ein Gefühl, das Joachim nicht zulassen wollte, gegen das er aber machtlos war. Es war eine leise Freude darüber, dass er selbst nicht dort lag. Und diese Freude erfüllte ihn mit so großer Scham, dass er neben den toten Kameraden auf die Knie sank und hemmungslos losheulte. Wer entschied über Leben und Tod? Gott, der Zufall, das Leben, das man bisher geführt hatte oder das Schicksal, das einem in die Wiege gelegt und in die Linien der Handflächen eingraviert war? Er wusste es nicht. Und vielleicht war das auch besser so, denn so blieb Joachim ein Quäntchen Hoffnung, dass er lebendig aus der ganzen Scheiße herauskommen würde.
Schließlich versiegten Joachims Tränen und er wischte sich den Rotz aus dem Gesicht. Fritz trat an ihn heran und zog ihn hoch. Joachim stand stumm neben ihm, als Fritz sich bekreuzigte und ein Gebet für die gefallenen Freunde sprach: »Rette die Verstorbenen aus dem Dunkel des Todes und führe sie in das Land des Lichtes und des Friedens.«
Wo war dieses Land, dachte Joachim. Hier waren nur Finsternis und Krieg.

Sie hatten sich die Ablösung anders vorgestellt, geordneter und nicht zu diesem hohen Preis. Niemand konnte sich aufrichtig freuen, als sie das Lager wenige Tage nach dem russischen Angriff an die Kameraden übergaben, Sie würden die nächsten Monate hier ausharren müssen, statt Schnee, Kälte und Dämmerlicht erwarteten sie Regen, Schlamm und Myriaden durstiger Mücken. Als sie Richtung Westen abzogen, saßen Joachim und seinen Kameraden Angst und Schmerz tief in den Knochen. Es war eine müde Karawane gebeugter Männer, die den Rückmarsch nach Petsamo antrat. Von weitem hätte man meinen können, ein Haufen hohlwangiger Greise schleppe sich durch die weiße Landschaft. Ihre Jugend hatten sie abgeworfen wie eine Haut, die ihnen zu weit statt zu eng geworden war in diesem langen Winter. Was blieb, waren ausgemergelte Körper und müde Seelen.

Joachim konnte sich später an den Rückmarsch ins Lager bei Petsamo kaum erinnern. Nicht mal Vorfreude auf das Wiedersehen mit Mirja empfand er in den langen Stunden zu Fuß und auf der Pritsche des Lastwagens. Das einzige, was sich unauslöschlich in sein Bewusstsein gebrannt hatte, war der Moment, als er das Lazarett in Petsamo betrat, um nach Jupp zu schauen. Dorthin führte sein erster Weg, nicht zum Haus der Familie Järvi.

Sobald er die Tür des ehemaligen Bürgermeisteramtes geöffnet hatte, das nun als Krankenanstalt diente, empfingen ihn die Geräusche und Gerüche von Verwundung und Tod. In den Metallbetten lagen Männer mit blutdurchtränkten, turbanartigen Kopfverbänden, Männer, deren Gliedmaßen in Gazewickeln endeten und ihnen das Aussehen von Kleinwüchsigen verliehen. Kurz unter dem Knie oder der Hüfte endete das, was einmal ein Bein war. Die Schulter hörte einfach auf, ohne dass ein Arm da war. In einem Bett lag ein Kamerad, den Joachim vom Sehen kannte, aber erst im Moment des Vorbeigehens wiedererkannte. Die untere Hälfte seines Gesichts war dick verbunden und über dem nässenden Mull blickten weit aufgerissene Augen voller Entsetzen ins Leere. Joachim fiel ein, woher er ihn kannte. Das war der Mann aus Salzburg, der ihnen vor ein paar Wochen stolz das Foto seines ersten Sohnes gezeigt hatte, obwohl sie sich nur flüchtig kannten. Er war so alt wie Joachim, erst zwanzig, aber schon Vater geworden. Im letzten Fronturlaub hatte er das Nachbarmädchen geheiratet, das er schon von Kindesbeinen kannte. Als er von der Geburt seines Kindes berichtete, hatten die Augen, die nun ins Nichts starrten, voller Freude und Stolz geglänzt. Trunken vor Glück war er, damals, vor drei Wochen, in einem anderen Leben.

Joachim kämpfte gegen die Übelkeit an, als er Bett um Bett weiterging, um Jupp zu finden. Nicht nur der Anblick der schwärenden Wunden und der fehlenden

Gliedmaßen setzten ihm zu. Auch der Gestank drehte ihm den Magen um. Die Sanitäter und die Lottas, die ihnen zur Hand gingen, kamen gar nicht nach mit dem Reinigen eitriger Wunden und dem Wechseln der Laken, die von Urin und Kot verdreckt waren. Überall standen Blecheimer herum, in denen alle Flüssigkeiten, die der menschliche Körper zu produzieren im Stande war, aufgefangen wurden. Daneben warteten Flaschen mit Desinfektionsmittel darauf, großzügig zum Einsatz zu kommen, reiner Alkohol und Karbol in braunen Glasflaschen. Joachim wünschte sich seine zeitweilige Taubheit nach dem Platzen des Trommelfells zurück, als er durch die Reihen der wimmernden und stöhnenden Verwundeten ging. Fast drei Wochen hatte es gedauert, bis sein Gehör wiederhergestellt war, so lange hatte Joachim zunächst kaum etwas und später alles wie durch das Daunenkissen gehört, das er sich zuhause im Winter immer über den Kopf gezogen hatte. Jetzt aber drang jeder Ton in sein Ohr und bahnte sich seinen Weg bis in sein Hirn. Mancher rief nach seiner Mutter, mancher jammerte nur unverständlich vor sich hin. Auch Schreie waren zu hören. Sie mochten aus dem Operationsraum stammen, in dem Splitter und Kugeln gezogen und nutzlos gewordene Knochen zersägt wurden. Morphium war knapp geworden, hieß es. Nur diejenigen bekamen es, bei denen Hoffnung aufs Überleben bestand und sich die Gabe des wertvollen Mittels noch lohnte.

Endlich entdeckte Joachim den Kameraden, mit dem er während des verheerenden Angriffs das Loch im Schnee geteilt hatte. Jupp steckte bis zum Unterleib unter einem Laken, über das eine graue Wehrmachtsdecke ausgebreitet war. Wo seine Beine, seine Knie und Füße die Decke hätten wölben sollen, war es merkwürdig flach und leer. Erst kam es Joachim nur komisch vor. Aber dann verstand er, dass dort nichts mehr war, was die Decke hätte runden können. Jupps Körper endete dort, wo seine Beine hätten ansetzen sollen, er war nur noch Rumpf, Arme und Kopf. Joachim konnte sein Entsetzen nicht verbergen. Ihm entfuhr ein erschrockenes Stöhnen und er schlug die Hand vor den Mund. Jupp merkte von alldem nichts. Über seinem Oberkörper hob und senkte sich gleichmäßig die Wolldecke. Durch den Schlauch des Tropfes floss das Morphium in seinen halbierten Körper und nahm ihm den Schmerz. Sie hatten ihn also nicht aufgegeben, er würde überleben, dachte Joachim. Ob sie Jupp gefragt hatten, ob ihm das Recht war? Joachim konnte nicht bleiben. Er fürchtete sogar, Jupp könnte plötzlich die Augen aufschlagen und ihn an seinem Krankenbett erblicken. Was würde Joachim dann sagen? »Komm, alter Junge, das wird schon wieder?«

Nichts würde mehr. Für keinen von ihnen.

Nachdem Joachim das Lazarett fluchtartig, mit angehaltenem Atem und ohne nach rechts und links zu blicken, verlassen hatte, sog er die kalte Luft ein und lehnte sich an die Wand des zweistöckigen Gebäudes. Jupp, dachte er immer und immer wieder, dieser halbe Körper war immer noch Jupp. Der, der ihn schmunzelnd gefragt hatte, was er in Petsamo als erstes tun würde. Der, mit dem er nächtelang Skat gespielt hatte und der ihnen immer und immer wieder auseinandersetzte, was ein echter rheinischer Junge bei den Gebirgsjägern zu suchen hatte. Jupp, der »Die weiße Hölle vom Piz Palü«, das 1929 gedrehte Bergdrama mit Leni Riefenstahl in der Hauptrolle, in- und auswendig konnte und schon als Achtjähriger beschlossen hatte, ebenfalls die Berge zu erklimmen. Der für Leni Riefenstahl und Heinrich Harrer, den Bezwinger der Eiger-Nordwand, schwärmte und keinen Film mit Luis Trenker versäumt hatte. Der es wirklich geschafft hatte, zu den Gebirgsjägern zu kommen und selbst am lautesten lachte, wenn die anderen ihn als Flachlandtiroler aufzogen. Derselbe Jupp war es, der nie wieder alleine würde gehen können, nicht einmal auf die Toilette.

Joachim steckte sich eine Zigarette an und sog den Rauch tief ein. Als der Qualm seine Lunge füllte, kam alles hoch, was er im Lazarett an Gerüchen, Geräuschen und Gefühlen heruntergeschluckt hatte. Joachim übergab sich heftig in den braunen Schneematsch auf dem Gehweg vor dem Lazarett. Als die Übelkeit endlich abebbte, hetzte er wie ein Getriebener zurück Richtung Lager, von dem aus sie vor einer Ewigkeit Richtung Front aufgebrochen waren. Er musste mit den Fingern nachzählen, um ganz sicher zu sein, dass dies erst wenige Monate her war.

Am Abend warfen Joachim und seine Kameraden ihre Tornister auf die Stockbetten im Lager Petsamo. Sie hatten fürs erste mehr Platz als im vergangenen Jahr. Sechs der zwölf Betten blieben in dieser Nacht leer. Dass sechs von ihnen tot oder schwer verwundet waren, darüber verloren sie kein Wort. Nur Fritz hatte den Mut, etwas zu sagen: »Himmlischer Vater, wir bitten für unsere Kameraden und Freunde. Für Otto, Richard, Karl-Heinz, Gerhard und Alfred, nimm sie auf in Dein Reich und schenke ihnen das ewige Leben. Und für Jupp, dass er stark bleibt und nicht den Mut verliert, dass er Trost findet im Glauben. Und wir bitten für uns, himmlischer Vater. Halte Deine schützende Hand auch weiterhin über uns und unsere Lieben. Amen.«

Es war still geworden in der Baracke, als Fritz die Stimme erhoben und das Gebet gesprochen hatte. Und obgleich alle anderen lieber verdrängt hätten, was mit den sechs Freunden geschehen war, waren sie nun doch erleichtert über die Worte. Joachim kam es vor, als hätten sie nun erst Abschied genommen von ihren toten Kameraden. Abschied war ja kaum möglich im Krieg, die einen wurden bis zur Unkenntlichkeit von einer Granate zerfetzt und man konnte froh sein, in dem Chaos aus Erde und menschlichen Überresten die Erkennungsmarke zu finden, um überhaupt etwas an die Familie schicken zu können. Die anderen wurden im Durcheinander der Kampfhandlungen hinter die Front geschleppt und waren einfach nicht mehr da, wenn wieder Ruhe einkehrte. Wenn sie einen Kameraden ordentlich beerdigen konnten, dann meist inmitten eines ganzen Gräberfeldes, in dem all die Kreuze dem einzelnen Tod seine Bedeutung nahmen. Richard und Otto hatten sie so begraben. Die Holzkreuze, die ihre Namen trugen, würden später inmitten von hundert anderen schwer zu finden sein. Von Gerhard aber, dem Postboten aus Garmisch, war nichts übrig geblieben als ein Bergstiefel mit einem abgerissenen rechten Fuß, und auch seine Erkennungsmarke hatten sie nicht suchen können, als ihnen die Granaten um die Ohren flogen und sie aus der Feuerlinie flüchten mussten. Und Jupp? Was war eigentlich von ihm übrig? Ein nutzloser Körper, in dem sein wacher Geist noch Jahrzehnte ausharren musste, bevor auch er Ruhe und Frieden fand.

»Danke, Fritz«, sagte Joachim und legte seinem Freund die Hand auf die Schulter, als dieser sich erhob und umständlich begann, an seinem Tornister herumzufummeln.

Als Fritz sich zu ihm umdrehte, sah Joachim die Tränen in seinen Augen. Fritz schluchzte: »Dieser Wahnsinn, dieser verdammte Wahnsinn ...«

Joachim konnte nicht mehr tun, als seinen Freund kurz in den Arm zu nehmen und ihm den Rücken zu tätscheln wie einem kleinen Jungen, der sich sehr wehgetan hat. Es war spät geworden, sie hatten das Lager erst am Abend bezogen. Nachdem sie ihre Tornister ausgeräumt hatten, fielen sie in ihre Betten. Es machte keinen Sinn, sich richtig auszuziehen. Am Morgen stand endlich ein gründliches Bad an, danach ging es zur Entlausung. Und wenn das geschafft war, wenn er wieder wie ein Mensch aussah und roch, würde Joachim Mirja suchen. Dann musste er lediglich den Freitag überstehen. Samstag und Sonntag hatten sie frei bekommen, zwei volle Tage. Zwei Tage mit Mirja! Der Gedanke an sie beruhigte und wärmte Joachim. Trotz allem, was passiert war, schlief er zum ersten Mal seit Monaten gut in dieser Nacht. Das Bett kam ihm weicher vor als noch vor ein paar Monaten. Seine Träume hatten angenehme Farben, die Geräusche darin waren leise und sanft und verursachten ihm keine Schweißausbrüche oder Atemnot. Im Schlaf schien alles friedlich, der Krieg war weit weg.

Die anderen zog es am Morgen zum Frühstück mit heißem Kaffee, frischem Kommissbrot und an einen richtig gedeckten Tisch. Joachim wollte Mirja zwar so schnell wie möglich sehen und in seine Arme schließen, er wollte dies aber nicht vor Dreck starrend, bärtig und verlaust tun. Deshalb meldete er sich als einer der ersten für das heiße Bad. Die Uniform, die er im Waschhaus auszog, war zu nichts mehr zu gebrauchen. Einige Stellen waren zerrissen oder durchgescheuert und der Schmutz von mehreren Monaten würde sich von keinem Waschmittel entfernen lassen. Nachdem er Dreck, Ungeziefer und einen stattlichen Vollbart losgeworden war, schlüpfte Joachim in frische Unterwäsche, saubere Socken und eine neue Uniform. In der Kleiderkammer wurden die neuen Sachen penibel ins Soldbuch eingetragen, denn die deutsche Armee brauchte für den Endsieg genaueste Informationen, bis hin zur Zahl der Unterhosen, die ihre Soldaten bei sich trugen. Joachim erhielt frische Verbandspäckchen, ungetragene Bergschuhe und eine neue Windjacke, da seine alte nur noch in Fetzen von ihm hing. Für alles gab es im Soldbuch eine eigene Spalte, Ordnung blieb oberstes Gebot.
Endlich trat Joachim aus der Kleiderkammer auf den Hof. Er sog die Luft ein, die ihm mild und rein vorkam und wunderte sich, als er vom Gesang eines Vogels aus seinen Gedanken gerissen wurde. Bald würde der Frühling kommen, dachte Joachim. Und er wünschte sich nichts mehr, als nie wieder einen Winter wie den erleben zu müssen, der hinter ihm lag.
Er überquerte den Hof und ging auf die Verpflegungsbaracke zu. Je näher er der Tür kam, desto unsicherer wurde sein Schritt. War sie da? Würde er Mirja inmit-

ten seiner feixenden Kameraden begrüßen müssen? Er öffnete die Tür und betrat den Raum, in dem an langen Tischen seine Kameraden saßen und sich gierig über das Frühstück hermachten. Die Blechkannen dampften, das dunkle Brot sah verlockend aus und es herrschte eine Stimmung wie bei einem Volksfest. Mirja war nirgends zu sehen, worüber Joachim in diesem Moment erleichtert war. Sicher war sie in der Küche oder hatte die Spätschicht zugeteilt bekommen. Dann hätte er die Möglichkeit, sie beim Eintreffen im Lager abzufangen und in die Arme zu schließen, ohne dass hundert Augenpaare auf sie gerichtet waren. Joachim ließ sich zwischen Fritz und Bernhard, einem stämmigen Westfalen, nieder. Er war im Herbst mit den Gebirgsjägern unter General Schörner aus Kreta nach Finnland verlegt worden und unterhielt sie gerne mit pathetischen Schilderungen der griechischen Frauen, der kretischen Landschaft und der zahllosen antiken Kulturgüter, über die man förmlich stolpere. Während sie ersteres gerne hörten, mussten sie Bernhard bei seinen epischen Auslassungen über Flora und Fauna und über Tempel und Amphitheater irgendwann unterbrechen, sonst ging es stundenlang so weiter. Bernhard hatte fest vor, nach dem Krieg Geschichte und Archäologie zu studieren und in das Land am Mittelmeer zurückzukehren. Er hatte sich von seiner Mutter seine Altgriechisch-Lehrbücher aus der Oberstufe zuschicken lassen und wiederholte mit großem Eifer Syntax und Konjugationen. Seine Kameraden zogen ihn damit auf. Aber insgeheim wurde er von manch einem dafür bewundert, dass er so zielstrebig war und nicht nur von der Zukunft träumte, sondern daran arbeitete.

Joachim wollte nach dem Krieg Maschinenbau studieren, vielleicht auch Mathematik und Physik. Alles Technische begeisterte ihn, seit er ein kleiner Junge war. Seine Märklin-Eisenbahn war mit jedem Weihnachtsfest und jedem Geburtstag ein Stück gewachsen, er hatte die Schienenwege, Brücken und Tunnel immer wieder umgebaut und neue Bahnhofshäuschen, Bauernhöfe und Stadthäuser zusammengeleimt und angemalt. Sein Onkel Albert hatte einen Freund bei der Reichsbahn, der ihm immer mal wieder überholte Kursbücher mitbrachte, mit deren Hilfe Joachim eigene Fahrpläne aufstellte und bestimmte Strecken nachspielte. Es faszinierte ihn, wie genau alles aufeinander abgestimmt war, die einzelnen Verbindungen, deren Zusammenspiel dafür sorgte, dass die Reisenden reibungslos von einer Ecke des Reiches in die andere gelangten. Die Miniaturzüge, die den echten Zügen nachempfunden waren, ließen ihn ahnen, wie kompliziert das Innenleben der Maschinen aussah. Wie aufregend musste es sein, an der Entwicklung modernster Technik teilzuhaben oder die theoretischen Grundlagen dafür zu entwerfen. Trotz dieser Pläne für die Zeit nach dem Krieg besaß Joachim im Gegensatz zu Bernhard, der wohl gerade inmitten der griechischen Mythologie angekommen war, nicht die Disziplin, schon jetzt etwas dafür zu tun. Seine einzige geistig anspruchsvolle Beschäftigung an den langen Abenden bestand im Schachspiel mit Fritz oder mit Rudolph Pänzinger, beide ebenbürtige Gegenspieler. Außerdem war Joachim treuer Kunde der Reihe »Soldatenbücherei«, die vom Oberkommando der Wehrmacht herausgegeben wurde. Das Angebot an Frontausgaben bediente jeden Geschmack. Joachim flüchtete sich gern in die Heldengeschichten aus dem Wilden Westen, wo am Ende immer das Gute über das Böse siegte. Den »Schatz im Silbersee«, Band 58 der Soldatenbücherei, kannte er in- und auswendig, denn er hatte schon als Junge die meisten Bücher von Karl May gelesen. Daneben waren Klassiker wie Goethe, Schiller, Brentano oder Eichendorff, Kriminalgeschichten, humorvolle Erzählungen wie die »Abenteuer eines Junggesellen« von Wilhelm Busch oder »Der Jagerloisl« von Ludwig Thoma in der Reihe Soldatenbücherei als Taschenbuch oder als einzelne Heftchen im Pappschuber erschienen. Joachim freute sich über jedes einzelne Buch, das für Ablenkung sorgte. Ohne die Stunden, in denen er sich in die Abenteuer- und Heldengeschichten versenkte, hätte er das allabendliche Einerlei nicht ausgehalten.

Joachim hatte schmunzeln müssen, als er in einem Band der Frontausgabe zum ersten Mal den Eindruck las: »Kamerad, denk daran: Auch Deine Kameraden wollen dieses Buch lesen, gib es darum weiter.« Hatte der Verfasser dieses Hinweises nicht daran gedacht, unter welchen Bedingungen sie lasen? Bücher pfleglich zu behandeln, war nicht so einfach, wenn man im Dreck lag oder beschossen wurde. Schließlich saßen sie bei der Lektüre nicht im Schaukelstuhl vor dem Kamin.

Als Bernhard aufhörte zu reden und vom Tisch aufstand, wurde Joachim aus seinen Gedanken gerissen. Er hatte gegessen, bis ihm der Magen schmerzte und die Brote mit Butter und Honig mit mehreren Tassen süßem Kaffee hinuntergespült. Schon lange hatte er sich nicht mehr so ausgeruht und gestärkt gefühlt wie nach dieser Nacht und dieser Mahlzeit. Und schon lange hatte er sich nicht mehr so wohl gefühlt wie jetzt, nach dem Bad und in frischen Kleidern. Beinahe fühlte er sich glücklich, als er vom Frühstück aufstand und auf den Hof hinaus trat. Eines fehlte noch, dachte Joachim. Aber auch das würde er bald sein eigen nennen.

Der Vormittag verging damit, dass ihre Ausrüstungen überprüft wurden, Waffen und Gerät hatten im harten Winter und bei den Kampfeinsätzen gelitten und mussten ausgetauscht oder instand gesetzt werden. Meistens hielten sie sich im Freien auf, wo die Aprilsonne das Nahen des Frühlings versprach. Während es im Schatten

noch empfindlich kalt war, wärmte ihnen die Sonne schon die Haut und sie genossen es, die Ärmel hochzukrempeln und Licht und Luft an ihre bleiche Haut zu lassen. Joachim hatte sich beim Reinigen seines Gewehrs so hingesetzt, dass er das Tor zum Lager gut im Blick hatte. Kurz vor Mittag sah er in der Ferne eine Gestalt, die stetig näher kam und deren aufrechter und energischer Gang ihn hoffen ließ, dass es sich um Mirja handelte. Er erkannte sie endgültig, als sie von der Landstraße abbog und die breite Einfahrt zum Lager einschlug. Etwas war anders, aber er konnte noch nicht sagen, was es war. Ohne groß Aufhebens zu machen, stand er auf und ging ihr schnellen Schrittes entgegen. Hinter dem Tor war die Baracke, in der sich die Kleiderkammer und Schreibstuben befanden. An der Ecke des Gebäudes blieb Mirja stehen, denn sie hatte ihn längst erkannt und konnte ihre Freude kaum verbergen. Joachim rannte die letzten Meter und zog sie um die Ecke des Gebäudes, damit sie zumindest für diesen ersten Augenblick unbeobachtet blieben. Er nahm Mirjas Gesicht in seine Hände, die zwar rau, aber endlich wieder sauber waren. Die Nägel waren kurz geschnitten und vom Dreck der Tundra befreit, das Nagelbett hatte er vorsichtig zurückgeschoben. Joachim betrachtete Mirja, als müsste er seine Erinnerung an sie mit dem abgleichen, was er nun sah. Die makellose Haut, die grünen Augen mit den blonden Wimpern, der zarte Schwung ihrer Brauen, die kleine Nase, die sofort rot wurde, wenn es kalt war oder Mirja sich erkältet hatte, die vollen Lippen, zwischen denen vorwitzig ein schiefer Schneidezahn hervor lugte, wenn sie lächelte. Alles glich dem Bild, das er in den langen Winternächten herauf beschworen hatte. Fast alles. Und dann wusste er, was an Mirja anders war.
»Du hast dir die Haare abgeschnitten«, stellte Joachim erstaunt fest, bevor er sie endlich in die Arme schloss und ihr rotes Haar, das sie zu einem modischen Pagenkopf gekürzt hatte, mit Küssen bedeckte.
Sie roch so gut, so sauber und mädchenhaft, fast wie ein Kind. Nach Seife, nach frischer Hefe und warmer Milch, nach dem Kissen, auf dem sie nachts schlief und nach den Säckchen mit getrockneten Sommerblumen, die sie zwischen ihre Wäsche steckte.
Mirja hielt ihn fest, als wolle sie ihn nie mehr loslassen: »Geh nicht wieder weg, Joachim, geh nicht wieder weg. Du hast mir so gefehlt, jede einzelne Minute hast du mir gefehlt«, beschwor sie Joachim und lachte und weinte gleichzeitig.
»Nicht weinen, Mirja!«, rief Joachim und küsste sie auf die Stirn. Dann nahm er ihre Hände: »Wir sind zusammen, wir haben uns wieder.« Joachim zog sie an sich und schloss beide Arme ganz fest um Mirja: »Endlich habe ich dich wieder!«
Sie konnten sich kaum voneinander trennen, aber für Mirja wurde es Zeit, um

zwölf Uhr mittags begann ihr Dienst, der erst am Abend, wenn alle gegessen hatten und die Küche aufgeräumt und gereinigt war, zu Ende sein würde. Dieser Tag würde einer der längsten in seinem Leben sein, dachte Joachim. Aber dann begann das Wochenende, und es würde nur ihnen beiden gehören.

Das ganze Jahr 1943 verging wie ein Traum, aus dem Joachim immer wieder kurz erwachte, um dann in ihn zurückzufinden. Beinahe kam es ihm vor, als hätte die Oberste Heeresleitung die Eismeerfront im vierten Kriegsjahr völlig vergessen. Andere Länder, Städte, Küsten und Gebirge rückten in den Vordergrund. Neue Namen mussten auf der Karte gesucht und die Fähnchen umgesteckt werden. Oft steckten sie nun in Löchern, die schon vorhanden waren, es ging zurück zu den Eroberungen der ersten drei Kriegsjahre. Das Reich glich allmählich einem alten Luftballon, der immer weiter zusammenschrumpfte.
Joachim bekümmerte das kaum, im Gegenteil. Bis auf kurze Einsätze, bei denen sie selten in kleinere Scharmützel verwickelt wurden, vergingen die Monate ungewohnt ruhig. Hauptsächlich trugen sie Sorge, dass die Baracken und Gefechtsstände an der Front nicht im rauen Klima verwitterten, besserten Unterstände für Fahrzeuge und Gerät aus und unternahmen ausgedehnte Erkundungsmärsche durch die Weiten Lapplands. Ansonsten herrschte eine fast gespenstische Ruhe. Während ein Teil von ihnen davon überzeugt war, dass es die Ruhe vor dem Sturm war, redete sich Joachim ein, dass die Front versteinert war. Man hielt sie wohl lediglich hier oben, um die Eroberung Murmansks nicht auch offiziell verloren zu geben. Sicher hofften die Russen, dass die Wehrmacht früher oder später das Feld räumen würde. Selbst einen Angriff gegen die gut befestigten deutschen Stellungen zu starten, wagte die Rote Armee scheinbar nicht.
Viele von Joachims Kameraden dachten anders, sie fürchteten einen Überraschungsangriff, hielten die Ruhe für trügerisch und rechneten damit, eines nicht zu fernen Tages von einer gewaltigen Übermacht überrollt zu werden. Hatte Stalingrad nicht gezeigt, wozu die Rote Armee in der Lage war?
Im Laufe des Frühjahrs 1943 drangen immer mehr Informationen über die Vernichtung der gesamten Sechsten Armee im Kampf um die Stadt an der Wolga bis in den letzten Winkel des Deutschen Reiches. Die Soldaten eines ganzen Heeres waren in den Trümmerschluchten der Stadt gefallen, verhungert und erfroren. Offiziell hieß es zwar, die Soldaten der Sechsten Armee hätten bis zum letzten Atemzug gekämpft und kein einziger sei in Gefangenschaft geraten, aber die Gerüchte ergaben eine andere Geschichte. Die Kameraden, die aus dem Fronturlaub kamen, berichteten von den Meldungen der Feindsender, denen inzwischen oft mehr Glauben geschenkt wurde als den Propagandasendungen der eigenen Seite, die unbeirrt den Endsieg herauf beschworen. Das Hören von Feindsendern galt als Rundfunkverbrechen und wurde mit hohen Strafen, selbst mit Todesurteilen belegt. Dennoch drehten die Menschen abends an den Knöpfen ihrer Volksempfänger und lauschten

heimlich BBC, Radio Vatikan oder Radio Moskau. Denen zufolge waren nach dem Sieg der Roten Armee über Paulus' Truppen mindestens 90.000 völlig entkräftete Soldaten den langen Weg in die Gefangenschaft angetreten. In den folgenden Monaten und Jahren verreckten sie zu Tausenden an Fleckfieber oder kamen in den Arbeitslagern um. Nur etwa 5.000 von ihnen sollten nach Hause zurückkehren, oft erst nach Jahren. Auch General Paulus war in Gefangenschaft geraten, und das, obwohl ihm Hitler eine goldene Brücke in ein »ehrenvolles Ende« gebaut hatte. Trotz der bereits ausweglosen Lage der Sechsten Armee hatte der Führer den Oberbefehlshaber der Sechsten Armee noch Ende Januar zum Generalfeldmarschall befördert. Alle wussten, dass sich kein Generalfeldmarschall jemals in Gefangenschaft begeben hatte. Die Beförderung konnte für Paulus also nur zweierlei bedeuten, entweder, Stalingrad entgegen alle Vernunft bis zum letzten Mann zu halten, oder aber den Freitod zu wählen. Paulus jedoch ging den Weg seiner Soldaten in die russische Kriegsgefangenschaft und forderte auch seine Offiziere auf, vom Suizid abzusehen und ihren Männern zu folgen.
Joachim kannte all die Gerüchte. Nur die Zahl von einer Million toter russischer Soldaten und Zivilisten, Alte, Frauen und Kinder, die in der belagerten Stadt an der Wolga in den Kämpfen, vor Hunger und in eisiger Kälte umgekommen waren, sollte erst Jahre später bestätigt werden. Aber eines wussten sie jetzt schon ganz sicher. Stalingrad war ein Wendepunkt des Krieges.

Über die Folgen für die Gebirgsjäger an der Eismeerfront wollte Joachim nicht nachdenken, jetzt, da die Liebe schwerer wog als der Krieg. Er bewegte sich im Hier und Jetzt, und das hatte nur eine einzige Bedeutung: Mirja. Das erste Wochenende nach ihrem Wiedersehen hatte ihm alle Sorgen genommen. Ihre Liebe würde auch schwere Zeiten überstehen, Trennungen und Ungewissheit trotzen.
Am Samstagmorgen hatte sie ihn am Tor abgeholt und zu sich nach Hause geführt. Arttu Järvis Familie begrüßte ihn überschwänglich wie den verlorenen Sohn, der endlich wieder war, wo er hingehörte. Minttu, Eevi und Inka scharten sich um ihn und hätten ihm am liebsten alle gleichzeitig die Hand geschüttelt. Nachdem ihm Arttu Järvi freundlich auf die Schulter geklopft und ihn in die Stube geführt hatte, erschien auch Mirjas Mutter, die dieses Mal zu Joachims Überraschung statt der traditionellen samischen Tracht in der grauen Uniform der »Lotta Svärd« steckte. Sie trug eine Haube wie die jungen Mädchen und Frauen, die im Lazarett Dienst taten, und an ihrer Brust steckte das Metallabzeichen der Hilfsorganisation, eine blaue Swastika mit der Inschrift Lotta Svärd mit jeweils einer Rosenblüte in den vier Ecken.

»Meine Mutter arbeitet im Lazarett«, kam Mirja seiner Frage zuvor. »Seit Januar. Fast alle Frauen hier sind jetzt Lottas«, sagte sie.
»Ich werde auch Lotta, wenn ich größer bin«, rief die kleine Inka und hielt Joachim eine Stoffpuppe entgegen, die ebenfalls die Tracht der Lottas trug.
»Die ist aber schön«, sagte Joachim anerkennend und nahm die Puppe mit den blonden Haaren und den grauen Kleidern in die Hand.
»Die habe ich zum Geburtstag bekommen«, erklärte das Mädchen. »Alle meine Freundinnen hatten schon eine.«
»Ihr Lottas seid die wahren Helden«, lachte Joachim und nahm auf dem Stuhl Platz, den Arttu Järvi ihm zuwies.
Erst als er saß, fiel ihm auf, dass nur für sieben Personen gedeckt war.
»Wo ist denn eure Großmutter«, fragte er die Mädchen.
»Sie war im Winter sehr krank, kurz nachdem Sie fort waren, Joachim«, sagte Arttu Järvi.
»Eine Grippewelle. Viele Alte sind im Winter daran gestorben. Sie lebt, aber sie kann das Bett nicht mehr verlassen, so schwach ist sie. Wissen Sie«, fuhr Mirjas Vater fort, »auch im Krieg sterben die Leute ganz von selbst. Weil sie krank sind oder alt. Das vergisst man manchmal.«
Joachim tat es aufrichtig Leid, dass die alte Frau nicht mehr in der Stube saß und am Familienleben teilhatte. Wie sie dort still im Sessel gesessen hatte und so gut es ging dem Geschehen lauschte und mit ihren schlechten Augen folgte, hatte sie ihn an eine alte Katze erinnert, die nicht mehr aus dem Haus konnte und ihren Platz auf der warmen Ofenbank nur noch selten verließ. Die nicht viel mehr zum Leben brauchte außer die Liebe und Obhut der Familie, in die sie gehörte.
Mirjas Mutter half schließlich aus der gedrückten Stimmung heraus, indem sie in die Hände klatschte und rief: »Nun, Großmutter würde uns sicher nicht verzeihen, dass unser Gast hungrig und durstig bleibt! Nehmen Sie doch wieder Platz, Herr Steinborn, ich hole Tee und Kuchen. Kommt, Mädchen, helft mir.«
Damit verschwanden alle fünf aus der Stube und Joachim blieb mit Mirjas Vater allein.
»Was denken Sie, Joachim. Kann Deutschland den Krieg noch gewinnen?«
Joachim mochte Arttu Järvi, er fühlte sich sicher und wohl in seiner Gegenwart. Aber diese Frage war eine, die man nicht mal den meisten Kameraden offen stellen würde. Allein der Zweifel am Endsieg, der in dieser Frage mitschwang, konnte einem Kopf und Kragen kosten.
»Man hört ja so Einiges«, sagte Arttu Järvi und zeigte auf den dunkelbraunen

Radioapparat aus Bakelit, der dem Volksempfänger zuhause sehr ähnlich war. VE301, der Name des Volksempfängers, der in fast allen deutschen Wohnzimmern stand, sollte an den dreißigsten Januar erinnern, den Tag, an dem Adolf Hitler im Jahre 1933 zum Reichskanzler ernannt worden war, den »Tag der Nationalen Erhebung«. Um den Apparat versammelt hatten Joachim, seine Mutter und Onkel Albert den Führer und Goebbels die neue Weltherrschaft beschwören hören, hatten die Sechstagerennen und die Boxkämpfe im Berliner Sportpalast verfolgt und die neuesten Schlager mitgepfiffen. Heute standen die Feindsender höher im Kurs. Joachim dachte, dass Arttu Järvi mit Sicherheit zu den Menschen gehörte, die hofften, auf den Auslandswellen etwa der BBC, von Radio Vatikan oder Radio Moskau die ungeschminkte Wahrheit zu erfahren. Joachim konnte sich nicht vorstellen, dass er ausschließlich die Sendungen des finnischen Rundfunks verfolgte. Er wäre jede Wette eingegangen, dass ein Mann wie Mirjas Vater regelmäßig vor dem Apparat saß, vorsichtig am Rad drehte und versuchte, ausländische Sender herein zu bekommen.Nun steckte sich Arttu Järvi bedächtig seine Pfeife an. Er hielt Joachim das brennende Streichholz hin, sodass er eine Zigarette daran anzünden konnte.

»Ja, man hört so Einiges«, pflichtete Joachim ihm bei und zog an seiner Zigarette. Er fühlte sich unwohl in seiner Haut und hoffte, dass die Mädchen möglichst bald mit dem Geschirr und dem Tee aus der Küche kommen würden. Aber Arttu Järvi gab sich nicht mit Joachims knapper Antwort zufrieden. Offensichtlich wollte er das Thema nicht auf sich beruhen lassen: »Seit Stalingrad ist nichts mehr wie es war. Das war die Wende, da bin ich sicher. Mein Gott, eine ganze Armee!«, rief er aus und schüttelte den Kopf. »Wie bei Napoleon! Unser Winter ist nichts für euch Deutsche oder Franzosen.«

Joachim versuchte, das Gespräch in eine andere Richtung zu lenken: »Ich bin sicher, dass der Russe Karelien nicht wieder einnehmen wird. Es wird ein Teil Finnlands bleiben.«

»Joachim, vor mir brauchen Sie sich nicht zu verstellen. Keine Angst, ich rede nicht mit der Gestapo. Das sollten Sie eigentlich wissen.«

Er machte eine Pause und nahm seine Pfeife in den Mund. Dann sah er Joachim unverwandt an und fuhr fort: »Sie lieben meine Tochter. Meine Erstgeborene. Ich mag Sie sehr, Joachim, das wissen Sie.«

Wieder hielt er inne und blies weißen Rauch in die Luft. Sein Gesicht wirkte noch älter und zerfurchter, als er sagte: »Aber was soll ich davon halten. Sie sind nicht nur ein verliebter junger Mann. Sie sind auch ein deutscher Soldat. Und ich möchte

nicht, dass Sie Mirja das Herz brechen. So oder so, Sie wissen schon, was ich meine.«
Ja, dachte Joachim, so oder so, ob ich nun falle oder ob ich eines Tages fort muss.
»Es tut mir Leid, dass ich so offen zu Ihnen bin«, fuhr Arttu Järvi fort, »aber ich bin Mirjas Vater. Und ich liebe dieses Mädchen noch mehr als Sie es je tun werden. Wenn Sie das jetzt auch nicht glauben können.«
Joachims Mund war wie versiegelt. Er konnte nicht klar denken, so sehr hatte ihn Arttu Järvi mit seiner ungewohnt eindringlichen Ansprache überrascht. Seine Finger waren ineinander verkeilt und er hatte angefangen, unter der Uniform stark zu schwitzten. Joachim war klar, dass es keinen Sinn hatte zu sagen, dass er Mirja mehr liebte als alles auf dieser Welt. Als sein Leben, seine Mutter, seine Heimat. Es würde nichts nützen, denn Arttu Järvi hatte ja Recht. Es war ja wirklich eine Möglichkeit, dass er Mirja das Herz brach. Aber es musste nicht geschehen, es konnte ja auch alles gut werden und er konnte heil aus diesem Krieg herauskommen. Und dann würde er Mirja mitnehmen, sie nach Hause führen und heiraten, eine Familie mit ihr gründen und gut für sie sorgen. Seine Heimat würde ihr bestimmt gefallen. Die Farben des Frühlings, die Wärme eines Sommertages und der Schnee, der im Winter die sanfte Landschaft der Börde bedeckte. Sie sprach ebenso gut Deutsch wie ihr Vater und wie ihre Großmutter, sie war offen, neugierig und so voller Fröhlichkeit und Wärme, dass Joachims Familie sie aufnehmen würde wie die eigene Tochter. Seine Freunde würden sie auf Anhieb lieb gewinnen und sie würde ohne Probleme Anschluss an andere junge Mädchen finden. Heimweh hatte man doch nur, wenn niemand da war, der einen liebte. Er dachte selbst schließlich auch kaum mehr an zuhause, seit Mirja ihm ihre Liebe schenkte. All dies ging ihm durch den Kopf, als er schweigend Mirjas Vater gegenüber saß, aber er brachte es nicht fertig, seine Gedanken in Worte zu fassen. Irgendwo in seinem Kopf saß wie ein unsichtbarer Splitter der Zweifel, ob dies die ganze Wahrheit war. Und dieser Zweifel machte ihn stumm.

Als Frau Järvi und die Mädchen nach endlosen zehn Minuten endlich wieder ins Zimmer kamen, füllte sich die Stube mit ihrem fröhlichen Geplapper. Lediglich Mirjas Mutter blickte besorgt von einem zum anderen, den Mädchen aber entging die seltsame Stimmung, die sich wie stickige Luft im Wohnraum verbreitet hatte.
Der Rest dieses ersten Tages zurück in Mirjas Familie verging danach viel zu schnell. Nachdem sie von dem Tee getrunken hatten, den Frau Järvi nach einem alten Familienrezept aus getrockneten Beeren und Kräutern herstellte, herrlich duftenden Kuchen gegessen und vielerlei Belanglosigkeiten ausgetauscht hatten, brachen

Joachim und Mirja zu einem Spaziergang auf. Leider ließen sich die jüngeren Mädchen durch nichts davon abhalten, sie zu begleiteten und wie Kletten an ihnen zu hängen, pausenlos Fragen zu stellen, Geschichten zum Besten zu geben und zu mutmaßen, wie viele Kinder Joachim und Mirja haben würden, wenn erst Frieden wäre und die beiden verheiratet wären. Sie überboten sich gegenseitig mit Plänen, wo in der Nachbarschaft ein Haus für die beiden gefunden werden könnte und stritten darum, wer auf die Kinder aufpassen dürfte, wenn das junge Paar einmal ins Lichtspielhaus oder zum Tanz ausgehen wollte. Joachim und Mirja ließen sich davon anstecken und spielten das Spiel schließlich mit. Nach dem Gespräch mit Arttu Järvi war Joachim dankbar für die Unbefangenheit und Selbstverständlichkeit, mit der Mirjas Schwestern fröhliche Zukunftsmusik für Mirja und ihn spielten. Am Ende wohnte das glücklich vermählte Paar in einem schmucken Häuschen in der selben Straße wie Familie Järvi, hatte zwei aufgeweckte kleine Jungen und zwei zuckersüße Mädchen, obendrein einen Hund, eine Katze und ein eigenes Automobil, mit dem sie am Wochenende alle gemeinsam zum Baden und zum Picknick fahren konnten. Die Zukunft war herrlich. Das Leben gehörte ihnen. Und Joachim gelang es für kurze Zeit, das alles zum Greifen nah vor sich zu sehen.

Am frühen Morgen wurde Joachim von lautem Gebrüll geweckt. Er sprang aus dem Bett, um aus dem Fenster der Baracke zu sehen. Fritz stand bereits in Unterhosen und Unterhemd hinter der Scheibe und starrte auf den Hof des Lagers. Sein Gesichtsausdruck war eine Mischung aus Entsetzen und Fassungslosigkeit. Umringt von einem Dutzend Soldaten standen in der Mitte des Hofes um die dreißig Männer, die mehr tot als lebendig aussahen. Nur mit Mühe konnte Joachim in den abgerissenen und verschmutzten Fetzten, die ihnen um die ausgemergelten Körper schlackerten, die Überreste russischer Uniformen erkennen. Die Haare standen den Männern struppig und verfilzt von den Schädeln ab, die Totenköpfen glichen. Mit dem wirren Haar wirkten sie wie eine Verhöhnung von Skeletten, denen man Perücken übergestülpt hatte. Einige konnten sich kaum mehr auf den Beinen halten, sie schwankten im Frühlingswind hin und her wie Grashalme.
»Wer sind die?«, fragte Joachim.
»Kriegsgefangene. Aus dem Lager bei Salla, glaube ich«, antwortete Fritz. »Sie sehen aus, als hätten sie seit Wochen weder ein Stück Brot noch ein Stück Seife in der Hand gehabt.«
In diesem Moment hob der befehlshabende Offizier sein Gewehr und schlug es einem Gefangenen ins Kreuz, der vor Schwäche auf die Knie gesunken war. Der Russe fiel vornüber in den Staub und rührte sich nicht mehr, während seine Kameraden sich unruhig immer dichter zusammendrängten.
»Steh auf, Bolschewikenschwein«, schrie der Offizier, ein großer, rothaariger Mann mit einem gewaltigen Schmerbauch, den weder Fritz noch Joachim zuvor gesehen hatten. Der Russe versuchte, die Arme aufzustützen und irgendwie hochzukommen, glitt aber stöhnend zurück auf den Boden. Ein anderer beugte sich zu ihm hinunter, um ihm unter die Arme zu greifen und hochzuziehen, was umgehend mit dem Schlag eines Gewehrkolbens in die Seite belohnt wurde. Er schaffte es aber im Gegensatz zu seinem geschwächten Kameraden, sich auf den Beinen zu halten und griff sich lediglich mit schmerzverzerrtem Gesicht in die rechte Seite. Inzwischen hatte der feiste Offizier erneut zum Schlag auf den Liegenden ausgeholt, überlegte es sich aber im letzten Moment anders und hielt inne.
»Der ist eh zu nichts mehr zu gebrauchen, was meint ihr?«, fragte er in Richtung der Soldaten, die das erbarmungswürdige Grüppchen bewachten.
»Ein sauberer Haufen ist das! Das stolze Volk der Arbeiter!«, höhnte er. »Schaut euch nur an, nichts als unnützes, dreckiges Gesindel seid ihr!«
Damit hob er das Gewehr, zielte und streckte den am Boden liegenden Mann mit einem Genickschuss nieder. Seine Soldaten klatschten Beifall oder lachten, einige

schossen, angestachelt vom Vorbild ihres Vorgesetzten, in die Luft oder zwischen die Beine der Russen. Die völlig verängstigten Männer hüpften mit letzter Kraft, um den Salven aus den Gewehren der Landser zu entrinnen.
»Das sind ja welche von uns«, flüsterte Fritz. »Das ist nicht die SS, Joachim.«
Es bestand kein Zweifel. Die Soldaten auf dem Platz trugen Wehrmachtsuniformen, bei keinem von ihnen konnten Fritz oder Joachim die SS-Runen ausmachen. Es waren ihre Kameraden, die den Russen zwischen die Beine schossen und ihnen Todesangst einjagten. Es war ein Offizier der Wehrmacht, der den russischen Kriegsgefangenen mit einem gezielten Genickschuss hingerichtet hatte. Die Haager Landkriegsordnung, nach der Kriegsgefangene mit Menschlichkeit behandelt werden sollten, schien für russische Soldaten nicht zu gelten. Von über fünf Millionen, die im Laufe des Krieges in deutsche Gefangenschaft gerieten, sollten dann auch über drei Millionen nicht in ihre Heimat zurückkehren.
Bestürzt beobachteten Fritz und Joachim, was sich auf dem Hof abspielte.
Einer der Soldaten, die zwischen die Beine der Russen schossen, schrie: »Jawoll, Kasatschok, Kasatschok!«.
Andere taten es ihm gleich oder klatschte in die Hände, so dass ein heilloses Durcheinander aus schießenden, klatschenden und schreienden Soldaten und panisch herumspringender Russen entstand. Schließlich brüllte der Unterscharführer: »Schluss jetzt Leute! Der Spaß hat ein Ende! Die sollen jetzt Essen fassen und danach geht es an die Arbeit. Dann werden wir ja sehen, ob das Arbeitervolk richtig zupacken kann!«
Auf sein Zeichen hin trieben die Soldaten die Gefangenen auf eine umzäunte Fläche hinter der Küchenbaracke, wo sie sich endlich auf den Boden fallen lassen und hoffen konnten, ihren Hunger und Durst zumindest ein wenig zu stillen.
Kurz darauf fuhr durch das Tor des Lagers ein Lastwagen in die Mitte des Hofes, beladen mit Spaten und anderem Werkzeug. Joachim hatte sich vorher nur selten Gedanken darüber gemacht, wer eigentlich die Lagerbaracken, die Zäune und Schuppen errichtet hatte. Sie selbst taten das auch, an der Front zum Beispiel. Aber es konnte wohl kaum die ganze deutsche Armee damit beschäftigt sein, Unterkünfte zu bauen, Abwassergräben zu ziehen oder Feuerholz zu hacken. Nun war ihm klar, dass dafür russische Kriegsgefangene eingesetzt wurden. Das blühte ihnen selbst wohl auch, wenn sie in Gefangenschaft geraten würden. Das waren die Regeln im Krieg. Aber dass man den Gefangenen nicht genug zu essen gab, sie behandelte und abknallte wie nicht einmal Vieh, das konnte Joachim nicht begreifen. Fritz ging es genauso, während einige ihrer Kameraden, die nach und nach zu ihnen

ans Fenster getreten waren, die Szene ungerührt oder sogar voller Zustimmung beobachtet hatten.

Joachim wandte sich ab, steckte sich eine Zigarette an und verließ die Baracke. Er zog sich auf eine der Latrinen im hinteren Bereich des Lagers zurück. Er musste eine halbe Stunde allein sein und das Gesehene verdauen. Bei dem Gedanken, dass auch einige der Lottas oder finnische Arbeiter, die im Lager aushalfen, Zeugen der Szene geworden sein könnten, wurde Joachim ganz bang. Auch Mirja hatte heute Dienst, allerdings erst vom späten Vormittag an. Joachim hoffte inständig, dass sie so etwas, wie er es gerade gesehen hatte, noch nicht hatte beobachten müssen. Er mochte sich gar nicht vorstellen, wie sie reagieren würde. Was sie ihm gegenüber empfinden würde, wenn sie deutsche Soldaten in so einem Blutrausch sah. Nicht höflich Danke sagend, wenn die Lottas das Essen herein trugen oder die frisch gewaschene Wäsche ausgaben. Nicht am Abend sentimentale Melodien singend und Briefe an die Lieben zuhause schreibend. Und nicht wie Joachim, der ihr Komplimente machte, ihre Hand ergriff und sie schüchtern küsste. Sondern gewalttätig und roh, ohne Mitgefühl und Menschlichkeit. Würde sie am Ende denken, dass auch er in Wirklichkeit genau das war: Ein Mann, der keine Gnade und kein Mitleid kannte, der ohne zu zögern im Stande war zu töten? Nicht aus Notwehr, sondern aus purer Lust?
Mirja hatte ihn das nie gefragt. Was würde er ihr antworten, wenn sie die Frage irgendwann stellte: Hatte Joachim getötet? Er wusste es nicht. Aber natürlich war es möglich, sogar wahrscheinlich. Er hatte oft genug am Maschinengewehr gehockt und unzählige Salven in Richtung des Feindes abgeschossen. Er hatte Handgranaten dorthin geworfen, wo sie ein MG-Nest der Russen vermuteten, hatte im Dämmerlicht auf alles geschossen, was sich im Dickicht am Flussufer bewegte. Es war ganz leicht gewesen, denn es war ja Notwehr. Wenn er nicht traf, würde er getroffen. So einfach waren die Spielregeln. Alles was Joachim tat, war, seine eigene Haut zu retten. Es war völlig anders als das, was diese Soldaten getan hatten. Wenn Joachim schoss, hatte er keine Wahl, es war reine Selbstverteidigung. Im Gegensatz dazu hatte der Offizier eine Wahl gehabt, die zwischen Gnade und Mord. Er hatte sich für letzteres entschieden, und das ohne Not.
Erst als er im Halbdunkel der Latrine darüber nachdachte, fuhr Joachim durch den Kopf: Im Krieg wurde nicht nur getötet, es wurde gemordet. Und ob er nun daran beteiligt war oder nicht, würde für Mirja oder ihren Vater keinerlei Unterschied machen. Deshalb wünschte er sich so sehr, dass die Ereignisse am Morgen nur ein böser Traum waren. Aus Angst, Mirja zu verlieren.

Die ganze Woche über waren die russischen Kriegsgefangenen damit beschäftigt, die Baracken auszubessern und neue Unterstände für die Lastwagen zu zimmern, die im vergangenen Winter zum Teil vollständig mit Schnee bedeckt und zu nichts mehr zu gebrauchen gewesen waren. Die Abteilung, die sie ins Lager Petsamo geleitet hatte, war inzwischen nach Salla zurückgekehrt. Joachim hatte den Kontakt zu den Männern vermieden, obgleich sie abends beim Kartenspiel mit seinen Kameraden den Eindruck machten, ganz normale, lustige und umgängliche Gesellen zu sein. Der Offizier, der den russischen Gefangenen niedergestreckt hatte, griff abends zur Gitarre und unterhielt die Umsitzenden mit sentimentalen Schlagern, die er gekonnt und mit sicherer Stimme zum Besten gab. Seine Männer sorgten mit ihren Erzählungen von den Fronteinsätzen weiter südlich für Abwechslung und unterschieden sich kaum von Joachim und seinen Kameraden. Dennoch hielt Joachim sich fern, genau wie Fritz, dem das Vorkommnis ebenfalls unter die Haut gegangen war. Es musste eine Ausnahme sein, versicherten sie sich gegenseitig. Eine Kurzschlussreaktion, provoziert durch schlimme Erlebnisse an der Front. Dass die Erschießung des russischen Kriegsgefangenen folgenlos blieb, war allerdings eine Sache, über die beide kein Wort verloren.
Joachim sehnte das Wochenende herbei, an dem er mit Mirja über alles würde sprechen können. Sie versorgte in dieser Woche ja auch die Kriegsgefangenen mit Suppe und Brot und sah die Männer Tag für Tag in ihrem erbärmlichen Zustand. Halb verhungert, in zerfetzten Uniformen, verlaust und vor Dreck starrend. Manche husteten entsetzlich, andere starrten mit glasigen, fiebrigen Augen apathisch vor sich hin, wenn sie ihre harten Brotkanten in die wässrige Suppe tauchten. Sie schliefen im Freien, obgleich es auch im Frühsommer nachts empfindlich kühl wurde. Wenn es regnete, duckten sie sich zu mehreren dicht gedrängt unter eine der wenigen Zeltbahnen, die man ihnen gegeben hatte. Anfangs hatte Joachim die Männer beobachtet, wann immer er konnte. Aber schnell merkte er, dass ihr Anblick ihm nicht gut tat. Deshalb sah er nach ein paar Tagen weg. Ändern konnte ein einzelner ja sowieso nichts, versuchte er sich einzureden.

Als endlich der freie Samstag anbrach, machte sich Joachim früh auf den Weg nach Petsamo. Nun, Ende Mai, waren auch die letzten Schneeflecken weggeschmolzen und hatten Platz gemacht für saftiges Grün, feuchtes Moos und hundert verschiedene Arten kleiner Blüten. Durch die Mauersteine reckte sich das Steinkraut der Sonne entgegen, die Spitzen der Kiefern stachen hellgrün hervor. Um die Blaubeerbüsche stritten sich Bienen und Hummeln und im Geäst der knorrigen, klein-

wüchsigen Bäume bauten Vögel Nester für den Nachwuchs. Joachim sog die Frühlingsluft, die Düfte und Geräusche ein, als könnten sie seine Schwermut lindern und alle düsteren Gedanken vertreiben.
Als er die Stadt erreichte, schlug er den Weg zur Hauptstraße ein. Statt sofort zum Haus der Familie Järvi zu gehen, schlenderte er an den spärlichen Auslagen der wenigen Läden vorbei, die nicht vor dem Mangel hatten kapitulieren müssen und noch irgendetwas zu verkaufen hatten. Er wollte Mirja etwas schenken, bevor sie durch seinen nächsten Fronteinsatz getrennt würden. Lange konnte es nicht mehr dauern, bis sie wieder ausrücken würden, sie rechneten täglich mit dem neuen Einsatzbefehl. Joachim wollte, dass Mirja irgendeine Erinnerung bei sich trug, wenn er fort war. Nach zwei Stunden Suche war er enttäuscht, nichts gefunden zu haben, das als Erinnerungsstück und Zeichen seiner Liebe taugte. Eine alte Samin hatte ihm einen aus Rentierhorn geschnitzten Anhänger aufschwatzen wollen. Das Stück war schlicht, aber schön gearbeitet, aber Joachim kaufte es dennoch nicht. Ihm kam es unpassend vor, einem Mädchen mit samischem Blut in den Adern ein traditionelles Schmuckstück zu schenken. Er wäre sich vorgekommen, als wolle er sich bei den Järvis anbiedern. Trotzdem, der Anhänger war das einzige gewesen, was seinen Vorstellungen in etwa entsprach. Enttäuscht und mit leeren Händen kehrte er der Hauptstraße, den kleinen Geschäften und den samischen Händlern den Rücken und schlug den Weg zum Haus der Järvis ein.
Dann fiel ihm der Zinnsoldat ein, den er stets bei sich trug. Der rote Grenadier, den er noch schnell eingepackt hatte, bevor er vor drei Jahren von zu Hause fortgegangen war, um Soldat zu werden. Er würde Mirja seinen Talisman geben und ihr sagen, dass dieser sie beschützen und ihr Glück bringen würde. Die kleine Figur sollte dafür bürgen, dass Mirja und er bald wieder vereint wären und keinem von ihnen etwas Schlimmes zustoßen würde.
Als er voller Erwartung das Haus der Järvis erreichte, saß Mirja in einem schlichten blauen Kleid auf der Holzbank im Garten und besserte ihre Lotta-Tracht aus. Wie anders sie aussah ohne die graue Uniform, die Haube und die weiße Schürze, die sie in der Küchenbaracke trug, um ihre Kleidung vor Flecken zu schützen. Ihr rotblondes Haar war nachgewachsen und fiel ihr wieder bis auf die Schulter. Es leuchtete in der Sonne und ließ ihre Haut noch heller schimmern. Diese zarte Haut, die vollkommene Rundung der Ohrmuschel und die kleine Kuhle unter dem Hals, wo sich die Schlüsselbeine fast berührten. Joachim konnte sich nicht satt sehen daran und blickte sich um, ob sie alleine waren. Weder von ihren Eltern noch von Mirjas Schwestern war etwas zu sehen. Deshalb beugte er sich zu Mirja hinunter und

getraute sich, ihr ganz unverfroren einen Begrüßungskuss auf den Mund zu geben. »Joachim«, rief sie mit gespielter Empörung, um ihn gleich darauf selbst zu küssen. Dann wies sie mit dem Nähzeug in der Hand auf den Platz neben sich: »Komm, setz dich. Ich bin gleich fertig damit.«

Hoch konzentriert fuhr sie fort, den losen Saum wieder festzunähen. Joachim schmunzelte über ihren Gesichtsausdruck. Über der Nasenwurzel bildete sich eine Furche und sie biss sich auf die Unterlippe, während sie Nadel und Faden durch den dicken Stoff zog.

»Machst du das Kleid kürzer?«, neckte er sie, »zeigen die Lottas in dieser Saison ihre schönen Beine?«

Mirja stupste ihm mit dem Ellenbogen in die Seite. »Das hättest du wohl gerne!«, rief sie. »Wir sind anständige und ehrenwerte Lottas, vergiss das nicht!«

Während sie nähte, streckte Joachim die Beine aus und lehnte den Kopf an die Hauswand. Er genoss die Sonne auf seinem Gesicht und spürte Mirjas Schenkel dicht an den seinen. Der Gedanke, sie zu berühren, erregte ihn. Damit Mirja nichts merkte, stand er auf, schlenderte durch den Garten und rauchte dabei eine Zigarette.

Schließlich rief sie ihm zu: » Joachim, ich bin fertig. Ich bring nur rasch die Sachen ins Haus, dann können wir zum Wasser. Es ist so ein schöner Tag!«

Damit verschwand Mirja im Haus. Durch das geöffnete Fenster hörte er, wie sie mit Tellern und Besteck klapperte und die Tür des Küchenschranks öffnete. Nach einer Weile kam sie mit einem Weidenkorb aus dem Haus und zeigte auf den Schuppen hinter dem kleinen Gemüsebeet.

»Du kannst Vaters Rad nehmen, dann sind wir schneller.«

Dabei strahlte sie wie ein kleines Mädchen, das es nicht erwarten kann, endlich zu einem Ausflug aufzubrechen, durch die Wiesen zu tanzen und einen bunten Strauß mit Sommerblumen zu pflücken.

Während der Fahrt aus der Stadt heraus saß Mirja auf dem Gepäckträger des Fahrrads. Joachim kam schnell ins Schwitzen, denn er musste das schwere Gefährt mit Mirja hinter sich und dem Korb am Lenker über den holprigen Weg zum Fjord manövrieren. Er war froh, dass sie heile die Stelle erreichten, von der aus ein schmaler Pfad den steilen Hang hinab zum Wasser führte. Am Ufer suchten sie sich eine ebene Stelle und breiteten die Decke aus, die Mirja zu oberst in den Korb gelegt hatte. Eine Flasche Limonade legten sie zwischen Steinen ins Wasser, das auch Ende Mai noch eisig kalt war. Der Fjord, an dessen äußerstem Ende Petsamo lag, mündete in die Barentssee. Und obwohl Ausläufer des Golfstroms dafür sorgten, dass ein Hafen wie Murmansk auch im polaren Winter eisfrei blieb, war das Wasser alles andere als einladend. Es genügte Joachim schon, die Fingerspitzen hineinzutauchen, um zu wissen, dass er garantiert nicht in die Fluten springen würde. Er erzählte Mirja von seiner Heimat, seinen Ausflügen an den nahen Stausee, von dem Landschulheim direkt am Ufer, in dem sie als Gymnasiasten herrlich unbeschwerte Wochen verbracht hatten. Sie waren um die Wette gerudert und hatten gelernt, eine kleine Jolle zu manövrieren, hatten Flöße gebaut und waren mit tollkühnen Saltos vom Steg ins Wasser gesprungen. Mirja hörte ihm aufmerksam zu, sie war ganz gierig danach, von seinem Leben zu Hause zu erfahren. Ihres kannte er ja, ihre Eltern und Schwestern, den Alltag, Haus und Garten, ihre täglichen Wege. Er wusste, wo sie Brot und Milch einkaufte und welchen Weg sie zur Schule genommen hatte. Aber was wusste Mirja von ihm, von dem anderen Leben, in dem er keine Uniform trug und nichts anderes war als der Sohn einer Mutter, bis vor kurzem noch ein Oberschüler, der am liebsten Fußball spielte und sich mit einem Buch in den Schatten des Birnbaums verzog. Konnte sie sich überhaupt vorstellen, dass Joachim auch das war, ein Zwanzigjähriger, der vor Heimweh vergehen würde, wenn er sie nicht hätte?

Mirja hatte dicke Brotscheiben, ein Stück Rentierwurst und ein Glas eingekochte Blaubeeren eingepackt und breitete alles auf der blauroten Wolldecke aus. Sie reichte Joachim einen Löffel und gemeinsam aßen sie von den süßen Früchten. Dann streckte sich Mirja wohlig und ließ sich auf die Decke sinken. Joachim beugte sich zu ihr hinunter und fragte: »Darf ich mal probieren?« Ohne ihre Antwort abzuwarten küsste er ihre Lippen, denen noch Farbe und Geschmack der gezuckerten Blaubeeren anhaftete. »Hmmm, noch süßer als sonst, und dann diese herrliche Farbe«, sagte er.

Mirja streckte ihm die Zunge heraus und sie lachten über die blaue Farbe. Lange lagen sie beisammen, küssten sich und schmiegten ihre Körper schüchtern aneinander. Joachim wagte es nicht, seine Hände unter ihre Kleider zu schieben. Es kostete ihn einige Kraft, gegen seine Ungeduld anzukämpfen und er wusste nicht, wie lange er sich würde zurückhalten können. Vielleicht wollte Mirja es ja auch. Wollte nichts sehnlicher, als seine nackte Haut auf der ihren zu spüren. Aber sie gab ihm noch keinerlei Zeichen, dass sie bereit dazu war. Immer wieder zog sie sich ein wenig zurück, richtete sich auf, um auf das dunkle Wasser des Fjords zu blicken oder ihm einen Vogel zu zeigen, der von seinem Nistplatz aufstieg in den weiten Himmel über ihnen. Immerhin war es nicht mehr nur Joachim, der mit dem Küssen begann. Mirja traute sich, ihre Lippen auf seinen Mund zu drücken, sie leicht zu öffnen und ihre Zunge mit seiner tanzen zu lassen. Joachim würde geduldig sein. Denn heute spürte er ganz stark, dass sich alles weitere schon ergeben würde. Wenn sie nur mehr Zeit hätten.

Nach einer Weile stand Joachim auf und holte die Limonadenflasche aus dem Wasser. Mirja belegte die Brotscheiben mit Rentierwurst und reichte ihm eine der dicken Stullen. Genüsslich kaute er an dem Brot, als Mirja ihn plötzlich ernst ansah und fragte: »Joachim, diese Russen im Lager, sie sind halb verhungert. Sie bekommen nur ein paar Scheiben Brot und die Reste eurer Suppe, die wir mit Wasser strecken sollen.«

Sie schüttelte den Kopf und legte ihr Brot auf die Decke zurück.

»Und sie müssen so hart arbeiten. Ich meine, es sind Russen, vielleicht haben sie es nicht anders verdient. Aber es sind doch Menschen.«

Joachim wusste nicht, was er darauf antworten sollte. Außerdem wollte er diesen lang ersehnten Tag nicht an den Krieg verlieren, wollte niemanden rechtfertigen oder nach Erklärungen suchen. Vor allem wollte er nicht über sich selbst sprechen. Er hörte sich sagen: »Mirja, denk daran, was sie euch angetan haben. Dem finnischen Volk. Sie haben euch euer Land weggenommen. Und sie würden es jeder Zeit wieder tun.« Seine Stimme klang wie bei einer politischen Unterweisung, dachte Joachim. Trotzdem fuhr er fort: »Sie haben nicht eine Sekunde gezögert, wenn es um das Leben finnischer Männer, Frauen und Kinder ging. Außerdem sind das zähe Burschen, die haben schon ganz andere Sachen überstanden«. Damit sprang er auf und reichte ihr die Hand:

»Na, traust du dich mit den Beinen ins Wasser? Aber ich warne dich, es ist eisig kalt.«

Er zog Mirja hoch, die nur lahmen Widerstand leistete, und lief mit ihr zum Ufer des Fjords. Joachim zog sie hinter sich her, bis sie knietief im Wasser standen. Mirja schnappte nach Luft und hüpfte auf und ab.

»Es ist so kalt«, juchzte sie und streckte ihm die Arme entgegen.

Joachim hob sie hoch und drehte sich mit ihr.

»Pass auf, wir fallen ins Wasser«, schrie Mirja und klammerte sich mit Armen und Beinen an ihm fest. Aber er hielt sie ganz fest. Niemals würde er sie mehr loslassen. Als sie sich küssten, gab es keine Deutschen, Finnen oder Russen, keinen Krieg und keinen Schmerz. Es gab nur sie beide.

Nachdem sie aus dem Wasser gekommen und sich die Beine mit dem Leintuch aus dem Korb getrocknet hatten, dösten sie satt und träge unter dem klaren Himmel.

Sobald die Sonne an Kraft verlor, stieg vom Fjord eine kühle Feuchtigkeit auf und kroch ihnen unter die Kleider.
»Wir sollten aufbrechen«, sagte Mirja verschlafen und setzte sich auf.
Sie strich sich eine Strähne aus dem Gesicht und streckte den Rücken durch. Als sie aufstehen wollte, griff Joachim nach ihrer Hand und hielt sie zurück.
»Wirklich, Joachim, wir müssen jetzt zurück, ich sollte nicht so spät nach Hause kommen.«
»Ja, sofort«, sagte Joachim und kramte in seiner Hosentasche und zog die kleine, harte Figur heraus.
»Ich wollte dir noch etwas geben.« Er hielt den Zinnsoldaten hoch und drehte ihn im Licht der schon tief stehenden Sonne.
»Ich habe die gesammelt, als ich ein kleiner Junge war. Und als ich von zuhause weg gegangen bin, habe ich den hier eingesteckt. Ich dachte, er würde mir Glück bringen.«
Joachim sah Mirja an und drückte ihr die Figur des roten Grenadiers in die Hand.
»Und das hat er ja auch«, sagte er leise und küsste sie auf die Wange.
»Behalt ihn, bis das alles zu Ende ist. Er passt auf dich auf.«
Mirja betrachtete die kleine Figur und steckte sie dann in die Tasche der Strickjacke, die sie sich übergeworfen hatte.
»Ich werde ihn immer bei mir tragen«, sagte sie. »So lange, bis alles vorbei ist und wir für immer zusammen sind.«
Dann stand sie auf und zog ihn hoch, um den Heimweg anzutreten.

Joachim und Mirja packten das leere Blaubeer-Glas, das feuchte Leintuch, das Messer und den klebrigen Löffel ein und rollten die Decke zusammen. Hand in Hand stiegen sie hinauf zum Bergrücken oberhalb des Fjords und warfen einen letzten den Blick über die grünen Hänge und das dunkle Wasser. Die Sonne würde nun bald untergehen, wenn auch nur für kurze Zeit. Denn es war ja nun nicht mehr lang hin, bis der Polartag begann und die Sonne gar nicht hinter dem Horizont verschwinden würde.
Joachim brachte Mirja auf dem klapprigen Fahrrad zurück nach Hause, wo ein streng blickender Arttu Järvi sie bereits erwartete.
»Es ist schon nach acht Uhr, Mirja. Geh hinein und hilf deiner Mutter«, sagte er missbilligend zu seiner Tochter.
Wortlos nahm er Joachim das Rad aus der Hand und bemerkte mit bis dahin unbekannter Schroffheit: »Ich vertraue Ihnen, Joachim. Enttäuschen Sie mich nicht.«

Joachim wollte etwas erwidern, doch Arttu Järvi hatte sich bereits von ihm abgewandt und schob das Rad zurück in den Schuppen. Er konnte sich nur mit einer knappen Handbewegung von Mirja verabschieden, bevor er sich auf den Weg zum Lager machte. Um neun Uhr musste er das Tor erreicht und sich zurückgemeldet haben, aber das würde er leicht schaffen.
Die Stunden mit Mirja an diesem Nachmittag waren ihre schönsten bisher gewesen. Allein, ungestört, dicht beieinander. Und doch blieb ein fader Nachgeschmack, nachdem Arttu Järvi sie mit solch unverhohlener Missbilligung empfangen hatte. Etwas Neues war zwischen Joachim und dem Mann, dessen Tochter er liebte. Misstrauen und ein Hauch von Ablehnung. Joachim machte sich Sorgen, dass dieses Neue bleiben und größer werden könnte.

Den Marschbefehl, mit dem sie längst gerechnet hatten, bekamen sie Anfang Juni. Wieder packte Joachims Einheit die Tornister, wieder schrieben die Kameraden hastig die letzten Briefe nach Hause und wieder wälzten sie sich unruhig im Schlaf, geplagt von der Ungewissheit, was außerhalb des Lagers auf sie lauerte. Joachim fragte sich, wie lange er dieses Mal von Mirja getrennt sein würde, Wochen oder gar Monate?
Als sie mit Lastwagen zum Hafen Kirkenes verfrachtet wurden, beschlich Joachim eine dunkle Ahnung, dass es kein schnelles Wiedersehen geben würde. Auf einem Transportschiff verließen sie die Stadt am Varanger Fjord und erreichten die offene Barentssee. Richtung Westen umfuhr das Schiff das Nordkap, das Joachim in der Ferne auszumachen vermochte. Er konnte kaum glauben, dass es fast auf den Tag genau zwei Jahre her war, seit er die nördliche Spitze des europäischen Kontinents zum ersten Mal passiert und mit seiner Leica fotografiert hatte. Dieses Mal sparte er sich die Mühe. Er hatte bereits so viele Bilder gemacht, dass er nur noch selten die Landschaften festhielt, die ihn so faszinierten. Die Fjorde mit ihren bewaldeten Hängen, die karge Tundra oder die vielen namenlosen kleinen Seen. Davon hatte er genug Eindrücke festgehalten. Die meisten bewahrte seine Mutter zuhause für ihn auf. In letzter Zeit hatte er nur noch Mirja fotografiert, ihr zuhause und ihre Familie, die ihm so ans Herz gewachsen war. Er trug mehre Bilder von Mirja bei sich, sie würde ihn begleiten, wie bisher der Zinnsoldat, den er er ihr an ihrem letzten gemeinsamen Tag gegeben hatte.

Wie sich die Zeiten geändert hatten. Joachim war erleichtert, als es hieß, dass es nicht weiter gen Westen gehen würde, sondern nach Banak. Ohne Mirja hätte er alles darum gegeben, die östliche Front so weit wie möglich hinter sich zu lassen und niemals wieder an die Küste des Eismeers zurückzukehren.
Der Hafen am Ende des Porsanger Fjords im Norden Norwegens war ein wichtiger Stützpunkt, verfügte nicht nur über einen Hafen, sondern auch über einen Flugplatz. Von hier aus wurde die Front mit Nachschub versorgt, startete die Luftunterstützung der Eismeertruppen und gelangten unverbrauchte junge Männer an die Front im Norden. Joachim hoffte, dass sie von hier aus nicht weiter verschickt würden, denn immer wieder gab es Truppenteile, die an die Ostfront verlegt wurden. Und die Ostfront war inzwischen auch unter ihnen zum Synonym für den sicheren Tod oder die Gefangenschaft geworden. Von Banak aus ging es dann wirklich weiter, allerdings nur ins südöstlich gelegene Lager Soldatnes. Joachims Freude und Erleichterung darüber, an einem einigermaßen sicheren und ruhigen Ort zu

sein, hätte sich in Grenzen gehalten, wenn er geahnt hätte, dass Soldatnes für die nächsten acht Monate sein Standort sein würde. Es sollte den ganzen Sommer und Winter über dauern, bis er im März 1944 nach Petsamo zurück verlegt werden würde. Acht Monate, in denen er Nordnorwegen nur zweimal verließ. Einmal, um im Oktober seinen jährlichen Fronturlaub anzutreten. Und einmal an Weihnachten, als er ein paar freie Tage nutzte, um die Feiertage mit Mirja und ihrer Familie in Petsamo zu verbringen. Ende Juni 1943 war Joachim einfach nur froh, den Kämpfen an der Front ein weiteres Mal entgangen zu sein.
In Soldatnes bestand die Aufgabe seiner Einheit zuvorderst darin, das Lager im großen Stil auszubauen. Sie hatten den Eindruck, dass sich die Gebirgsjäger hier nicht für Jahre, sondern tatsächlich für die nächsten tausend Jahre einrichten wollten.
Südlich des Lagers schlugen russische Gefangene Holz, welches auf dem Wasserweg bis zum Lager geflößt wurde. Sobald die Russen vor Entkräftung zusammenbrachen, waren sie wertlose und überflüssige Esser. Dann sah man die traurigen Gestalten mit geschulterten Spaten in Richtung des Kiefernwaldes losziehen. Kurze Zeit später waren Schüsse zu hören. Nach wenigen Tagen kamen neue Kriegsgefangene aus dem Lager bei Salla, bis auch sie ihre Kraftreserven verbraucht hatten und loszogen, um ihr eigenes Grab zu schaufeln.
Joachim war froh, dass in Soldatnes ein SS-Regiment stationiert war, das die Erschießungen vornahm und die Drecksarbeit machte. Immer wieder redete er sich ein, dass er niemals wehrlose Männer erschießen würde. Aber zugleich betete er, dass sich diese Frage für ihn niemals ernsthaft stellen würde.
Im Lager wurden die Stämme in einem Sägewerk zu Bohlen und Brettern geschnitten, die für den Bau unterirdischer Abstellplätze für die Fahrzeugflotte der Wehrmacht dienten. Joachim hatte den Eindruck, dass hier für die Ewigkeit gebaut werden sollte, solche Mengen an Material wurden herangeschafft und verarbeitet. Für eine Sauna war auch noch genug Bauholz vorhanden und sie freuten sich darauf, in kalten Nächten in der trockenen Hitze zu schwitzen. Es war zwar erst Ende August, aber die Abende wurden mit jedem Tag ein wenig kälter, vor allem der Wind war eisig und blies ihnen scharf um die Ohren.

Mehrmals pro Woche erreichten ihn Briefe von Mirja und genauso regelmäßig schrieb Joachim ihr zurück. Auch seine Mutter versorgte ihn wie gewohnt mit Neuigkeiten aus der Heimat und hin und wieder mit einem Päckchen. Als er ihr mitteilen konnte, dass er im Oktober für zwei Wochen auf Fronturlaub gehen würde, überschlug sie sich vor Vorfreude und plante jede einzelne Mahlzeit. Als hät-

te ihm nur das gefehlt. Frieda schlug ihm auch all die Besuche vor, die er ihrer Meinung nach machen müsste und die ihm Freude bereiten würden.
Dabei wollte Joachim, als er nach der gewohnt strapaziösen Reise endlich seine Heimatstadt erreichte, eigentlich nichts sehnlicher als sich in seine Schulferien zurück zu versetzen. Und das hieß, lange zu schlafen, ausgiebig zu frühstücken, im Garten zu liegen und zu faulenzen. Bloß keine Pläne für den Tag, bloß keine Besuche bei Nachbarinnen, Verwandten und Bekannten oder in der Gemeinde. Schließlich tat Joachim seiner Mutter doch den Gefallen und besuchte am Sonntag mit ihr den Gottesdienst. Dort sah er einige bekannte Gesichter, sprach mit alten Bekannten und Freunden seiner Mutter und ließ sich viele Male ermutigend auf die Schulter klopfen. Auch Pfarrer Michalis nahm ihn beiseite und fragte ihn ehrlich besorgt, wie es ihm ergangen sei. Joachim wusste, dass die Sorge des Pfarrers kein hohles Gerede war, wie das, was ihm nun häufig begegnete. Die Leute fragten, wollten aber eigentlich keine ehrliche Antwort, sondern lediglich die Gewissheit, dass alles in bester Ordnung war. Dass rein gar nichts in Ordnung war, konnte man den meisten Menschen nicht zumuten. Gegenüber Pfarrer Michalis jedoch musste Joachim keine großen Worte machen. Der bärtige Mann mit dem gütigen Lächeln schien schon lange für sich entschieden zu haben, wie sinnlos das alles inzwischen war. Zum Abschied legte er Joachim beide Hände auf die Schulter und sah ihm tief in die Augen, als er ihm die Worte Paul Gerhards mit auf den Weg gab:
»Als mir das Reich genommen,
da Fried und Freude lacht,
da bist Du, mein Heil, kommen,
und hast mich froh gemacht.«

Nach diesem Gottesdienst in seiner alten Gemeinde war Joachim völlig erschöpft. Überhaupt konnte er das Gerede, »das Ganze« habe bestimmt bald ein Ende, ein gutes Ende, nicht mehr hören. Was hieß denn das Ganze für die meisten von ihnen? Sie wussten doch nicht mehr, als das, was ihnen mit dem Volksempfänger eingetrichtert wurde. Da ging es um Vorstöße, um Rückzüge, um Erfolge oder Misserfolge. Da ging es nicht um Jupp, der keine Beine mehr hatte, um den toten Soldaten, den Joachim aus dem Wasser der Liza gezerrt hatte. Niemand sprach über die verlausten und verängstigten Männer, die angebliche Heldentaten vollbrachten, um die Männer, die in Wirklichkeit die Hosen voll hatten und sich Nacht für Nacht das Hirn darüber zermarterten, ob ihr Schuss sein Ziel erreicht hatte oder ob sie selbst nur noch ein paar Minuten zu leben hatten.

Der Fronturlaub war ganz anders als die vorherigen. Joachim vermied bald jeden Kontakt außerhalb der Familie. Er ertrug es nicht mehr, dass ihm ständig gesagt wurde, wie stolz man auf ihn war, wie tapfer der deutsche Soldat war und dass sich das Blatt schon noch zum Guten wenden würde. Glaubten die Menschen, die ihm Mut machen wollten, selbst noch daran? Wer klaren Verstandes war, konnte an fünf Fingern abzählen, in welchen Schritten es nun in welche Richtung gehen würde. Nur mit Albert und seiner Mutter konnte Joachim offen über all das reden. Sie glaubten längst nicht mehr an den Endsieg und versicherten Joachim, dass sie damit nicht allein stünden. Nur trauten sich die meisten nicht, offen zu reden. Man reckte lieber weiter die Hand zum Hitlergruß und schrie lautstark Jawoll, um nur nicht aufzufallen. Das Misstrauen war so groß, erzählte Frieda, dass selbst in vielen Familien nicht offen geredet wurde. Zu der schlechten Gesamtstimmung gesellte sich der Mangel, der nun allerorten schmerzhaft zu spüren war. Kaum jemand nahm mehr Rücksicht auf Alte oder Schwangere, die sich ebenso in die langen Schlangen einreihen mussten wie jeder andere auch, um ein bisschen Fett, Zucker oder ein mageres Stück Fleisch zu ergattern. Jeder war sich selbst der nächste, die edle deutsche Volksgemeinschaft war zu einer Horde hungriger und müder Egoisten verkommen. So sahen es Frieda und Albert.

Nach den Gesprächen mit ihnen schämte sich Joachim beinahe dafür, auf die Menschen in der Heimat herabgeschaut zu haben. Hier gab es genug Leid, die Menschen erlebten den Krieg anders als er, aber nicht minder brutal. Die Kinder, die Frauen und die Alten litten Hunger und hatten Angst. Tiefflieger schossen auf Frauen, die mit dem Rad über Feldwege irrten, um auf abgeernteten Feldern ein paar Kartoffeln für die Kinder zusammenzuklauben. Kinder hockten hohlwangig und mit leerem Blick vor den Trümmern ihrer Häuser und warteten darauf, dass jemand sie bei der Hand nahm und zurückbrachte in ihr altes, unbeschwertes Leben. Alte Mütterchen standen stundenlang um ein bisschen Brot an, während ihre Männer die Schutthaufen mit bloßen Händen nach etwas Brauchbarem durchwühlten.

Am Ende der Woche war Joachim beinahe froh, seiner Heimatstadt den Rücken zu kehren. Anders als in den Jahren zuvor hatte er kaum mehr das Haus verlassen, hatte rauchend im Sessel gesessen und gegrübelt und sich auf nichts konzentrieren können: nicht auf das Schachspiel mit Albert, nicht auf die Bücher, die auf ihn warteten. Das einzig Erfreuliche waren die ganz elementaren Bedürfnisse, die er zuhause endlich wieder stillen konnte. Er schlief in einem Bett, dessen Laken nach frischer Seife dufteten. Er hatte die Toilette ganz für sich allein und so lange er wollte. Er aß sich satt an den Speisen, die seine Mutter aus dem Wenigen, was zur Verfügung stand, zauberte. Joachim hatte den Eindruck, dass Albert und Frieda seit Wochen Lebensmittel gehortet hatten, aber das bestritten die beiden hartnäckig. Sie wollten einfach, dass er genoss und ohne schlechtes Gewissen ordentlich zulangte. So trat er am Ende der Woche zumindest ausgeschlafen, sauber und satt die Reise nach Norden an.

Trotzdem fühlte er eine Mattheit und Schwere in sich, als breite sich ein Virus in ihm aus und raube ihm die Kraft zum Weitermachen.

Der Winter war mit voller Wucht hereingebrochen, als Joachim Ende Oktober nach seinem Fronturlaub das Lager in Soldatnes erreichte. Hohe Schneewehen säumten die Zufahrtswege und die Baracken wirkten wie Spielzeughäuschen, die ein Kind willkürlich auf einer weißen Decke platziert hatte. Die Äste der Birken und Kiefern beugten sich unter der Last des frischen Schnees bis zum Boden. Das Grün des Sommers war nicht mehr als eine Erinnerung in der weißen Wüste des arktischen Winters.

Aus dem viel zu kurzen Fronturlaub brachte Joachim ein paar Zeitschriften, einen Rührkuchen und Äpfel aus dem Garten seiner Mutter mit. Er würde versuchen, sie so lange wie möglich aufzubewahren, denn sie verströmten den säuerlich-frischen Duft eines vollkommenen Herbstes. Mit geschlossenen Augen würde er ihren Geruch einsaugen und farbenfrohe Bilder heraufbeschwören, auf denen die Laubkronen der üppig tragenden Obstbäume im Takt des lauen Windes hin- und herwogten, in denen goldgelbe Ähren dem Spätsommer ein Tänzchen vorführten und das tiefe Blau eines Himmels sich noch dagegen wehren konnte, dass die Regenwolken ihn eroberten.

Nach diesem Fronturlaub spürte Joachim eine tiefe Traurigkeit. Sie nagte an ihm und es gelang ihm nicht, sie zu vertreiben. Joachim war nicht abergläubisch, aber ein finsterer Gedanke hatte sich während der zwei Wochen in der Heimatstadt in seinen Kopf geschlichen. Es war möglich, dass er all die Farben zum letzen Mal gesehen, all die Düfte zum letzten Mal gerochen hatte. Es war möglich, dass er nicht zurückkehren würde. Vielleicht war der Grund seiner Schwermut eine Vorahnung, dass er seine Mutter und Albert nie wieder in die Arme schließen, Haus und Garten nie mehr betreten würde.

Und Mirja? Je länger die Zeit wurde, seit er sie gehalten, geküsst und gespürt hatte, desto unstillbarer wurde sein Verlangen nach ihr. Oft stellte er sich vor, wie es gewesen wäre, wenn er unten am Fjord, unter dem dichten Dach der Baumkronen die Knöpfe ihrer Bluse geöffnet, den Stoff beiseite geschoben und ihre weiche Haut berührt hätte. Panik überkam ihn, dass er dies Nacht für Nacht nur im Traum erleben dürfte. Dass ihnen in der Realität die Zeit nicht vergönnt war, eng beieinander zu liegen, gar eine ganze Nacht zu teilen und eins zu werden.

Joachim war ein junger Mann, gesund und stark. Er wollte endlich mehr, als sich nachts unter der Decke selbst zu befriedigen und sein Stöhnen zu unterdrücken, obgleich es doch alle taten und sie sich längst vom Luxus verabschiedet hatten, dabei allein und ungestört zu sein. Joachim wollte endlich eine Frau richtig anfassen, von einer Frau angefasst werden und in ihr zum Höhepunkt kommen, laut und

unbeherrscht sein im Moment der Befriedigung. Er wollte das erleben, von dem die Kameraden nicht müde wurden zu erzählen und zu prahlen.
Und so tat er eines Samstagsabends, was er eigentlich nicht hatte tun wollen. Mit einigen anderen fuhr er auf der Ladefläche des Lastwagens hinauf nach Banak. In der Hafenstadt hatten Händler, Café- und Kneipenbesitzer in den Landsern verlässliche Kunden gefunden. Aber nicht nur sie. Wie im mittelalterlichen Tross der Heerscharen folgten auch die Huren jedem Frontverlauf. Sie setzten sich in den Trinkstuben unaufgefordert auf den Schoß der Soldaten, machten ihnen schöne Augen und flüsterten ihnen verführerische Worte ins Ohr. Man spendierte ihnen ein paar Getränke und folgte ihnen schließlich in die armseligen Kammern, die sie nicht selten mit anderen teilten oder in denen sich hinter mottenzerfressenen Vorhängen die Gitterbettchen ihrer Kinder befanden. Manche der Frauen waren unglaublich jung, manche erschreckend alt. Sie waren verhärmt oder fett, schüchtern oder ordinär. Sie kamen vom Land oder aus den größeren Städten. Die Huren, die seit Jahrhunderten dem Krieg folgten, waren nichts Besonderes. Es waren ganz normale Frauen, denen das Leben irgendwann einen Strich durch ihre Träume gemacht hatte.
Sicherer als einer fremden Hure nach Hause zu folgen war es, ein Wehrmachtsbordell aufzusuchen. Die Frauen dort wurden regelmäßig auf Geschlechtskrankheiten untersucht, die Laken waren einigermaßen sauber und außerdem musste man als Landser nicht für die Liebesdienste bezahlen. Das wollten Joachim und seine Kameraden an diesem Abend tun.
Zuerst trank er sich in einer Kneipe im Hafengebiet ordentlich Mut an. Vor allem aber musste er genug Schnaps in sich hineinschütten, um Mirja aus seinem Kopf zu vertreiben. Als er ihr Bild im Alkohol ertränkt hatte und sich als ganzer Mann fühlte, war er bereit, seinen Kameraden in das kleine Haus mit den rötlich schimmernden Gardinen zu folgen, in dem die Liebe ein Geschäft war und kein Gefühl. Im Flur, wo sie auf Sesseln Platz nahmen und warteten, bis sie an der Reihe waren, machte sie ein Schild darauf aufmerksam, dass jeder Soldat verpflichtet sei, die »frei gelieferten Präservative zu benutzen«. Nach einer halben Stunde, in der sie herumwitzelten und sich ganz locker gaben, erschien eine üppig gebaute blonde Frau und winkte ihn zu sich. Als er vor ihr stand, verließ Joachim beinahe der Mut, denn sie hätte leicht seine Mutter sein können. Mindestens fünfzig Jahre alt schätzte er sie, aber vielleicht hatte auch einfach nur das Leben ihre Haut frühzeitig welken und erschlaffen lassen. Sie nahm ihn entschlossen an die Hand und Joachim ließ sich die Treppe hinauf in ein Zimmer führen, in dem nichts weiter war als das Bett, ein

Stuhl für die Kleidung, ein kleiner Tisch mit Wasserschüssel, Seife und ein Handtuch. Darauf lagen einige Präservative. Joachim war dankbar, dass die Frau ihn so entschlossen zum Bett führte, denn seine Schritte waren unsicher und er stolperte mehr hinter ihr her als dass er ging. Er hatte das Gefühl, etwas sagen zu müssen und fragte die Frau nach ihrem Namen. Aber sie schüttelte nur den Kopf: »Bist du zum Plaudern hier, Kleiner?«, fragte sie ihn und lachte, wobei sie ein lückenhaftes Gebiss offenbarte.

»Da werden sich deine Kumpels aber bedanken. Die warten da draußen nämlich nicht auf einen Plausch«, wieder entfuhr ihr ein kehliges Lachen und sie drückte Joachim auf die Matratze herunter, über die sich ein löchriges Laken spannte. An dessen Saum konnte er den selben Aufdruck erkennen, den auch die Laken in den Baracken trugen: »Eigentum der deutschen Wehrmacht.«

Joachim hielt die Hand der Frau fest, die sich schon an seiner Hose zu schaffen machte.

»Ich muss doch deinen Namen wissen, wenn wir ... Ich meine, ich hatte noch nicht viele Frauen. Also, es ist wichtig für mich. Wie heißt du?«

»Man sieht dir an der Nasenspitze an, dass du noch Jungfrau bist, Kleiner. Und jetzt lass mich einfach mal machen, ja?«

Sie ließ sich neben ihn auf die Matratze fallen und zog sich bis auf den schwarzen Büstenhalter und einen Strumpfhalter aus. Ihre Haut war schlaff und als er ihre Oberarme betrachtete, musste Joachim an die dicke, alte Nachbarin daheim denken, die sich im Sommer in eine kurzärmelige Kittelschürze zwängte, aus deren Ärmellöchern wie Maden zwei wabbelige, weiße Fleischmassen drängten. Er schloss die Augen und versuchte, sich eine junge Frau mit festem Fleisch vorzustellen. Nur an Mirja zu denken, verbot er sich. Er durfte ihr Bild nicht entehren und beschmutzen.

Irgendwie schaffte es die Frau, ihn zum Höhepunkt zu bringen, schneller, als er erwartet hatte und so geschäftsmäßig, dass seine Erleichterung noch im selben Augenblick einer tiefen Scham wich. Als sie fertig waren, schlüpfte Joachim so schnell er konnte in die Uniform. Kaum war er aufgestanden, hatte die Blonde angefangen, sich über der Porzellanschüssel zu waschen. Joachim wendete den Blick ab und verließ hastig das Zimmer. Beim Hinausgehen sagte er dem nächsten, der in einem der abgenutzten Sessel wartete, dass er gleich an der Reihe sei.

»Du hast mir hoffentlich noch was übrig gelassen, Kamerad«, rief der ihm nach und lachte.

Joachim trat hinaus in die kalte Winterluft. Ihm war übel, es kam wohl von dem vielen Schnaps, den er viel zu schnell getrunken hatte. Wenigstens reichte die Menge des Alkohols aus, um seine Erinnerung an das kurze Zusammensein mit der Hure zu verwischen, vielleicht würde er sich morgen an gar nichts mehr erinnern können.

Joachim ging hinunter zum Kai, wo die Kriegsschiffe, die Lazarettschiffe und auch einige U-Boote lagen. Am Himmel flackerte als geisterhafter Schwaden das Nordlicht auf, so als würde der Wind in ein Tuch aus grünem Tüll fahren und ihn aufwirbeln. Der Farbton reichte vom gelblich-grün der Quitten bis zum kräftigen Grün eines unreifen Apfels, es changierte und bewegte sich schemenhaft knapp über dem Horizont, Geister, die ein mitternächtliches Tänzchen aufführten.

Joachim blieb stehen und zündete sich eine Zigarette an. Er betrachtete das Farbenspiel und überlegte, ob er es wohl einmal mit seiner Leica würde einfangen können. Ohne Stativ würde es sicher nicht gehen, aber es war zumindest einen Versuch wert. Denn wie sollte er seiner Mutter in Worten beschreiben, wie unheimlich und schön dieses Naturschauspiel war. Das Nordlicht gaukelte ihm vor, ein kunstvolles Lichterspiel würde am Himmel einen neuen Tag, einen neuen Anfang einläuten. Ein Neubeginn, der Hoffnungen weckte und Wünsche barg. Aber es war nur das Nordlicht, Aurora Borealis. Eine physikalische Reaktion, hervorgerufen durch das Eindringen elektrisch geladener Teilchen in die Erdatmosphäre. Ein naturwissenschaftliches Phänomen, nichts weiter.

Die Wochen bis Weihnachten zogen sich endlos hin, seit Joachim wusste, dass er einige Tage Sonderurlaub bekommen würde und sich aus Soldatnes entfernen dürfte. Er hatte umgehend an Mirja geschrieben und sehnsüchtig auf ihre Antwort gewartet. Acht Tage brauchte die Feldpost, bis er die Einladung der Familie Järvi in den Händen hielt. Sie forderten ihn auf, das Weihnachtsfest mit ihnen zu verbringen und über die Festtage ihr Gast zu sein. Joachim war aufgeregt und freute sich wie ein kleines Kind. Ein paar Tage in Mirjas Nähe zu sein war das größte und wertvollste Geschenk, das er je bekommen hatte. Ihm war klar, dass sie kaum allein sein würden, es würde zugehen wie in einem Bienenstock, ein einziges Summen und Schwirren. Mirjas jüngere Schwestern würden die ganze Zeit um sie sein und ihnen kaum eine Minute zu zweit gönnen. Aber sie würden schon Wege finden, dem Trubel für traute Momente zu entfliehen.

Joachim machte sich Gedanken darüber, wie er die Familie Järvi beschenken könnte. Viel Gepäck würde er nicht bei sich tragen können, denn auf das Transportboot, auf dem er von Banak bis nach Petsamo würde mitfahren können, durfte er nur einen Rucksack mitnehmen. In den folgenden Wochen nutze er die Ausgänge, um Kleinigkeiten für Minttu, Eevi und Inka zu besorgen. Für Mirjas Eltern etwas Passendes zu finden, war einfach. Frau Järvi würde sich über Bohnenkaffee und Schokolade freuen, Arttu Järvi trank gerne den deutschen Korn. Joachim würde dies alles von seiner Polarzulage aufsparen, dazu Dropse für die Mädchen. Aber worüber sonst freuten sich junge Mädchen? Bei den samischen Händlern erstand er schließlich kleine Anhänger an Lederbändern. Eine Blume, ein Herz und einen Vogel aus Horn, schlicht, aber akkurat gearbeitet. Für Mirja hatte er eine besondere Überraschung. Er würde sich von etwas trennen, an dem sein Herz hing. Aber bei ihr würde es gut aufgehoben sein und seinen Zweck besser erfüllen als bei ihm.

Aufgeregt bestieg er an einem Mittwoch, zwei Tage vor Heiligabend des Jahres 1943, die Pritsche eines Lastwagens. Die Fahrt zum Hafen in Banak war unangenehm. Es war bitterkalt und die arktische Nacht tauchte alles in ein diffuses Dämmerlicht. Aber seine Vorfreude half ihm, sich von seinen steifgefrorenen Fingern und Zehen abzulenken. Auf dem Schiff fand er im Laderaum zwischen Munitionskisten und Säcken mit Lebensmitteln einen Platz. Das Meer war unruhig, sobald sie den Porsanger Fjord hinter sich gelassen hatten. Joachim wurde hin- und hergeschaukelt und stieß immer wieder mit dem Kopf an eine der Holzkisten. An Schlaf war nicht zu denken, vor allem, weil einige Kameraden, die mit ihm unter Deck hockten, seekrank wurden und bald ein übler Gestank die stickige Luft zusätzlich verpestete. Die meisten seiner Reisegenossen fieberten ihrem ersten Fronteinsatz entgegen. Joachim fragte sich, ob er selbst so jung ausgesehen hatte, als er vor drei Jahren die erste Reise an die Eismeerfront angetreten hatte. Einige von ihnen sahen aus, als würden sie sich noch nicht einmal rasieren, ihre bleichen Gesichter waren ganz glatt oder wiesen höchstens einen zarten Flaum über der Oberlippe auf. Auch sie konnten nicht älter als siebzehn sein, so wie er selbst, als er in den Krieg gezogen war. Obwohl ihn nur drei Jahre von ihnen trennten, kam sich Joachim in ihrer Gesellschaft vor wie der Vertreter einer anderen Generation. Im Krieg alterte man wohl doppelt so schnell, dachte er. Im Januar würde Joachim einundzwanzig Jahre alt werden. Dann hätte er laut Gesetz endlich die Volljährigkeit erreicht, aber was bedeutete das schon? Er war seit drei Jahren Soldat, hatte ein nutzloses Abitur in der Tasche und eine Ausbildung zum Funker absolviert. Er war dem Tod mehr als einmal entwischt und hatte selbst auf Menschen geschossen. Er hatte seine Unschuld bei einer Frau verloren, deren Namen er nicht einmal kannte. Er rauchte zu viel und hatte sich zu oft betrunken. Er hatte sterbende Kameraden im Arm gehalten und mit angesehen, wie ihnen Beine und Arme weggerissen wurden. Genügte das alles nicht, um erwachsen zu sein?

Am Heiligabend erreichte Joachim den Hafen von Petsamo. Die Betriebsamkeit am Kai täuschte darüber hinweg, dass es noch früh am Morgen war. Kisten wurden auf Lastwagen verladen, Soldaten gingen von und an Bord und ältere Männer in Zivilkleidung lungerten herum in der Hoffnung, ihre Dienste gegen Schnaps anbieten zu können. Joachim verabschiedete sich von den Kameraden, die weiter Richtung Murmansk zogen und an der Front ihr erstes Weihnachtsfest ohne Vater und Mutter verbringen würden. Was konnte er ihnen wünschen? Sie würden keine »fröhliche Weihnachten« haben, sie konnten froh sein, wenn sie das neue Jahr überhaupt heil erreichten. Joachim schulterte seinen Rucksack und machte sich auf den Weg zum Haus der Familie Järvi. In der Kirche schien der Chor für die Christmette zu proben. Feierliche Gesänge schallten aus dem Gebäude, untermalt von einer Orgel. Während die Hauptstraße geräumt war, musste Joachim den Rest des Weges durch tiefen Schnee stapfen. Er versuchte, in den Spuren derer zu gehen, die bereits vor ihm durch die kleine Gasse, an deren Ende das Haus der Familie Järvi lag, gegangen waren. Vielleicht gehörte eine davon Mirja.
Schon als Joachim in den Weg einbog, sah er, dass dicker, weißer Rauch aus dem Kamin aufstieg und Wärme und Behaglichkeit in der Stube verhieß. Mit pochendem Herzen klopfte Joachim an die Tür. Er konnte es nicht erwarten, Mirja in die Arme zu schließen. Joachim erschrak etwas, als statt ihrer Arttu Järvi ihm die Tür

öffnete. Aber das Wiedersehen mit Mirjas Vaters fiel herzlicher aus, als Joachim nach der Missstimmung im Frühsommer, als sie zu lange am Fjord geblieben waren, erwartet hatte. Offenbar hatte Mirja ihren Vater überzeugen können, dass sie sein Vertrauen nicht missbraucht hatten an jenem Abend.
Arttu Järvi schloss Joachim in die Arme und klopfte ihm heftig auf den Rücken: »Joachim, willkommen zurück in meinem Haus«, sagte er und zog Joachim hinein. »Die Frauen sind noch bei den Vorbereitungen und Mirja hat bis mittags Dienst im Lager. Dafür hat sie aber über die Feiertage frei bekommen.«
Joachim folgte Arttu in die Stube. Minttu, Eevi und Inka legten die Schachteln mit dem Christbaumschmuck und den Kerzen zur Seite, um ihn zu begrüßen. Vor allem Inka hüpfte aufgeregt um ihn herum und konnte es kaum erwarten, ob er ihr etwas mitgebracht hatte.
»Es ist erst am Abend Bescherung, Inka«, ermahnte ihr Vater sie lachend.
»Wo ist ihre Frau, Arttu? Ich würde sie gerne begrüßen«, sagte Joachim.
»Sie ist oben bei meiner Mutter. Ihr geht es immer schlechter. Sie ist jetzt völlig blind und kann das Bett gar nicht mehr verlassen«, antwortete Arttu.
Es schmerzte Joachim, dass der Sessel, in dem die alte Frau Järvi immer gesessen hatte, selbst am Heiligabend leer bleiben würde.
»Das tut mir Leid«, sagte Joachim aufrichtig. Obwohl er nicht viele Worte mit ihr gewechselt hatte, war ihm die alte Frau ans Herz gewachsen, wie sie so dort gesessen hatte, beinahe ein Teil des Mobiliars. Vom Sessel aus hatte sie das Geschehen mit den ihr verbliebenen Sinnen verfolgt und war, obwohl sie kaum etwas gehört und gesehen hatte, doch mittendrin gewesen im Leben der Familie. Zwar hatte sie stets nur still in sich hinein geschmunzelt oder ablehnend mit dem Kopf gewackelt, aber dennoch fehlte sie. Wie ein Mensch, der schon längst gestorben und begraben ist, dessen Aura aber noch lange in den Räumen verbleibt, die er einmal bewohnt und mit Leben gefüllt hat.
Arttu schenkte Joachim einen Tee ein und reichte ihm die dampfende Tasse: »Hier, das wird ihnen gut tun.«
Dankbar nahm Joachim das heiße Getränk entgegen und wärmte sich daran die Hände.
Die Mädchen griffen wieder zu den Schachteln mit den roten Glaskugeln und schmückten weiter die Kiefer, die in der warmen Stube den Duft glücklicher Kindheitserinnerungen verströmte. Joachim und Arttu nahmen auf dem Kanapee Platz, dessen abgewetzter Stoff von mehreren Flickendecken verhüllt war. Arttu steckte sich seine Pfeife an und hielt Joachim das brennende Streichholz hin. Er blickte ihn

forschend an und Joachim machte sich auf ein erneutes Verhör über die Aussichten auf eine baldige Wende des Krieges gefasst. Was sollte er dazu sagen? Ein Blick auf die Karte genügte, um zu sehen, dass sie selbst inzwischen die Getriebenen waren. Wer an Wunder glaubte, war zu beneiden in dieser Zeit. Wer das nicht tat, dachte am besten gar nicht nach oder glaubte den Beschwörungsformeln, die tagtäglich über den Äther kamen.

Joachim war sich sicher, dass auch in der diesjährigen »Weihnachtsringsendung des Großdeutschen Rundfunks« wieder Soldaten von allen Frontabschnitten mit ihren Familien zusammengeschaltet würden, um Weihnachtsgrüße und Durchhalteparolen auszutauschen. Ob von der Front, von einem Fliegerstützpunkt oder einem U-Boot-Hafen, von überall her würden sie sich gegenseitig und den Menschen daheim wieder versichern, dass Zweifel am Endsieg unbegründet wären und Deutschland den Krieg gewinnen würde. Ein Krieg, der nicht länger der Eroberung von dringend benötigtem Lebensraum galt, sondern längst zum Abwehr- und Überlebenskampf gegen die bösen Mächte geworden war, die das Reich von allen Seiten umzingelten wie gefräßige Bestien. Dass die Weihnachtsgrüße des Landsers, der von der Eismeerfront, aus Südtirol oder der Normandie zu seinen Lieben daheim sprach, aus der Feder eines pflichtgetreuen Beamten stammten und schon Tage oder sogar Wochen vor Weihnachten einem Drehbuch folgend aufgenommen und für politisch einwandfrei befunden worden waren, ahnte niemand, der am Heiligabend ergriffen den Worten aus Ost und West, Nord und Süd lauschte. Wenn die Soldaten dann am Ende der Sendung ganz unvermittelt »Stille Nacht, Heilige Nacht« anstimmten, folgten sie nicht etwa einem inneren Impuls, sondern lediglich der Regieanweisung. Vielleicht ahnte der eine oder andere, was die Weihnachtsringsendungen in Wirklichkeit waren: nichts als Schall und Rauch, nur eine weitere Schmierenkomödie auf dem Spielplan des Reichspropagandaministeriums.

Der finnische Rundfunk spielte an diesem Abend Klaviersonaten. Der Sprecher verkündete lediglich die nächsten Stücke, Frontverlauf, Luftangriffe, Erfolge und Rückzüge hatten keinen Platz im weihnachtlichen Abendprogramm. Joachim war froh darüber, denn er wollte an diesem Abend überhaupt nicht an den Krieg denken. Und erst Recht wollte er nicht mit Arttu Järvi über dessen möglichen weiteren Verlauf sprechen. Deshalb war er dankbar, als die Tür aufging und Mirjas Mutter den Raum betrat. In ihrer Festtagstracht und mit glühenden Wangen kam sie auf Joachim zu: »Wie gut, Sie gesund wieder zu sehen«, rief sie aus und ergriff seine Hand.

Ihre Herzlichkeit tat Joachim gut. Diese kleine, korpulente Person strahlte eine

solche Wärme und Güte aus, dass man sie einfach mögen musste. Ihr breites Gesicht mit den hellen Augen und den roten Wangen leuchtete, als könne es Licht in jeden Raum bringen und Trübsinn und Zweifel vertreiben.
»Mirja wird bald hier sein. Ich denke, dass sie heute auf dem Heimweg nicht trödeln wird«, sagte sie lachend.
»Bis sie kommt, können Sie mir zur Hand gehen und Holz hereinholen. Heute sparen wir nicht, heute wollen wir es warm haben!«
Joachim folgte ihr aus der Stube und zog seinen Fellmantel, die Mütze und die Handschuhe wieder über und stieg in die schweren Bergstiefel. Er war froh, sich nützlich machen zu können, bis Mirja nach Hause kam. Und er war erleichtert, vorerst nicht ständig an den Krieg erinnert zu werden. Wenigstens für die paar Urlaubstage in Petsamo sollte der Krieg draußen bleiben. Er hatte im Haus der Familie Järvi nichts verloren.

Mirja packte das Paket aus, das er nur mit Mühe in seinen Rucksack bekommen hatte, ohne dass die Nähte platzten. Sprachlos blickte sie zwischen der Leica und Joachim hin und her.
»Joachim, so etwas Wertvolles kann Mirja nicht annehmen«, sagte ihre Mutter beim Anblick der Kamera.
Er hatte schon genug Fotografien von der Tundra, den Fjorden und den Kameraden aufgenommen. Nun sollte Mirja Bilder von sich und ihrer Familie machen und sie in die Briefe legen, die sie Joachim schrieb. Dann könnte er, solange sie getrennt waren, an ihrem Leben in Petsamo teilhaben.
»Bitte, Frau Järvi, ich möchte, dass Mirja mir Bilder schickt, wenn ich wieder an die Front muss. Dann sehe ich, wie es ihnen allen geht«, antwortete Joachim. »Ich werde ihr erklären, wie man die Kamera bedient. Bestimmt haben auch die Mädchen Spaß daran zu fotografieren.«
Arttu Järvi nahm die Kamera in die Hände und betrachtete sie von allen Seiten. »Ich wüsste auch gerne, wie sie funktioniert. Überleg mal, wie lange wir nicht mehr in der Stadt beim Fotografen waren«, sagte er an seine Frau gewandt, die die Leica immer noch skeptisch beäugte. »Auf den Bildern sind die Kinder ja noch ganz klein.«
»Aber wir sind auch jünger darauf, Arttu«, antwortete Frau Järvi und kniff ihm in den Unterarm.
»In Ordnung«, stimmte sie schließlich zu, »Mirja darf die Kamera annehmen. Aber später nehmen Sie sie wieder mit«, setzte sie hinzu. Joachim überlegte, wie sie das

meinte. Später hieß wohl nach dem Krieg. Aber da wollte er nicht nur die Kamera mitnehmen, sondern auch ihre neue Besitzerin. War den Järvis überhaupt klar, wie ernst es ihm mit Mirja war?
Die Stimmung lockerte sich, als Arttu die Schnapsflasche aufschraubte und Joachim und sich einschenkte. Die Mädchen und ihre Mutter tranken verdünnten, heißen Blaubeersaft, wobei Frau Järvi ihrem Mann zum Festtag gestattete, einen Schuss Schnaps in ihre Tasse zu geben.
Sie tranken, aßen und die Järvis sangen finnische Weihnachts- und Volkslieder. Zwischendurch sahen sie nach der alten Frau Järvi, die die Stube, die sie mit den beiden Jüngsten teilte, schon seit Wochen nicht mehr verlassen hatte. Meist schlief die alte Frau unter ihrer dicken Daunendecke, unter der sie noch kleiner und zerbrechlicher wirkte als in dem verwaisten Sessel. Mehrmals am Tage und auch nachts musste sie auf den Nachttopf aus emailliertem Blech gehoben werden, der unter dem Bett stand. Dabei und beim Füttern und Waschen ihrer Großmutter wechselten sich die Mädchen ab.
Kurz vor Mitternacht brachen Frau Järvi und ihre Töchter zur Christmette auf, während Joachim und Arttu Järvi schweigend vor dem gusseisernen Ofen saßen und ihren Gedanken nachhingen.
Als die Frauen zurück waren, bereitete Mirjas Mutter Joachim ein Lager auf dem Kanapee. »Entschuldigen Sie, dass wir kein richtiges Bett für Sie haben.«
»Das ist das herrlichste Bett, das ich mir denken kann«, antwortete Joachim. »Unsere Feldbetten sind so schmal und unbequem. Und die kommen einem noch paradiesisch vor, wenn man vom Fronteinsatz zurückkommt. Machen Sie sich keine Gedanken, ich werde bestimmt schlafen wie ein Baby.«
Mirja brachte ihm eine zusätzliche Wolldecke. Unter den Augen ihrer Mutter wagten es beide nicht, sich einen Gutenachtkuss zu geben. Mirja verließ das Zimmer und Joachim lauschte auf ihre Schritte auf der Holztreppe nach oben. Als er das Licht gelöscht hatte, trat er ans Fenster und blickte in die Nacht. Es war nicht völlig dunkel, die Schneedecke spiegelte das wechselhafte Farbenspiel des Nordlichts wider. Wie gerne hätte er jetzt bei Mirja gelegen. Obgleich er von Reise und Vorfreude erschöpft war, raubte der Gedanke an ihren weichen Körper ihm den Schlaf. Erst gegen Morgen schlief er ein, wurde aber immer wieder von Träumen aus dem unruhigen Schlaf gerissen. Er liebte dieses Mädchen so sehr. Und er wollte leben, für sie und mit ihr an seiner Seite.

Die freien Tage in Petsamo flogen nur so dahin. Joachim und Mirja stapften gemeinsam durch den Schnee, um ein wenig Zweisamkeit zu finden. Lange hielten sie es draußen jedoch nie aus, dafür war es zu kalt und das Dämmerlicht der Polarnacht trieb sie schnell wieder in die hell erleuchtete und gut geheizte Stube. Dort verbrachten sie Stunden damit, mit Minttu, Eevi und Inka Karten zu spielen. Joachim hatte den Mädchen Doppelkopf beigebracht und sie konnten gar nicht genug davon bekommen. Wenn es vorkam, dass Mirja und er die Kreuzdamen hatten und »Hochzeit feierten«, feixten die Mädchen und zogen sie damit auf.

Nach den Feiertagen brach für Familie Järvi wieder der Alltag an. Mirja hatte sich zum ersten Dienst einteilen lassen und war am frühen Nachmittag wieder zuhause. Ihre Schwestern verließen das Haus ebenfalls in aller Frühe, um zur Schule zu gehen. Frau Järvi ging kurze Zeit später aus dem Haus und kehrte abends erschöpft und niedergeschlagen vom Dienst im Lazarett zurück. Sie sprach niemals über das, was sie dort sah und erlebte. Wahrscheinlich wollte sie Joachim nicht mit den Bildern seiner Kameraden belasten, die sich dort unter Schmerzen wanden und starben. Aber ihre Miene sprach für sich. Wenn sie die Haube abnahm und müde auf einen Stuhl sank, hatte ihr rosiges Gesicht seinen fröhlichen Glanz verloren und einem unausgesprochenen Kummer Platz gemacht. Joachim hatte sie draußen im Flur weinen hören, als sie heimkehrte und Arttu Järvi ihr die Tür öffnete. Joachim tat es weh, dass der Krieg sich auch in dieses Haus geschlichen hatte. Hier lebten die Menschen, die ihm nach seiner eigenen Familie am nächsten standen. Und auch sie litten an diesem Krieg, der kein Ende nehmen wollte.

Am Morgen vor seiner Abreise hatte Joachim das Haus für sich. Arttu Järvi musste in der Stadt Erledigungen machen. Jetzt, da auch seine Frau als Lotta half und die jüngeren Mädchen in der Schule waren, war es seine Aufgabe, Lebensmittel und alles Notwendige für den Alltag zu besorgen. Joachim genoss die Stille, die nach dem unruhigen Aufbruch all seiner Bewohner ins Haus einkehrte. Er hatte sich in aller Ruhe gewaschen, rasiert und angezogen und wollte sich mit seinem Buch zum Ofen setzen, als er hörte, wie sich ein Schlüssel im Türschloss drehte.

»Arttu, sind Sie das?«, rief er Richtung Flur.

Aber es war Mirja, die in die Stube trat. Tränen rannen ihr über das Gesicht, das von der Kälte gerötet war. Sie schluchzte wie ein kleines Kind und wischte sich mit dem Ärmel ihres Mantels den Rotz von der Nase.

»Mirja, was ist denn?«, fragte Joachim besorgt.

Am Morgen hatten sie gemeinsam gefrühstückt, gelacht und geredet. Und nun stand Mirja weinend und mit hängenden Schultern vor ihm. Er stand auf und nahm sie in die Arme.
»Ich will nicht, dass du wieder fort gehst«, brachte Mirja unter Tränen hevor. »Bleib hier, Joachim, wir verstecken dich, bis der Krieg vorbei ist. Es kann ja nicht mehr lange gehen!«, rief sie und klammerte sich an ihn wie eine Ertrinkende. »Ich liebe dich doch. Du darfst nicht mehr fort von mir! Bitte!«, flehte sie.
»Das geht doch nicht, das weißt du. Alles wird gut, wir müssen nur Geduld haben. Mir passiert schon nichts, ich bin ein zäher Westfale.« Das Lächeln misslang ihm. »Ich liebe dich doch auch, Mirja, mehr als alles auf der Welt. Ich will ja auch nicht weg, aber sie würden mich finden. Und dann stellen sie mich vors Kriegsgericht. Oder sie erschießen mich gleich an Ort und Stelle. Du weißt das doch genauso gut wie ich«, sagte Joachim und küsste sie auf ihre nasse, salzige Wange.
Mirja löste sich aus seiner Umarmung und nahm sein Gesicht in beide Hände. Beschwörend sah sie ihm in die Augen und sagte mit ganz rauer Stimme: »Und wenn die Russen dich erschießen? Ihr schafft das nicht gegen die Russen. Sie sind so viele, und sie kennen den Winter hier oben. Das sagt mein Vater auch immer«, fügte sie hinzu. »Wenn du bleibst, hast du eine Chance. Dann gehen unsere Träume in Erfüllung.« Ihre Stimme wurde ganz leise: »Bitte, Joachim, bleib bei mir, ich habe solche Angst um dich.« Ihr ganzer Körper bebte, Tränen liefen ihr über Wangen und Kinn, tropften auf den grauen Wollmantel, unter dem sie die Lotta-Uniform trug.
»Ich werde leben, das verspreche ich dir«, sagte Joachim. »Für dich. Und für unsere Träume.«
Er meinte das ganz ernst und zweifelte in diesem Augenblick nicht daran, dass dieses Versprechen ihn schützen würde. Wie eine Zauberformel, die das Unheil abhält und ihn unverwundbar macht.
Plötzlich war er ganz ruhig. Er legte seine Hände um Mirjas Taille und küsste sie auf den Mund. Sie öffnete die Lippen und erwiderte seinen Kuss. Immer gieriger umtanzten sich ihre Zungen. Da machte Joachim sich los und fragte sie: »Warum bist du eigentlich wieder hier? Sie werden dich doch vermissen im Lager.«
»Ich war ja dort. Aber dann habe ich gesagt, ich hätte Fieber und mir wäre ganz elend. Da haben sie mich nach Hause geschickt«, gab Mirja zur Antwort und ihr gelang dabei ein schiefes Lächeln.
Dann wurde sie ganz ernst und sah Joachim in die Augen: »Wir sind alleine. Komm, lass uns nach oben gehen.«
Etwas hielt Joachim zurück: »Deine Eltern, Mirja, sie vertrauen mir.«

»Ich will es aber«, war das einzige, was Mirja darauf antwortete. Dabei klang sie wie ein trotziges kleines Mädchen, dem ein Wunsch verwehrt worden war. Schon nahm sie ihn bei der Hand, zog ihn aus der Stube und die schmale Holztreppe hinauf in das Zimmer, das sie mit Minttu teilte. Hier im Haus hatte Joachim noch kein anderes Schlafzimmer als das der kranken Großmutter betreten. Er blickte sich neugierig in dem winzigen Raum um, während Mirja nach nebenan ging, um nach der alten Frau zu sehen. Zwischen den beiden schlichten Holzbetten mit den bunten Flickendecken war so wenig Platz, dass man seitlich hindurchgehen musste. Über dem einen Bett hing ein schlichtes Holzkreuz, über dem anderen eine Stickarbeit, bunte Sommerblumen vor einem strahlend blauen Himmel. Außer einem Schemel gab es lediglich einen Kleiderschrank, dessen Türen ebenfalls mit Blütenmustern bemalt waren. Daran hing an einem Bügel frisch gewaschen und geplättet Mirjas Ersatztracht. Aus dem kleinen viereckigen Fenster mit der weißen Häkelgardine blickte man hinaus ins Dämmerlicht der Polarnacht.
Mirja kehrte nach wenigen Augenblicken zurück.
»Sie schläft tief und fest«, stellte sie zufrieden fest und kam auf Joachim zu.
Ihre Augen glänzten, aber nicht mehr von den Tränen, sondern vor Aufregung. Auch Joachim spürte, wie sein Herz schneller schlug und seine Hände ganz feucht wurden. Aber was machte das schon, sie küssten ihre Unsicherheit und das Gefühl, etwas Verbotenes zu tun, einfach weg.

Als Joachim den Rucksack schulterte und das Haus verlies, blieben darin das Glück und die Leichtigkeit der vergangenen Tage zurück. Zwar fühlte er sich für alles, was nun kommen würde, gewappnet und war zuversichtlich, dass er unversehrt zu Mirja zurückkehren würde. Gleichzeitig spürte er den Schmerz der Trennung schon, als er über die Türschwelle trat.

Immer wieder durchlebte er die Stunden mit Mirja, die Erinnerungen bereiteten ihm beinahe körperlichen Schmerz, so stark und schön waren sie. Behutsam und tastend hatten sie sich geliebt und lange beieinander gelegen. Gegen Mittag hatte Mirja das Haus verlassen, bevor ihr Vater und ihre Schwestern zurückkehrten. Kurze Zeit nachdem Arttu sich mit seiner Pfeife in der Stube niedergelassen und den Radioapparat eingeschaltet hatte, hatte Mirja in Mantel und Uniform an die Tür geklopft und sich von ihrem Vater öffnen lassen.

»Gut, dass du schon da bist, Papa. Ich habe meinen Schlüssel heute Morgen liegenlassen«, log sie ihrem Vater ins Gesicht. Sie wunderte sich selbst darüber, dass ihr die Lüge so leicht über die Lippen ging.

Den Rest des Tages hatten Mirja und Joachim versucht, so normal wie möglich miteinander umzugehen. Beiden fiel das unendlich schwer. Ihr unsicheres Schweigen schoben Mirjas Eltern und Schwestern auf den Kummer wegen des bevorstehenden Abschieds. Nicht eine Minute waren die beiden mehr allein, nur ein Kuss gelang ihnen auf dem Weg in die Küche, als sie abends das Geschirr abräumten. Nachts hatte Joachim kein Auge zugetan. Er wusste Mirja nur wenige Meter entfernt im Zimmer über der Stube und durchlebte wieder und wieder ihr Zusammensein. Mirja hatte stark geblutet, ihm aber versichert, dass alles gut sei. Das Laken hatte sie gewechselt und im Wäschebottich in der Küche ausgewaschen und zu den Tüchern, Laken und Wäschestücken gehängt, die im Schuppen an der Leine hingen. Als es für Mirja Zeit wurde, das Haus zu verlassen, um so zu tun, als habe sie ganz normal ihren Dienst im Lager verrichtet, hatten sie sich kaum voneinander trennen können.

Der Abschied am Morgen war ganz anders gewesen als alle Abschiede zuvor. So viel Ungewisses und Unwägbares lag in diesen Zeiten. Joachim konnte nicht sagen, wann sie sich das nächste Mal sehen würden. Zwar hatte Joachim Mirja endlich ganz und gar und vollkommen lieben können, aber nun würde ihm noch viel mehr fehlen als zuvor. Nicht nur die Gewissheit, geliebt zu werden, sondern auch das Wissen darum, wie Mirja sich anfühlte, wie sie schmeckte und roch und wie sie sich im gleichen Rhythmus bewegte wir er, bis sie eins wurden. Joachim hatte Mirja ganz für sich gewonnen und im gleichen Augenblick verlor er sie schon wieder.

Während der Überfahrt von Petsamo über Kirkenes nach Banak döste er im Lagerraum vor sich hin. An Schlafen war nicht zu denken, weil statt der Munitionskisten, die den Raum bei der Hinfahrt gefüllt hatten, unter Deck nun die Verwundeten lagen, die von der Front aus ins Lazarett gebracht werden konnten. Joachim hielt die Augen meist geschlossen, aber das Stöhnen der Kameraden drang ins Dunkel seiner Tagträume. Der Gestank nach Schweiß, Urin und eitrigen Wunden nahm ihm im feuchten Raum unter Deck den Atem und bereitete ihm Übelkeit. Nach oben zu gehen war nicht möglich. Der eisige Wind ließ einem die Gischt auf der Haut gefrieren und das Schiff tanzte wie ein aus Stöckchen gebasteltes Holzfloß über das wütende Eismeer. Außerdem hätte Joachim es nicht fertig gebracht, über die geschundenen Leiber der Männer zu steigen, die um ihn herum dicht an dicht auf dem blanken Stahlboden lagen.
Er beschwor schöne Bilder herauf und versuchte, sich an die Düfte zu erinnern, die er so liebte. Mirjas Haaransatz, der nach Seife roch, wenn sie sich nach dem Dienst frisch machte und die Küchengerüche abwusch. Der Duft nach frisch gekochter Erdbeermarmelade, der an warmen Junitagen das ganze Haus erfüllte und ihn immer wieder in die Küche lockte, um von dem noch warmen köstlichen Schaum zu naschen, den seine Mutter aus dem Topf abschöpfte und in einer kleinen Schüssel fest werden ließ. Die blühenden Linden und Kastanien, an denen er auf seinem Schulweg vorbei ging. Joachim war, als könne er all dies jetzt, da es nicht mehr war als eine süße Erinnerung, wahrhaftig riechen und die Bilder vor sich sehen. Früher war alles so normal gewesen, immer verfügbar und ganz selbstverständlich, dass ihm gar nicht aufgefallen war, wie herrlich das alles war. Er erinnerte sich an die Worte Alberts bei einem langen Spaziergang durch den blühenden Rosengarten am Rande des Stadtwalls. Sein Onkel hatte bemerkt, dass er erst jetzt, als reifer Mann, die Jahreszeiten wahrnehme. Das erste Grün, das sich seinen Weg durch die Schneedecke suchte und die kräftigen Farben des Herbstwaldes. Joachim dachte, dass er im Krieg frühzeitig gealtert sein musste, weil er die Düfte und Farben schon als junger Mann von knapp einundzwanzig Jahren so schmerzhaft vermisste. Wie ein Greis kam er sich vor mit seiner Melancholie und Sehnsucht. Und gleichzeitig wie ein kleiner Junge, der das alles einfach nur wiederhaben wollte.

Als sie in Banak anlegten, war ein Teil der Verwundeten jämmerlich krepiert. Sie hatten nicht einfach die Augen geschlossen und waren sanft entschlafen. Sie hatten nach ihren Müttern geschrieen, sich die Verbände vom Leib gerissen, die ihre Gedärme im Körper halten sollten und hatten um sich geschlagen, wenn eine der

Rote-Kreuz-Schwestern sie wieder auf die Bahre zu drücken versuchte. Leichen und Lebende wurden aus dem Bauch des Schiffes gebracht und auf verschiedene Lastwagen der Sanitätskompanie gehoben. Auf die einen wartete im Lazarett ein Bett, auf die anderen ein schlichter Holzsarg. Man würde ihnen noch Stiefel und brauchbare Ausrüstung abnehmen und die Erkennungsmarke entzwei brechen. Sonst blieb nichts, ein Stück Leder, ein Stück Metall und ein Holzkreuz inmitten eines Meers von Gräbern.
Joachim fragte sich durch, bis er eine Mitfahrgelegenheit ins Lager Soldatnes fand. Dort traf er am letzten Abend des Jahres 1943 ein. Ein weiteres Jahr in Uniform würde heute zu Ende gehen. Wieder hatte sich der Wunsch des letzten Silvesterabends nicht erfüllt, es möge sein letztes Jahr als Soldat sein.
Als er seine Baracke erreichte, fand er die Kameraden angetrunken und in entsprechender Stimmung vor, dabei war es gerade einmal acht Uhr abends. Zum Neujahrstag hatte es eine extra Ration Bier und Schnaps gegeben, dazu noch Wurst und Käse sowie ein Brot und Schokolade. Joachim wurde mit anzüglichen Sprüchen und Andeutungen empfangen, denn natürlich wussten alle, wo er seine freien Tage verbracht hatte. Er nahm es seinen Kameraden nicht krumm, ging aber auch nicht darauf ein, denn das hätte sie nur zum Weitermachen veranlasst. Bald verloren sie die Lust und ließen ihn in Ruhe. Nachdem er seinen Rucksack ausgepackt hatte, setzte er sich zu ihnen und nahm sich ein Glas. Er würde nicht damit prahlen, dass er mit Mirja geschlafen hatte, dass sie noch Jungfrau gewesen war und ihm ihre Unschuld geschenkt hatte. Alles, was er darüber sagen würde, konnte nur gewöhnlich klingen. Mirja war keine Eroberung, mit der man seine Manneskraft bewies. Mirja war das Mädchen, dessen Liebe ihn am Leben halten, ihn beschützen würde. Der schützende Bann würde brechen, wenn er in Worte fasste, was Mirja und ihn verband. Deshalb schwieg Joachim und versuchte, die Sprüche der Kameraden zu überhören. Fritz musste er nichts erklären. Der sah ihm in die Augen und erkannte das Leuchten darin. Er legte Joachim den Arm um die Schulter und drückte ihn. Mehr brauchte es nicht, um Joachim zu zeigen, wie sehr sein Freund Fritz mitfühlte und sich über sein Glück freute.

Um Mitternacht waren sie alle sturzbetrunken. Selbst Fritz, der sich sonst beim Alkohol sehr zurückhielt, hatte sich immer wieder nachschenken lassen und hatte nun Schwierigkeiten beim Aufstehen. Mehrere Male sank er auf den Stuhl zurück, bis Joachim ihn schließlich hochzog und die beiden Arm in Arm aus der Baracke ins Freie torkelten. Nach einem Feuerwerk stand keinem der Sinn, der jemals an der Front im Beschuss der Stalinorgel gelegen hatte. Deshalb betrachteten sie einfach das Schimmern des Nordlichts im Dunkel der Polarnacht und prosteten sich schweigend zu. Die Stille um sie herum passte so gar nicht zu dem, was gerade geschah. Ein neues Jahr brach eben an, kalendarisch zumindest und in der Tradition des Neujahrsfestes, was es auf irgendeine Weise zu feiern galt. Laut und bunt hatten sie es als Kinder und Schüler gefeiert, mit Böllern, Knallern und Wunderkerzen, die die Eltern ihnen spendiert hatten. Jetzt standen sie still beieinander und sahen in einen Himmel, an dem kein frohes Schauspiel mehr stattfand. Es war ein Himmel, der Kälte brachte und noch mehr Schnee, an dem russische Aufklärungsflieger kreuzten und ihre Position ausmachten und in dem ein zorniger Gott Tod und Verderben über sie ausschüttete. Neujahr, ein neues Jahr, daran glaubte Joachim nicht mehr. Es würde immer so weiter gehen, ein ewiger verzweifelter Kampf gegen den eigenen Tod, den nur der Tod eines anderen verhindern konnte. Das alte Jahr war vorüber, das neue begann, und es waren doch nur Daten, nur Zahlen, die den vermeintlichen Neubeginn markierten und Hoffnungen weckten. Joachim wandte sich ab und ging zurück in die Baracke. Während die anderen noch draußen standen und sich müde »Alles Gute«, »Viel Glück« und »Ein Frohes Neues« wünschten, saß er auf seinem Feldbett und betrachtete die Fotografie, auf der Mirja lachend mit gerafftem Rock und nackten Füßen im tiefen Blau des Fjordes stand und ihn fröhlich anlachte. Das war erst sechs Monate her, und doch eine Ewigkeit.

Wenige Tage nach Neujahr packten sie ihre Tornister, überprüften ihre Waffen und Schneebrillen und ließen sich in der Schreibstube den Einsatzbefehl ins Soldbuch eintragen. Titovka und Liza und endlose Weite erwarteten sie, Flüsse und Ödland, die mal erobert, mal verloren, mal zurückerobert wurden. Und das seit Jahren und um den Preis hunderter, vielleicht tausender Gefallener und Verwundeter. Niemand jubelte mehr, wenn das Einerlei des Lagerlebens ein Ende hatte und sie ihre Tapferkeit unter Beweis stellen konnten. Wie war das am Anfang gewesen? Waren sie nicht singend marschiert und losgestürmt, für Führer und Vaterland? Jetzt schickten sie stumme Gebete gen Himmel, auch dieses Mal wieder heil zurückzukehren.

Auch Rudolph Pänzinger waren die Scherze und Lieder ausgegangen. Im Herbst war er ein weiteres Mal Vater geworden. Seine beiden Buben und sein Mädchen hatten eine kleine Schwester bekommen. Er selbst hatte das Kind noch nie auf dem Arm gehalten, nur eine Fotografie trug er mit sich herum, auf der seine nun fünfköpfige Familie bei der Taufe der kleinen Olga zu sehen war. Die Kinder waren herausgeputzt und seine Frau trug ein festliches Dirndl. Auch alle vier Großeltern standen um Kinder und Frau herum und blickten scheu in die Kamera. Dabei guckten sie, als warteten sie gespannt, ob der frisch gebackene Vater wohl hinter dem Fotografen hervortreten und sich zu der Festgesellschaft gesellen würde. Der Täufling trug ein langes besticktes Taufkleid und ein Häubchen aus weißer Spitze. Rudolph Pänzinger hatte ihnen erzählt, dass er selbst schon darin das Taufsakrament erhalten habe.

»Die Kleine hat gebrüllt wie am Spieß, die hat Temperament, meint meine Frau«, hatte er stolz erzählt, dann aber schweigend das Bild betrachtet und seine Sehnsucht hinuntergeschluckt.

Nun führte Pänzinger seine Männer erneut ins Ungewisse, und auch er hatte keine Kraft mehr, sie davon zu überzeugen, dass dies alles richtig und gut war und sie Feind und Tod würden besiegen können.

Südlich des Inarisees, nicht weit entfernt von Ivalo, bezogen sie Stellung. Ein Barackenlager war vorhanden, sodass sie in der Eiseskälte wenigstens keine Bäume fällen und Blockhütten errichten mussten. Aber das Lager war in einem erbärmlichen Zustand. Die Kameraden vor ihnen hatten nur das Nötigste aufgebaut und nicht besonders viel Mühe darauf verwandt, es gut zu erhalten. Und irgendwie verstand Joachim ihre Nachlässigkeit. Wer wollte sich schon auf Dauer an der Front niederlassen? In den Unterkünften zog es wie Hechtsuppe. Der schneidende Wind drang durch die Balken, in deren Ritzen der Kunsthonig festgefroren war. Die Betten aus

Birkenstämmen waren wacklig und drohten bei jeder Drehung im Schlaf zusammenzubrechen. Die Hütte mit der Latrine war selbst für hartgesottene Landser eine Zumutung, an den Balken war der Kot festgefroren und die Wände waren mit Durchhalteparolen und Zeichnungen kopulierender Körper bedeckt. Niemand wollte sich mehr als eben nötig einrichten. Alle wollten nur schnell wieder weg von diesem unwirtlichen Ort.

Bereits am dritten Tag wurde Joachims Zug daran erinnert, warum sie hier waren. Mitten in der Nacht wurden sie von Schüssen aus dem Schlaf gerissen.
Pänzinger selbst hatte zu dieser Zeit Nachtwache und brüllte immer wieder »Angriff, Angriff!«
Joachim sprang von seiner Pritsche und in die Stiefel, die Uniform hatten sie sowieso Tag und Nacht an, es war einfach zu kalt, um nur ein einziges Kleidungsstück freiwillig auszuziehen. Entsprechend war der Gestank ihrer ungewaschenen Körper, die seit nunmehr einer Woche keine Seife mehr zu Gesicht bekommen hatten. Joachim setzte den Stahlhelm auf, schnappte sich sein Gewehr und stürmte mit den anderen aus der Baracke. Am Nachthimmel blitzte das Gewitter der Granatwerfer auf, pfeifend flogen ihnen Kugeln aus russischen Gewehren um die Ohren, deren Mündungsfeuer nur wenige hundert Meter von ihnen aufleuchteten. Joachim warf sich auf den Boden und robbte auf Rudolph Pänzinger zu, der bereits den schützenden Unterstand erreicht hatte. Erst gestern hatten sie Gräben und Unterstände ausgebessert, denn bei einem Angriff war es oberstes Gebot, erst einmal in Deckung zu gehen. Joachim trug das Tornisterfunkgerät auf dem Rücken und kroch mit seiner Zwanzig-Kilo-Last auf den schützenden Graben zu. Immer wieder musste er innehalten und sich ganz flach auf den Boden drücken, denn die Russen hatten nun einzelne von ihnen ins Visier genommen. Zusätzlich peitschten Maschinengewehrsalven neben ihm in den Schnee. Schließlich erreichte Joachim den Rand des Grabens und rollte sich mit dem sperrigen Funkgerät auf dem Rücken über die Kante.
»Meldung machen, Steinborn«, schrie Rudolph Pänzinger ihm zu, während er das Maschinengewehr in Stellung brachte.
Joachim machte sich daran, eine Verbindung zum nächsten Frontabschnitt herzustellen, um Verstärkung anzufordern. Die nächste Abteilung lag dreißig Kilometer südöstlich von ihnen, die Reichweite des Tornisterfunkgeräts betrug aber nur maximal zwanzig Kilometer. Trotzdem bemühte sich Joachim, einen Funkspruch abzusetzen, bis er schließlich aufgab und zu seinem Spieß hinüber kroch. Der Graben

hatte sich inzwischen gefüllt, nur Fritz konnte Joachim nirgendwo entdecken. Rudolph Pänzinger zog Joachim dicht heran und brüllte ihm über den Gefechtslärm zu: »Kommen Sie mit, Steinborn, wir sehen nach den anderen!«
Einem jungen Soldaten, der erst seit ihrer Verlegung aus Banak zu ihrem Zug gehörte und der völlig verängstigt und wie gelähmt mit dem Rücken zur Grabenwand hockte, rief er zu: »Los, kommen Sie in den Unterstand, Wendlinger, hier ist es sicherer.«
Wendlinger nickte stumm und suchte Schutz in ihrem Unterstand, während Joachim seinem Spieß in geduckter Haltung folgte. Nach einigen Metern endete der Graben und sie mussten die sichere Deckung aufgeben, um zum Schützenloch weiter rechts zu gelangen. Aus der Entfernung konnten sie erkennen, wie Schüsse daraus abgefeuert wurden. Ein Zeichen, dass die Kameraden es bis dorthin geschafft hatten und lebten.
»Deckung«, schrie Pänzinger, bevor er mit Joachim losstürmte.
Werner, der am Ende des Grabens hockte, feuerte eine Maschinengewehrsalve in Richtung der Russen. Joachim rannte hinter Pänzinger her. Wie die Hasen schlugen sie Haken und versuchten, den Kugeln auszuweichen. Kurz vor dem Schützenloch lag in gekrümmter Haltung einer von ihnen auf dem Bauch, das Gesicht unter dem verrutschten Stahlhelm war nicht zu erkennen. Aus der Ferne sah dieser Mensch aus wie ein Haufen Lumpen, den jemand achtlos in den Schnee geworfen hatte. Pänzinger wollte ihn, als er das Schützenloch erreicht hatte, an den Füßen hinein ziehen, als jemand rief: »Er ist tot, lasst ihn liegen! Macht schon, kommt her!«
Joachim sprang hinter Pänzinger in das Loch, in dem dicht gedrängt drei Kameraden lagen, darunter Fritz. Für Wiedersehensfreude bleib keine Zeit, sofort machten sie sich daran, die Russen unter Beschuss zu nehmen. Dabei diente ihnen der tote Kamerad als zusätzliche Deckung, denn das Loch war nicht sehr tief und sie hatten in der Enge Not, ihre Köpfe weit genug unten zu halten. Das Gefecht dauerte die ganze Nacht und endete erst, nachdem es einer Gruppe von fünf Mann gelungen war, sich in einem weiten Bogen an die feindliche Stellung heranzupirschen und das MG-Nest mit ihren Handgranaten auszuschalten. Danach hatten die Russen, die offenbar weniger waren als es zunächst den Anschein gehabt hatte, sich zurückgezogen. Die Schüsse kamen von immer weiter weg und verebbten schließlich.
Bei dem Toten handelte es sich um Ludwig. Auch er war erst in Banak ganz frisch zu ihrem Zug gestoßen. Joachim war an ihm nicht mehr aufgefallen, als dass er in seiner Uniform aussah wie jemand, der Jahre nach dem Ereignis noch einmal in seinen Konfirmandenanzug geschlüpft war, dessen Hosenbeine und Ärmel inzwischen

zu kurz geworden waren und der sich darin bewegte wie ein Storch. Ein hoch aufgeschossener Junge mit ernstem Blick aus dunklen Augen, deren Licht nun endgültig erloschen war.
Nachdem sie aus dem Schützenloch gestiegen waren, folgte Joachim Pänzinger zurück zum Graben. Der Spieß wollte sich einen Überblick verschaffen, während Joachim das Tornisterfunkgerät bergen wollte. Danach würde er mit dem großen Funkgerät Verbindung herstellen und Meldung über den russischen Angriff machen. Je nachdem, wie viel Mann sie verloren hatten, würden sie auch um Verstärkung bitten müssen und dabei hoffen, dass ihnen nicht diese Unterprimaner geschickt würden, die mit vollgeschissenen Hosen wie gelähmt dasaßen und sich abknallen ließen wie die Karnickel. Nur erfahrene Männer wie sie selbst waren eine echte Hilfe.
Als Joachim und Pänzinger den Graben erreichten, bot sich ihnen ein Bild der Verwüstung. Eine Granate hatte den Unterstand getroffen, den der Spieß dem jungen Wendlinger als Deckung überlassen hatte. Joachim war beinahe froh darüber, dass er einen Volltreffer erhalten hatte und nichts mehr übrig war von dem Jungen. Wäre der Treffer nicht so genau gewesen, müssten sie jetzt Wendlingers Körperteile zusammensuchen. So waren in dem Chaos aus Holz, Erde und Stahl nur Reste des Stahlhelms und das Gewehr zu erkennen.
Pänzinger ging der Tod des Jungen an die Nieren. Noch Tage später schüttelte er den Kopf und murmelte: »Und ich habe ihm noch gesagt, du bist sicherer hier.«
So viele waren gekommen und gegangen, so viele verstümmelt, zerfetzt und erschossen. Aber immer wieder nahm der Tod ein bestimmtes Gesicht an. Ein Kindergesicht mit Sommersprossen und dem ersten Flaum auf rosigen Wangen. Ein greisenhaftes Gesicht mit eingefallenen Wangen, dessen Augen weit aufgerissen ins Nichts starrten. Ein blutverschmiertes Gesicht, dessen Züge unkenntlich waren und nicht mehr an den Freund erinnerten, mit dem man seit Jahren Freud und Leid teilte, lachte und fluchte und hoffte, eines Tages heimzukehren. Im Zug nach Hause zu sitzen, singend und voller Erwartungen, die Angst vor den täglichen Schrecken des Krieges hinter sich lassend. Doch auch die Gesichter verblassten mit der Zeit. Dann war der Tod für kurze Zeit wieder das, was er war: der große Unbekannte, der irgendwo da draußen auf jeden von ihnen lauerte.
Am Abend nach dem Gefecht trafen mehrere Lastwagen aus Ivalo ein. Sie brachten neue Munition und nahmen dafür die Toten und Verwundeten mit. Die Verluste hielten sich in Grenzen. Es hatte nur Ludwig und Wendlinger erwischt, die beide erst vor drei Monaten eingezogen worden waren. Wenigstens war der Krieg schnell für sie vorbei, dachte Joachim.

Ansonsten reichten die paar Streifschüsse und Granatsplitter, die einige von ihnen abgekriegt hatten, nicht für einen Fahrschein in die Heimat, sondern konnten allesamt im Feldlazarett versorgt werden. Nach ein paar Tagen waren die verwundeten Kameraden zurück und prahlten damit, dass sie frisch gewaschen und satt waren und in einem richtigen Bett von hübschen Karbol-Mäusen verwöhnt worden waren. So nannten sie die Lottas und Rote-Kreuz-Schwestern, die im Lazarett Dienst taten und stets eine Flasche mit dem Desinfektionsmittel mit sich herum zu schleppen schienen. Wie so oft schon waren sie nach ein paar Tagen über den letzten Angriff hinweg. Er hatte ihnen wieder einmal gezeigt, dass sie jede Sekunde damit rechnen mussten, dass es wieder losging, dass sie in ihrer Aufmerksamkeit nicht nachlassen durften. Er reihte sich ein in die Szenen, die sie vor der Zeit zu alten Männern hatten werden lassen.

Erst Ende März, nach über drei Monaten Dämmerlicht und Kälte und dem Gefühl, ständig im Visier der Russen zu sein, wurden sie abgelöst. Joachim hatte auf ein Wunder gehofft und gebetet, sie würden wieder ins Lager Petsamo verlegt, aber es ging zurück nach Soldatnes südlich von Banak. Immerhin erwarteten ihn dort zahlreiche Briefe von Mirja, Albert und seiner Mutter, die ihm auch ein Paket mit Zeitschriften, selbst gestrickten Socken und einer Dauerwurst geschickt hatte. Mirja hatte ihm mehrmals pro Woche geschrieben und er gab nun, ohne den Inhalt ihrer Briefe zu kennen, all die Umschläge ab, die er im Waldlager bei Ivalo Bogen um Bogen für sie gefüllt hatte. Joachim beherrschte sich, ihre Briefe nicht sofort aufzureißen und zu lesen. Er wollte die Lektüre angemessen zelebrieren, denn irgendwie würde sie ja bei ihm sein, wenn er ihre Worte las. Deshalb reihte er sich zunächst in die lange Schlange verdreckter Gestalten ein, die vor der Sanitätsbaracke darauf wartete, nach drei Monaten wieder zu richtigen Menschen zu werden. Nach der Entlausung ließ sich Joachim die Haare schneiden und betrat gemeinsam mit Fritz die Saunahütte, an der sie vor ein paar Monaten noch selbst mit gezimmert hatten.
Nackt saßen sie auf den Bänken, ein Handtuch um die Hüften geschlungen und mit geschlossenen Augen. Es war wie im Himmel. Die Hitze trieb ihnen den Schweiß aus den Poren und damit all den Dreck und Gestank, die Kälte und die Bilder der Toten und Verwundeten. Der heiße Dampf hatte ein harziges, herbes Aroma und es duftete nach frisch geschlagenem Kiefernholz. Als ihre Fußsohlen schließlich unerträglich brannten und kein Tröpfchen Schweiß mehr übrig war, um ihre erhitzte Haut zu kühlen, rannten sie aus der Hütte und wälzten sich im frischen Schnee der vergangenen Nacht wie junge Hunde. Dann tranken sie literweise Wasser und wiederholten die Prozedur noch zwei weitere Male. Schließlich trieb sie der Hunger in die Verpflegungsbaracke. Hier gab es ein großes Hallo, als sie viele Kameraden wieder trafen, die inzwischen an anderen Frontabschnitten gewesen waren.
Während sie sich die Bäuche mit Linseneintopf, Bauchspeck und frischem Roggenbrot vollschlugen und reichlich Bier dazu tranken, erfuhren sie, dass es den anderen ähnlich ergangen war wie ihnen. An der gesamten Eismeerfront gab es kaum Bewegung, mal ging es ein paar Kilometer vor, dann wieder zurück, manchmal tat sich auch wochenlang gar nichts. Die Russen schienen vom jahrelangen Stellungskrieg genauso mürbe zu sein wie sie, auch ihre Angriffe hatten an Durchschlagskraft verloren und schienen nur ein verzweifelter Versuch zu sein, die Glut des kleinen Gefechts immer wieder anzufachen, damit dass Feuer des ganz großen Krieges nicht

an Kraft verlor. Die Divisionen verzeichneten insgesamt viele Verluste, aber meistens traf es da vorne, an vorderster Front, die ganz Frischen, die immer jünger zu werden schienen. Aber vielleicht kam ihnen das auch nur so vor, weil sie selbst schon so lange dabei und abgestumpft waren.

Nach dem Abendessen zog sich Joachim in die Unterkunft zurück und legte sich auf sein Feldbett. Das Licht reichte kaum aus, um die Briefe zu lesen, er musste seine Augen dabei sehr anstrengen. Aber er wollte allein sein, wenn er las. Und die anderen waren nach dem Essen sitzen geblieben, um Karten zu spielen.
Mirjas Post sparte er sich bis zum Schluss auf. Zunächst nahm er sich die Briefe seiner Mutter und seines Onkels vor. Von Albert erfuhr er, dass die Versorgungslage immer brenzlicher wurde und sie nach wie vor sehr unter den alliierten Luftangriffen litten. Seine Mutter sehnte das Frühjahr herbei, wenn sie im Garten wieder ein Beet bestellen und ihre Lage damit ein wenig verbessern könnte. Sie wollte die gesamte Wiese als Anbaufläche nutzen, nicht nur das kleine Stück an der hinteren Mauer. Albert würde die Rasenfläche unter den Obstbäumen umgraben, damit sie Kartoffeln anbauen konnten. Wenn sie die Kartoffeln einkellerten, würden sie besser über den nächsten Winter kommen. Aber vielleicht, schrieb Joachims Mutter, kämen ja wirklich bald bessere Zeiten. Wie sie das meinte, konnte sich Joachim denken, auch wenn Frieda es nicht ausdrücklich schrieb. Sie hoffte auf ein baldiges Ende des Krieges und glaubte längst nicht mehr an eine Wende. Er solle nur auf sich aufpassen, das müsse er ihr versprechen. Und dann reihte sie Namen derer auf, die ihre Mütter nicht mehr in die Arme schließen würden. Joachim sah sie vor sich, in seiner Erinnerung waren sie allesamt Kinder. Schulkameraden aus niedrigeren Klassen, die noch kurze Hosen trugen und einen Kopf kleiner waren als er. Theo, der Sohn des Bäckers, der manchmal im Laden ausgeholfen hatte und kaum über die Theke reichte. Dietrich, der über den Bolzplatz rannte wie der Blitz und dessen Spezialität Kopfbälle waren, die er unhaltbar in der Ecke des Tors versenkte. Burkhart, der im Schulorchester neben ihm gesessen und das Horn geblasen hatte. Der immer seine Noten vergaß und deswegen einen Rüffel einstecken musste, um sie beim nächsten Mal gleich wieder zu Hause liegen zu lassen. Und Christian, der jüngste Sohn des Pfarrers, mit dem er als Kind die Sonntagsschule besucht hatte, während die Erwachsenen der Predigt lauschten. Es waren so viele, es musste endlich aufhören, sonst blieb von ihrer Generation nicht mehr übrig als vergilbte Fotografien mit einem schwarzen Band darum.
Joachims Stimmung war gedrückt, als er sich endlich Mirjas Briefe vornahm. Er

sortierte sie nach dem Feldpoststempel und begann mit dem, den sie noch am Tag seiner Abreise geschrieben hatte. Sie versicherte ihm darin, dass es gut war, dass sie es getan hatten und dass sie nichts bereue. Ihre Liebe sei nicht in Worte zu fassen, dennoch versuchte sie es in jedem ihrer Briefe in ihrem manchmal etwas unbeholfenen Deutsch, das ihn so sehr anrührte. Joachim war so vertieft in die Lektüre, dass er kaum wahrnahm, als die Kameraden herein polterten und sich schwer auf ihre Matratzen fallen ließen.

Er las weiter bis zum letzten Brief, den Mirja erst vor ein paar Tagen geschrieben hatte. Sie klang besorgt darin und schrieb, dass sie ihn eigentlich nicht beunruhigen wolle, dass sie aber mit ihrer Angst, schwanger zu sein, so allein sei und sich niemandem als ihm offenbaren könne. Dauernd sei ihr übel, sie ekle sich vor Gerüchen und habe seit Dezember nicht mehr geblutet. Joachims Herz begann wild zu pochen und seine Hände zitterten, als er diesen letzten Brief las. Er hatte kein Präservativ bei sich gehabt, er hatte ja nicht geplant, nicht einmal gehofft, dass sie Gelegenheit haben würden, allein zu sein. Und im Winter konnten sie ja schlecht einen Ausflug zum Fjord machen, wo sie sich im vergangenen Sommer zum ersten Mal richtig geküsst und aneinander geschmiegt hatten. Joachim fühlte sich völlig hilflos, wie musste es da erst Mirja gehen. Er wollte ihr gleich am nächsten Morgen antworten. Als er versuchte, sich die Worte zurechtzulegen, brachte ihn das endgültig um den Schlaf. Wie im Fieber wälzte er sich die ganze Nacht hin und her und sehnte den Morgen herbei.

Aber als er endlich vor einem Blatt Papier saß, wollte sich die weiße Fläche einfach nicht füllen. Joachim starrte das Blatt an und dachte, dass es so sein musste, wenn jemand die Sprache verlor. Die Worte, die sich sonst wie von selbst zu Liebesschwüren formten, waren einfach ausgelöscht. So sehr er versuchte, sich an sie zu erinnern, so ängstlicher wurden sie und verflüchtigten sich. Was Joachim schließlich zu Stande brachte, war eine dürftige Versicherung seiner Liebe und das Versprechen, zu Mirja zu stehen, egal was passiere. Er bat sie, einen Arzt aufzusuchen, denn vielleicht hatte sie sich ja nur mit einem Virus angesteckt. Daher die Übelkeit und das Erbrechen. Schließlich kam ihre Mutter im Lazarett tagtäglich mit allen erdenklichen Infektionskrankheiten in Berührung und hatte bestimmt etwas nach Hause getragen. Joachim glaubte selbst nicht daran. Aber dass er ein Kind gezeugt haben könnte, kam ihm noch viel unwahrscheinlicher, geradezu unvorstellbar vor. Das eine Mal, dieses erste Mal, konnte ein Mädchen da überhaupt schwanger werden? Manche seiner Kameraden hatten schon lange ein Verhältnis und viel früher als er mit ihren Mädchen geschlafen. Keine war schwanger geworden. Oder passten

seine Kameraden einfach besser auf und waren nicht so leichtsinnig wie er und Mirja es gewesen waren?
Joachim betrachtete das Foto, das Mirja ihm zu einem der Briefe gelegt hatte. Arttu Järvi hatte es Weihnachten mit der Leica aufgenommen. Darauf standen sie nebeneinander vor dem Weihnachtsbaum und lachten unbefangen in die Kamera. Joachim versuchte, sich ein Kind dazu zu denken. Gab es nicht in jeder Familie ein Bild der jungen Familie vor dem festlich geschmückten Tannenbaum? Der Vater hatte den Arm schützend um die Schultern seiner Frau gelegt, auf deren Hüfte ein Kleinkind saß und die speckigen Ärmchen nach den brennenden und funkelnden Kerzen ausstreckte? Joachim sah dieses Kind nicht, das er vielleicht gezeugt hatte. Er sah nur sich und das Mädchen, das er liebte.

Die Wochen vergingen im Trott des Lageralltags. Joachim wartete verzweifelt auf eine Antwort Mirjas auf seine Briefe. Nachdem drei Wochen vergangen waren, wurde seine Sorge um sie unerträglich. Hatte sie sich tatsächlich angesteckt und lag krank im Bett? Fleckfieber, Ruhr, Grippe, es konnte alles mögliche sein. Wenn er nur endlich wüsste, was mit ihr war.
Aber der ganze April ging dahin und mit ihm allmählich der bitterste Frost, ohne dass ein Lebenszeichen von Mirja eintraf. Schließlich konnte Joachim die Ungewissheit nicht mehr ertragen und funkte während seiner Schicht direkt ins Lager Petsamo, um nach dem Verbleib einer Lotta namens Mirja Järvi zu fragen. Der dort Dienst habende Funker meldete, dass er keine Lotta mit diesem Namen kenne, versprach ihm aber, sich bei den anderen Frauen umzuhören, sobald er seinen Platz verlassen konnte. Sie verabredeten, am Abend noch einmal miteinander Kontakt aufzunehmen. Joachim verließ beunruhigt und voller Sorge die Funkkabine. Den ganzen Tag über fand er keine Ruhe, verrichtete unkonzentriert seinen Wachdienst und rauchte eine Zigarette nach der anderen, bis er sich von Rudolph Pänzinger einen Vorschuss auf seine Ration geben lassen musste. Am Abend setzte er sich wieder an das Funkgerät. Der Funker, der gerade Dienst hatte, stand vor der Kabine Schmiere und nahm den Schnaps für seine Hilfe widerspruchslos an. Es war ihnen strengstens verboten, das Funkgerät für private Zwecke zu nutzen.
Die Verbindung nach Petsamo war schlecht, aber so viel verstand Joachim: Mirja hatte vor zwei Wochen den Dienst quittiert. Den anderen Lottas hatte sie erzählt, dass sie auf unbestimmte Zeit nach Rovaniemi reisen müsse, um ihre kranke Tante zu pflegen. Eine Anschrift hatte sie nicht dagelassen. Nicht einmal ihre Freundin Aino kannte Mirjas genauen Aufenthaltsort. Ob er noch etwas für Joachim tun

könne, fragte der Kamerad in Petsamo. Aber Joachim bedankte sich nur und beendete die Verbindung.

Er wusste nichts von einer Tante in Rovaniemi und spürte ganz deutlich, dass die Geschichte nur erfunden war. Ihm blieb nichts anderes übrig, als an Familie Järvi direkt zu schreiben. Aber wenn Mirja wirklich schwanger sein sollte und sie sie weggeschickt hatten, würden sie bestimmt nicht besonders erfreut über seine Post sein. Doch sie konnten sie nicht verstoßen haben, nicht eine Familie wie die Järvis, die fest zusammenhielt. Sie hatten Mirja höchstens zur Abreise überredet, um ihr die Schande zu ersparen und die Sache geheim zu halten. Joachim schrieb einen kurzen, verzweifelten Brief, in dem er so tat, als wüsste er nichts von Mirjas Zustand und indem er inständig darum bat, ihm mitzuteilen, warum Mirja nicht mehr in Petsamo war und ihm nicht auf seine Briefe antwortete.

Seine Sorge, er würde keine Antwort erhalten, bestätigte sich. Der Schnee schmolz, die Tundra leuchtete in hellem Grün und der Polartag brach an, ohne dass er Nachricht aus Petsamo erhielt. Auch seine Versuche, in Rovaniemi etwas herauszubekommen, waren erfolglos. Die Kameraden dort kannten kein Mädchen namens Mirja Järvi, und eine hübsche Rothaarige wäre ihnen gewiss aufgefallen, dazu brauchten sie keinen Namen.

Joachims Verzweiflung steigerte sich immer weiter. Er glaubte jetzt ganz fest, dass Mirja schwanger war. Aber warum schrieb sie ihm dann nicht? Egal wo sie war, es musste doch möglich sein, ihm eine Nachricht zukommen zu lassen. Oder hatte sie sich etwas angetan, hatte versucht, das Kind wegmachen zu lassen und war dabei gestorben? Man hörte ja ab und zu solche Geschichten. Das durfte und konnte nicht sein, redete sich Joachim ein. Bestimmt ging es Mirja und dem Kind gut und es gab eine ganz banale Erklärung, warum sie ihm nicht schrieb. So wie damals, als er schon an ihrer Zuneigung gezweifelt hatte, bis sich herausgestellt hatte, dass sie seine Feldpostnummer nicht kannte und nur deswegen keine Briefe von ihr eintrafen.

Was hätte Joachim darum gegeben, bei Mirja zu sein und sie in die Arme zu schließen. Wie sie wohl aussah? Wenn er richtig rechnete, würde das Kind irgendwann im September zur Welt kommen. Mirjas Bauch würde also bereits runder, ihre Brüste schwerer und bald bereit, ein anderes Lebewesen zu ernähren.

Joachim kam nicht mehr zur Ruhe, nicht am Tage, nicht in der Nacht. Sein Kopf war voller Bilder, schöner Bilder und schrecklicher Bilder. Er konnte sie nicht steuern, sie schlichen sich einfach in sein Hirn und machten ihn ganz schwindelig. Ihm passierten immer mehr Fehler. Beim Reinigen der Waffe ging ein Schuss los und

verfehlte nur knapp seinen Fuß. Pänzinger, der sonst so geduldig war, schrie ihn an: »Reißen Sie sich zusammen, Steinborn! Was ist denn nur los mit Ihnen? Wollen Sie uns umbringen? Oder wollen Sie eine Fahrkarte nach Hause? Verdammt noch mal!«
Allen fiel auf, wie sehr sich Joachim veränderte. Er hatte keine Lust mehr zum Kartenspielen, rauchte und trank mehr, als ihm gut tat und hockte wortlos dabei, wenn die anderen ihre Sprüche klopften. Er war hohlwangig und auch die leichte Bräune, die die Haut im kurzen Sommer annahm, täuschte nicht darüber hinweg, wie blass er darunter war. Nur Fritz wusste den Grund für Joachims jämmerlichen Zustand. Er schwieg, wenn die anderen darüber spekulierten, dass Joachim die Trennung von seinem Mädchen nicht verwinden konnte und an seinem Liebeskummer litt wie ein Hund. Fritz versuchte, Joachim Mut zuzusprechen und ihn zu trösten. Er solle Geduld haben, denn nach der Geburt würde sich Mirja schon wieder melden. Seine Versuche waren vergebens, Joachim sank immer tiefer in ein dunkles Loch und lehnte jede Hilfe ab, ihn dort hinaus zu ziehen.
Pänzinger teilte ihn ein weiteres Mal dem Zug zu, der Rentiere nach Soldatnes bringen sollte. Er dachte wohl, das würde Joachim auf andere Gedanken bringen. Aber der trottete nur wortlos hinter den anderen her und verrichtete diese Aufgabe genauso mechanisch wie jede andere. Bis auf Fritz ließen schließlich alle Kameraden Joachim einfach links liegen. Sie hatten es ja versucht, aber wer nicht wollte, hatte eben schon. Sie hatten alle ihr Päckchen zu tragen.

Jäh wurden sie aus dem täglichen Einerlei des Lagerlebens gerissen.
Mitte September des Jahres 1944 schloss der finnische Staatspräsident Carl Gustav Emil Freiherr von Mannerheim einen Waffenstillstand mit der Sowjetunion. Darin verpflichtete sich Finnland, seine Truppen hinter die sowjetisch-finnischen Grenzen von 1940 zurückzuziehen und die deutschen Truppen binnen zwei Wochen zu internieren oder zu entwaffnen und aus dem Land zu jagen. Von einem Tag auf den anderen waren die Gebirgsjäger keine Waffenbrüder mehr, sondern Feinde. Waren die Järvis dann jetzt auch seine Feinde? Waren sie ihm, Joachim, jetzt feindlich gesonnen?
Allen war klar, dass ein russischer Angriff drohte. Umgehend musste die Eismeerfront gesichert werden. Es ging darum, Karelien, den Zugang zum eisfreien Hafen und die Erzgebiete um Petsamo zu verteidigen. Die längst vergessene Eismeerfront sollte in den Frontberichten ein letztes Mal eine Meldung wert sein.
Kurz nachdem die Nachricht über den Abschluss eines Waffenstillstandsabkommen zwischen Finnland und der Sowjetunion die Runde gemacht hatte, bekamen sie

ihren Einsatzbefehl. Joachim fürchtete sich vor dem erbitterten Kampf, der nun von Osten heraufzog und der vielleicht der letzte war, den sie irgendwie überstehen mussten. Aber er schöpfte auch Hoffnung. Vielleicht würden sie noch einmal durch Petsamo kommen. Dort würde er nach Mirja suchen und zumindest herausbekommen, wo sie war. Er würde einen Weg finden, Kontakt zu ihr aufzunehmen. Aber seine Hoffnung wurde enttäuscht. Das Schiff, das sie in Banak bestiegen, machte gar nicht halt im Hafen von Petsamo, sondern umfuhr die Fischerhalbinsel und warf nördlich von Petsamo Anker. Sie wurden mit kleinen Booten an Land gebracht und marschierten weiter in Richtung Front. Nach einigen Tagesmärschen durch unwirtliches Gelände und den ersten Schnee erreichten sie ein Waldlager am Ufer der Titovka. Sie hatten kaum Zeit, sich einigermaßen einzurichten, da brach das Inferno über sie herein.

Es war der 7. Oktober des Jahres 1944, als die Russen sie mit einer Übermacht an Mann und Gerät angriffen, der die Deutschen nichts entgegenzusetzen hatten. Die Winteroffensive war lange und gut vorbereitet und traf auf eine Truppe, die vom Stellungskrieg ermattet und mit den Jahren unachtsam geworden war.

Joachim löffelte gerade eine Blechschüssel lauwarmer Graupensuppe, als die Stalinorgeln zur Ouvertüre aufspielten. Zweieinhalb Stunden lang lagen sie unter so starkem Artilleriebeschuss, dass sie nichts tun konnten, als flach auf dem Boden zu bleiben und die Köpfe unten zu halten. Die Luft war erfüllt vom Pfeifen der Granatwerfer, die pausenlos auf sie abgefeuert wurden. Joachim wagte es nicht, den Tornister mit dem Funkgerät abzuschnallen. Sein Gewicht drückte ihn zwar nieder, aber der Tornister bot auch zusätzlichen Schutz. Joachim hatte sich mit ein paar anderen in eine Senke geworfen und konnte daher nicht erkennen, ob die Russen schon mit dem Sturm begonnen hatten. Über den Rand zu blicken, wäre Selbstmord gewesen und auch an Rückzug war in diesem Moment nicht zu denken. So verharrten sie in der Mulde und beteten, keinen Volltreffer abzubekommen. Irgendwem war es wohl gelungen, über Funk ihre genauen Koordinaten abzugeben, denn hinter sich vernahmen sie das Brummen der Kampfflugzeuge, die sich ihrem Abschnitt näherten. Dank der Unterstützung aus der Luft öffnete sich ihnen ein Fenster, das Joachim und seine Kameraden nutzten, um sich hinter die Baumlinie zurückzuziehen. Aber die Verschnaufpause reichte gerade aus, sich von unnötigem Ballast wie dem Tornisterfunkgerät zu trennen und das Maschinengewehr aufzustellen. Die Flieger warfen Bomben auf die russischen Stellungen ab und schienen einige Treffer gelandet zu haben, denn der Granatbeschuss ließ an Heftigkeit nach. Der Preis jedoch war hoch. Joachim hatte insgesamt zwölf Stukas gezählt, von denen nur sieben wieder zum Stützpunkt bei Kirkenes umdrehten. Fünf Maschinen waren von russischen Flaks getroffen worden und taumelnd vom Himmel gefallen.

Joachim griff sein Gewehr und lief geduckt nach rechts, um nach den anderen zu sehen und sich einen Überblick über die Lage zu verschaffen. Er erreichte einen Unterstand, von dem kaum mehr etwas übrig war als ein Haufen zersplitterter Balken. Darunter lugte ein Paar Stiefel hervor, in denen eine blutige, aufgerissene Hose steckte. Joachim sprang in den Graben, warf sein Gewehr ab und begann, die Trümmer der Holzbalken zur Seite zu zerren. Rudolph Pänzingers Oberkörper war ein blutiger Brei aus Gedärmen und Knochensplittern, an sein Gesicht erinnerte nur noch der Bart. Nase, Stirn und Schläfen waren bis zur Unkenntlichkeit zertrümmert. Dennoch hob und senkte sich seine Brust. Joachim beugte sich ganz tief

zu dem Sterbenden hinab und flüsterte, wo er ein Ohr vermutete: »Ich hole Hilfe, Spieß. Alles wird gut.«
Mehr als diese schwachsinnige Beteuerung fiel ihm nicht ein. Pänzingers Antwort war ein Gurgeln aus einer Kehle, in der das Blut stand und ihn langsam erstickte. Joachim nahm Pänzingers Hand, die groß und stark behaart neben seinem Körper lag wie ein erlegtes Tier. Er drückte sie und meinte zu spüren, dass Pänzinger den Druck mit letzter Kraft erwiderte, bevor seine Hand immer schwerer wurde, als alles Leben aus ihm wich. Joachim wurde übel, als er die Reste der Uniform beiseite schob, um an die Erkennungsmarke zu kommen. Seine Finger berührten die Reste der abgegriffenen Familienbilder, die Rudolph Pänzinger immer in der Brusttasche bei sich trug, um sie jederzeit hervorholen und sehnsuchtsvoll betrachten zu können. Seine Hände waren voller Blut, als es Joachim endlich gelungen war, die Marke entzwei zu brechen. Schluchzend steckte er den unteren Teil der Marke ein und kroch den Graben entlang auf der Suche nach Kameraden.
Die meisten hatten sich in einem Unterstand weiter links verschanzt, der noch intakt war. Auch Fritz war hier. Sein linker Ärmel war zerrissen und er blutete am Ellbogen. Es schien aber nicht allzu schlimm zu sein, wahrscheinlich hatte er nur einen Splitter abbekommen. Auch die anderen waren da, Hugo, Ferdinand und Günther, alle drei erst seit ein paar Wochen dabei und starr vor Angst und Schrecken. Ferdinand klapperte mit den Zähnen und konnte sein Gewehr kaum halten, Hugo lag zusammengerollt wie ein Embryo auf dem Boden des Unterstands und schrie jedes Mal laut auf, wenn eine Granate in ihrer Nähe einschlug. Günther hingegen katapultierte eine Salve nach der anderen in Richtung der Russen und feuerte sich selbst an, als wäre er Zeuge eines spannenden Abenteuerspiels. Mit irrem Blick brüllte er: »Ja, kommt schon! Jawoll, Treffer. Ich zeig's euch! Los, kommt doch, ich warte auf euch!«
Speichel rann ihm aus dem Mund über das Kinn und er hüpfte auf und ab, wenn er meinte, einen Treffer gelandet zu haben.
Joachim war sich nicht sicher, ob sie ihn verstanden, als er schrie: »Pänzinger ist tot, der Spieß ist tot! Sie haben Pänzinger erwischt, er lebt nicht mehr.«
Er musste es mehrmals wiederholen, damit er es selbst glauben konnte. Zeit für Gefühle blieb ihnen nicht, denn nun hörten sie vereinzelte Schüsse, die näher kamen. Sie wussten, dass dies erst der Anfang gewesen war. Was nun begann war das, was sie am allermeisten fürchteten. Der Kampf Mann gegen Mann. Der Kampf um das eigene Leben, das nur rettete, wer als erster traf.

Zwei volle Tage schon hielt der Angriff der Russen an. Sie hatten ihre Waffen nicht eine Sekunde aus der Hand gelegt, nicht, um zu essen, nicht, um zu trinken, zu pissen oder zu schlafen. Sie hatten einfach in die Hose gemacht, wenn es nicht mehr ging. Bloß nicht das Gewehr weglegen, bloß nicht ohne Schutz sein. Immerhin war es ihnen bislang gelungen, den Graben mit dem Unterstand zu halten und die Russen soweit auf Distanz, dass sie ihre Handgranaten nicht auf sie werfen konnten. Hinter ihnen hatte ein eigener Granatwerfer Stellung bezogen und nahm die andere Seite unter Beschuss. Am Mittag des dritten Tages wurde der Granatwerfer getroffen und außer Gefecht gesetzt. Sie wussten, dass sie ohne schweres Gerät keine Chance hatten und warteten auf den Befehl zum Rückzug. Er kam nicht. Die Russen kamen. Joachim konnte sie als Mauer erkennen, die den Fluss in der Deckung der Granaten überquerte. Viele Russen starben im Kugelhagel, aber es waren nicht genug, die Übermacht war gewaltig und zu viele von ihnen erreichten das westliche Ufer des Flusses.
Nach unendlichen Stunden hieß es, sie sollten sich zurückziehen. Aber nun war es zu spät. Wenn sie jetzt den Graben verlassen und losrennen würden, könnten die Russen sie von hinten abschießen wie die Hasen. Doch was blieb ihnen übrig? Der Anblick des sich nähernden Feindes trieb sie aus der Deckung. Wie eine düstere Wand kamen die Russen auf sie zu. Es waren so viele. Joachim lief hinter Fritz her und versuchte, im Zickzacklauf das kleine Wäldchen zu erreichen, in dem ihre Hütten standen. Dort könnten sie sich verschanzen, bis sie Verstärkung aus der Luft bekamen. Im Laufen drehten sich Fritz und Joachim immer wieder um und gaben Schüsse auf ihre Verfolger ab. Hugo und Ferdinand hockten immer noch im Graben, sie hatten die beiden geschüttelt und versucht, sie zum Mitkommen zu zwingen, aber die beiden hatten sie nur verständnislos angestarrt und waren, gelähmt vor Angst, einfach hocken geblieben. Günther hatte sie mit dem Maschinengewehr bedroht, als sie ihn wegziehen wollten. Immer noch hörten sie hinter sich sein irres Gebrüll und das Knattern der Schüsse.
Vor sich sah Joachim den Waldrand, dahinter die Baracken. Wenn er die Baumlinie erreicht hätte, wäre er erst einmal in Sicherheit. Im Zickzack rannte er weiter hinter Fritz her.
Plötzlich stolperte er über eine Wurzel und stürzte. Er umklammerte sein Gewehr und rappelte sich auf. Durch den Sturz hatte Joachim wertvolle Zeit verloren. Er sah, dass Fritz sich hinter eine verkrüppelte Kiefer warf und wild gestikulierte. Er verstand Fritz Zeichen erst, als er sich umdrehte.
Der Russe stand nur wenige Meter von ihm entfernt und hatte die Mündung sei-

nes Gewehrs genau auf ihn gerichtet. Joachim sah in ein junges Gesicht mit weit aufgerissenen Augen und hohen Wangenknochen. Es war, als zögere auch der andere, als wolle auch er sehen, wen er vor sich hatte. Sie blickten einander unverwandt in die Augen, als ein gewaltiger Schlag Joachim traf und nach hinten warf.

Ihm fuhr durch den Kopf, dass er gar nicht wusste, ob er einen Sohn oder eine Tochter hatte. Ein Mädchen wäre schön, dachte Joachim noch, bevor alles in gleißendes Licht getaucht wurde.

Minttu stürzte in die Stube: »Ich habe Joachim gesehen. Er liegt im Lazarett mit einem Kopfschuss.«

»Wie schlimm ist es?«, fragte Arttu Järvi seine zweitälteste Tochter.

»Er bekommt kein Morphium«, berichtete Minttu, ohne sich in diesem Moment der Bedeutung ihrer Worte bewusst zu sein. »Aber er ist nicht bei Bewusstsein. Er hat bestimmt keine Schmerzen«, fügte das junge Mädchen hinzu und fing an zu weinen.

Arttu Järvi wandte sich ab und blickte aus dem Fenster. Der Regen war in Schnee übergegangen, bald schon würde alles unter einer weißen Decke verschwinden wie unter einem Leichentuch. Die zerbombte Erde und all das vergossene Blut.

Minttu war zum Lazarett gegangen, wo sie von einer Rote-Kreuz-Schwester Medikamente für die Großmutter zugesteckt bekam. Seitdem Finnland die Waffenbruderschaft aufgekündigt und sich verpflichtet hatte, an russischer Seite die Wehrmacht aus dem Land zu jagen, arbeitete ihre Mutter nicht mehr als Lotta im Lazarett. Minttu hatte es übernommen, die nötigen Medikamente zu besorgen. Für die verwundeten Soldaten wurden die Mittel gegen Rheuma nicht mehr gebraucht. Wo keine Gliedmaßen mehr waren, taten auch die Gelenke nicht weh. Den Verwundeten halfen nur Karbol und Morphium. Sie brauchten es in solchen Mengen, dass die Mittel streng rationiert werden mussten. Die Ärzte entschieden, bei wem es noch lohnte, die Schmerzen zu stillen. Die übrigen starben schreiend vor Qual, wenn sie nicht Glück hatten und das Bewusstsein verloren.

Die Järvis mussten keine Worte darüber verlieren, wie es um Joachim stand, wenn er kein Morphium mehr erhielt. Aber was bedeutete das nun noch? Sein und Mirjas Kind wäre sowieso ohne Vater aufgewachsen.

Als seine Frau zu Arttu gesagt hatte, sie vermute, dass Mirja schwanger sei, hatte er seine Tochter zur Rede gestellt. Mirja war weinend zusammengebrochen und hatte zugegeben, wie weit Joachim und sie gegangen waren.

Arttu war nicht nur wütend, er war bitter enttäuscht von Joachim und Mirja. Waffenbruderschaft, was hieß das schon? Wichtiger war doch das Vertrauen, welches er in Joachim als Mensch gesetzt hatte. Sie hatten ihn aufgenommen in den Schoß ihrer Familie, ihn wie einen Sohn behandelt und sich darauf verlassen, dass er Anstand und Stärke bewies. Er hatte ihre Freundschaft verraten und sie alle betrogen. Er war doch nur ein deutscher Soldat, der sich nahm, worauf er meinte ein Recht zu haben. Die Unschuld eines junges Mädchens, mit dem man sich vergnügen konnte und die man dann wegwarf wie einen alten Feudel, der benutzt war und keinen Wert mehr hatte.

Mirjas Versicherungen, dass Joachim sie wirklich liebe, sich um das Kind und sie kümmern und sie nach dem Krieg heiraten würde, wischte Arttu mit einer abfälligen Handbewegung vom Tisch.
»Ich habe geglaubt, du wärst nicht so dumm, an solche Märchen zu glauben«, schrie er sie an. »Schau dich doch mal um! Denk an Annika und Pirkko, sie hocken alle alleine da mit ihren Bälgern und können zusehen, wie sie sie groß bekommen. Die Väter sind fort oder tot und sie werden nie einen anständigen finnischen Mann bekommen, der für die Bastarde sorgt!«
Er schüttelte den Kopf und fuhr leise fort: »Und die Schande, Mirja. Diese große Schande, die du über die ganze Familie bringst! Hast du auch nur eine Sekunde an deine Schwestern gedacht? Meinst du, ein Mann mit nur ein bisschen Ehrgefühl will ein Mädchen aus einer Familie heiraten, in der ein deutscher Bastard geduldet wird?«
Er sah sie an mit einer Mischung aus Zorn und Trauer. »Mirja, du kannst nicht hier bleiben. Niemand darf erfahren, dass du ein Kind bekommst. Mutter und ich werden überlegen, was zu tun ist.«
Damit war er aufgestanden und hatte die Stube verlassen. Er zog die Tür leise hinter sich zu und ging mit schleppenden, schweren Schritten die Treppe hinauf. Von oben, aus dem elterlichen Schlafzimmer, hörte Mirja noch lange leises Gemurmel, während sie still weinend und allein am Ofen saß und betete, dieses Kind wäre nur ein Traum. Ein Traum, der im Frieden herrlich wäre, im Krieg aber schrecklich war.

Wenige Tage später hatten sie Mirja mit dem Kind im Leib und einem Bündel ihrer Sachen nach Norwegen geschickt. Dort gab es Heime, in denen ledige Frauen ihre Kinder fern von zuhause austragen und zur Welt bringen konnten. Mirja hatte zuvor noch nie etwas von der deutschen Organisation gehört, die im Reich und den besetzten Gebieten Heime für ledige Mütter und deren Kinder betrieb. Sie nannte sich »Lebensborn« und nahm in ihren Heimen Schwangere auf, wenn sie den Rassemerkmalen der Nazis entsprachen und in der Lage waren, erbbiologisch wertvolle Kinder zu gebären. Das deutsche Volk sollte so durch die nordische Rasse »veredelt« werden. Viele der unehelichen Kinder, die in den Lebensborn-Heimen der besetzten Gebiete zur Welt kamen und arisch genug aussahen, wurden nach Deutschland gebracht und dort von als biologisch und ideologisch geeignet eingestuften Familien adoptiert. Dabei bekamen Angehörige der SS den Vorzug. Nach der Geburt ihrer Kinder kehrten die ledigen Mütter in ihre Heimatorte zurück. Von Erholungskuren oder einer Arbeit in einer anderen Stadt war die Rede, wenn neugierige

Nachbarn nach dem Verbleib der jungen Frauen fragten. Niemand erfuhr, dass sie inzwischen ein Kind zur Welt gebracht hatten. Die Ehre war gerettet und die Frauen würden einen Ehemann finden. Von ihren Kindern hörten sie meist nie wieder etwas.

All das wusste Mirja nicht, als ihr Vater sie zum Hafen brachte und am Kai wartete, bis das Frachtschiff nach Trondheim ablegte. Er hatte kaum mehr mit ihr gesprochen und sie in jeder einzelnen Minute spüren lassen, wie enttäuscht er von ihr war. Ihre Mutter hatte beim Abschied leise geweint, während Mirjas Schwestern ihre Gefühle nicht unterdrückt und sie schluchzend festgehalten hatten, bis der Vater zum Aufbruch mahnte. Mirja hatte keine Tränen mehr, als sie auf dem norwegischen Schiff an der Reling stand und die Küste Lapplands, die sie niemals zuvor verlassen hatte, kleiner und kleiner werden sah. Sie wusste nicht, was sie in Trondheim erwartete, lediglich, dass sie ihr Kind dort austragen und zur Welt bringen würde, ohne dass in Petsamo jemand von ihrer Schande erfuhr. Nachbarn, Bekannte und Verwandte, sie alle würden glauben, Mirja habe in Rovaniemi eine alte Tante gepflegt, die sonst keine Verwandten mehr hatte. Selbst Minttu, Eevi und Inka hatte sie diese Geschichte auftischen müssen. Die jüngeren Schwestern hatten sich zwar über die Tante gewundert, von der niemals zuvor die Rede gewesen war, ihr letztlich aber geglaubt. Nur Minttus skeptischer Blick hatte genügt, um Mirja wissen zu lassen, dass diese den wahren Grund ihrer Abreise ahnte.
Im Moment war Mirjas einzige Sorge, die lange Reise nach Trondheim heil zu überstehen und nicht schon auf dem Schiff vor Heimweh zu sterben. So viele Monate weg von zu Hause, von ihrer Mutter, den Schwestern und der Großmutter. Und von Joachim, der gar nicht wusste, wo sie war. Hätte sie den Brief nur besser versteckt, hätte sie ihn Minttu gegeben oder zu Aino geschmuggelt. Sie hatte nicht damit gerechnet, dass ihr Vater ihr Reisegepäck durchsuchen und ihr den Brief an Joachim wegnehmen könnte. Er hatte vor ihrer Abreise barsch von ihr verlangt, dass sie ihr Bündel aufschnürt und den Inhalt auf dem Tisch ausbreitet. Zuerst griff er nach dem Zinnsoldaten. »Der ist von ihm, oder?« Als Mirja stumm nickte, ließ ihr Vater die kleine Figur, die sie beschützen und begleiten sollte, in seiner Hosentasche verschwinden.
Dann fand er den Umschlag. Mirjas Vater zerriss ihn ungeöffnet und übergab die Papierschnipsel dem Feuer im Ofen.
Mirja hatte ihrem Vater fassungslos dabei zugesehen. Sie erkannte ihn nicht mehr, diesen früher gutmütigen Mann, der nun so zornig war in seiner gekränkten Ehre.

Der nicht verzeihen konnte und der sie nicht mehr in den Arm genommen oder mit ihr geredet hatte, der ihr all seine Liebe entzog, weil sie diese in seinen Augen verraten und hintergangen hatte. Aber auch wenn der Brief an Joachim in Flammen aufgegangen war, war sich Mirja doch sicher, dass Joachim nach ihr suchen würde. Selbst wenn sie aus dem Heim heraus nicht würde schreiben können, würde er irgendwie herausfinden, wohin Mirjas Vater sie geschickt hatte. Bis in den letzten Winkel der Erde würde Joachim die Frau suchen, die er liebte und die sein Kind unter dem Herzen trug.

»Du bist in Rovaniemi bei deiner kranken Tante, die du pflegen sollst. Ist das klar?«, hatte Mirjas Vater gesagt. »Mehr muss niemand wissen. Schon gar nicht der deutsche Soldat.«

Damit hatte er sie die Sachen wieder einpacken lassen und sie zum Hafen gebracht. Seine kalte Stimme war so anders als die, mit der er Mirja und ihren Schwestern abends am Bett aus dem schweren Band mit den griechischen Sagen vorgelesen hatte, als sie alle noch kleiner waren. Die Stimme, mit der er alte finnische Lieder gesungen und schallend gelacht hatte. Sein Blick gehörte einem anderen, einem, dem eine tiefe Verletzung zugefügt worden war. Die Schuld fraß Mirja beinahe auf. Sie nahm ihr die Kraft, um Verzeihen und Verständnis zu bitten. Sie fügte sich still in die Pläne, die ihr Vater für sie gemacht hatte und versuchte erst gar nicht, sich dagegen zu wehren.

Mirja hatte schwören müssen, niemandem gegenüber ein Sterbenswort über die Schwangerschaft und den wahren Zweck ihrer Reise zu verlieren, wollte sie jemals wieder die Füße über die Schwelle ihres Elternhauses setzen. Niedergeschlagen hatte sie sich gefügt und die Geschichte auch im Lager erzählt, als sie ihren Dienst aufkündigte und die Tracht der Lotta, die Schürze und die Haube ablegte.

Mirja blieb an Deck, bis die Häuser in Petsamo, die Kräne am Hafen und der Kirchturm hinter einer Biegung des Fjords verschwanden. Ein eisiger Wind peitschte über die Barentssee und trieb dunkle Wolken vor sich her, die bald ihre schwere Last entladen und das Land mit weiterem Schnee und Eis überziehen würden. Den Sommer würde Mirja in Norwegen verbringen, sicher war es bereits frühlingshaft, wenn sie Trondheim erreichten. Es lag ja so viel weiter südlich und kannte keinen polaren Tag und keine arktische Nacht. Ob dort in klaren Nächten das Nordlicht aufflackerte und sein virtuoses Lichterspiel darbot, wusste Mirja nicht. Das Nordlicht, von dem Joachim so fasziniert war und über das er jedes Mal wieder staunte wie ein kleiner Junge, der zum ersten Mal Zeuge eines Feuerwerks war. Er hatte versucht, es zu fotografieren und war enttäuscht, wenn das Lichtspiel auf den

Bildern verschwamm und es eben nur Bilder waren, denen das Mystische des Nordlichts fehlte. Mirja hatte das Nordlicht durch Joachims Augen zum ersten Mal in ihrem Leben bewusst als das gesehen, was es war: ein Geheimnis und ein Versprechen, ein Licht am Horizont, das lockt und sich dann wieder entzieht. Eine Hoffnung, die man nicht greifen konnte und die auch in den dunkelsten und eisigsten Nächten da war. Diese Hoffnung nahm Mirja mit auf ihre Reise. Sie war sich ganz sicher, dass Joachim die Suche nach ihr niemals aufgeben würde. Und selbst wenn er nicht herausbekommen sollte, dass man sie gegen ihren Willen nach Trondheim geschickt hatte, würde er sie und das Kind in ein paar Monaten in die Arme schließen. Sie würden heiraten und eine richtige Familie sein. Was waren schon sechs Monate. Die Zeit bis zur Geburt im Herbst würde verfliegen wie der kurze Sommer im Norden Lapplands. Im Oktober wäre sie zurück, mit ihrem und Joachims Kind, das sie sich um nichts in der Welt wegnehmen lassen würde.

An dem Tag, als Minttu mit der Nachricht von Joachims schwerer Verwundung nach Hause kam, war Arttu Järvis erstes Enkelkind noch keine zwei Wochen alt. Das kleine Mädchen, das Mirja Ende September 1944 im Lebensborn-Heim im norwegischen Trondheim zur Welt gebracht hatte, trug noch keinen Namen. Mirja wollte die Entscheidung, wie ihre Tochter heißen sollte, nicht allein treffen. Joachim sollte mit ihr zusammen einen Namen finden, der zu dem kleinen Wesen mit dem rötlichen Flaum auf dem runden Köpfchen und den dunkelblauen Augen passte. Die Geburt hatte lange gedauert und Mirja war auch nach einer Woche noch sehr erschöpft, aber aller Schmerz war in dem Moment vergessen, als das Kind auf ihrem Bauch lag und der kleine Mund schmatzend nach ihrer Brust suchte.

Mirja wusste, dass ihr wenig Zeit blieb, um ihre kleine Tochter in Sicherheit zu bringen. Die Kinder, die ihre Gefährtinnen im Lebensborn-Heim zur Welt gebracht hatten, waren fast ausnahmslos weggebracht worden, sobald die jungen Mütter zu Kräften gekommen waren und die Kinder sich daran gewöhnt hatten, von einer Amme gestillt zu werden. Der kleine Sohn ihrer Freundin Tynne hatte das Pech, mit einem Büschel blonder Haare zur Welt zu kommen, auch die kleine Tarja mit ihrer Haut aus Alabaster hatte den arischen Rassekriterien entsprochen. Beide Kinder waren bereits nach wenigen Wochen von Familien in Deutschland adoptiert worden. Mirjas Freundinnen konnten nicht mit einem unehelichen Kind nach Hause zurück. Sie wussten, dass ihre Familien sie verstoßen würden und ihnen ein Leben in Armut und Verachtung drohte, würden sie ihre Kinder behalten. Deshalb hatten sie, wie die meisten Frauen im Heim, bei ihrer Aufnahme in eine Adoption eingewilligt. Man versprach ihnen, dass es den Kindern in Deutschland gut gehen würde, ihnen wäre eine sorgenfreie Zukunft in einer wohl behüteten und anerkannten Familie gewiss. Die Kinder würden es im Reich besser haben als in Norwegen oder Finnland, sie würden in wohlhabende Familien kommen und eine hervorragende Ausbildung genießen. Ihre neuen Eltern würden alles für die Kleinen tun und sie lieben und behüten wie ihr eigen Leib und Blut. Im Reich würden sie zu wertvollen Menschen heranwachsen, in Wohlstand und mit einer glänzenden Zukunft. Und sie selbst, die jungen Mütter, hätten auch eine Zukunft, wären frei und ohne Schande und würden heiraten und eines Tages Kinder haben, die nicht den Makel der unehelichen Geburt trügen.

Tag für Tag hörten die jungen Mütter nichts anderes, bis sie am Ende fast alle in die Adoption einwilligten und ihre Kinder hergaben. Nachdem sie untersucht und für erblich gesund und rassisch rein befunden worden waren, setzten die meisten

von ihnen ihre Unterschrift unter das Schreiben, das Zukunft und Schicksal ihrer Kinder besiegelte. Auch Mirja hatte nicht die Kraft gehabt sich zu weigern, als sie im Frühjahr erschöpft von der langen Reise, ängstlich und ohne Hoffnung im Heim in Trondheim angekommen war. Nun hielt sie Ihre Tochter in den Armen und fürchtete jeden Tag, dass sie kommen und ihr das kleine Wesen wegnehmen würden.
Tynne hatte Mirja alles berichtet. Die Worte der Frau vom Lebensborn-Verein, die sie an die Vereinbarung erinnerte und ihr den kleinen Jungen wegnahm. Mit freundlichen Worten hatte sie ihr lächelnd versichert, es sei für alle das Beste. Tynne hatte es einen Moment lang selbst geglaubt und weder widersprochen noch sich gewehrt. Erst als ihre Brust schmerzte, weil der Kleine nicht mehr ihre Milch trank, als sie seine kleinen Fäuste nicht mehr in ihren Händen spürte und ihr schlaffer Bauch nichts mehr als ein sinnloser, leerer Behälter war, hatte sie begriffen, dass man ihr den Sohn genommen hatte und sie ihn nie wieder würde spüren und herzen können. Die Milch wurde wegmassiert und die Brust straff bandagiert. Und auch der Bauch zog sich wieder zusammen, wurde fest und flach. Allein die schmalen roten Streifen auf Hüften und Gesäß ließen vermuten, dass Tynne schon einmal ein Kind geboren hatte. Aber die Leere blieb und ließ sich mit nichts mehr füllen. Tynnes Sehnsucht nach ihrem kleinen Jungen und seinem Vater, den eine Granate zerfetzt hatte, als er Tynnes Brief in den Händen hielt und von einer Familie träumte, war stärker als der Lebenswille des jungen Mädchens. Bevor sie nach Hause entlassen wurde, lief sie hinunter zum Hafen von Trondheim und stürzte sich in das eisige Wasser. Als ihr Körper wieder an die Oberfläche kam, suchte er sich seinen Weg zwischen den Kriegsschiffen und Frachtern, die im Hafen ankerten. Ganz langsam trieb er aufs offene Meer hinaus.

Mirjas Lebenswille war stark genug, einen anderen Ausweg zu suchen. Sie beschloss, all ihre Kraft zu sammeln und zu gehen, bevor man ihr das Kind nahm. Zehn Tage nach der Geburt ihrer kleinen Tochter schlich sie sich nachts aus dem Schlafsaal, den sie mit drei anderen Wöchnerinnen teilte. Sie ging hinüber zu dem Raum, in dem die Säuglinge verwahrt und von einer Kinderschwester betreut wurden.
Mirja klopfte an die Tür und rief: »Ich muss meine Tochter stillen, mir läuft schon die Milch aus.« Eine dralle Person in weißer Tracht öffnete ihr die Tür und sah sie missmutig an: »Es ist mitten in der Nacht, was denken Sie sich? Wir bringen ihnen die Kinder dann schon am Morgen, jetzt ist Schlafenszeit.«
Mirja nahm all ihren Mut zusammen: »Doktor Peters hat gesagt, ich darf nach dem

Kind verlangen, wenn meine Brust schmerzt. Er meinte, ich könnte sonst eine Entzündung bekommen. Bitte, lassen Sie mich die Kleine stillen, ich habe solche Schmerzen!«, schluchzend ließ sich Mirja auf den Stuhl neben der Tür zum Säuglingszimmer fallen und griff sich an die Brust.

Die Kinderschwester musterte sie von oben bis unten, hatte aber schließlich entweder Mitleid oder Respekt vor den vermeintlichen Anweisungen des leitenden Arztes und ließ Mirja in den Raum, in dem dicht an dicht an die zwanzig Bettchen mit schlafenden oder einsam vor sich hin weinenden Neugeborenen standen. Sie wies Mirja einen Stuhl in der Ecke zu und ging zu einem der Bettchen, in dem ganz friedlich ein winziges Bündel in Baumwolltüchern und mit einem weißen Häubchen aus Wolle lag. Mirjas Tochter. Sie nahm das Kind behutsam hoch und reichte es Mirja, die das rosige Gesicht zärtlich betrachtete. Die Kleine schlief tief und fest. Das machte es einfacher, sie aus dem Zimmer und aus dem Heim herauszuschmuggeln. Mirja nestelte an dem Morgenrock herum und drückte das Kind an die Brust, hoch genug, dass es die Milch nicht roch und davon wach wurde. Die Schwester wandte sich den Bettchen zu, in denen die Kinder ruhig schliefen oder quengelnd nach Nahrung oder einer frischen Windel verlangten. Schließlich öffnete sie die Tür zu einem Nebenraum und Mirja hörte, wie darin Schranktüren und Schubladen geöffnet und wieder geschlossen wurden. Jetzt, dachte sie und stand auch schon auf, ihre Tochter fest an sich gedrückt und hoffend, dass diese nicht doch noch aufwachte und anfing zu weinen. Aber alles ging gut.

Mirja verließ das Säuglingszimmer und stahl sich über den langen Flur zum Treppenhaus hinaus. Den Haupteingang konnte sie nicht nehmen, ohne am Pförtner in seinem hell beleuchteten Glaskasten vorbei zu müssen. Aber sie hatte lange sechs Monate im Lebensborn-Heim zugebracht und kannte jede Tür und jeden Gang. Im Heizungskeller hatte sie die nötigsten Dinge für die lange Reise nach Hause versteckt, ein paar Handschuhe und einen warmen Schal sowie Stoffwindeln für ihr Kind. Mirja legte die Kleine ab, die immer noch fest schlief, aber ihren kleinen Mund bewegte, als schmecke sie noch die süße Milch der letzten Mahlzeit. Mirja hatte Angst, sie könne vor der Zeit wach werden und anfangen zu weinen, dann würde man sie mit Sicherheit entdecken, wie tief im Gedärm des großen Hauses sie auch versteckt waren. Hastig schälte sich Mirja aus Morgenrock und Nachthemd, unter denen sie mehrere Schichten Kleidung trug, genug, sie und ihr Kind auf der langen Reise zurück nach Lappland zu wärmen. Ihr Körper war der Ofen, der die Kleine warm halten, ihre Brust die Quelle, die sie satt machen würde.

Joachim ertrank in einem Meer aus Schmerzen. Wenn er wach war, fühlte es sich an, als wolle sein Hirn aus dem Schädel treten, mit aller Macht drückte es gegen den Knochen. Jeder Herzschlag setzte sich wie ein Beben in seinem Kopf fort, verebbte nur kurz und wurde von der nächsten Welle abgelöst. Joachim hatte keine Kraft, die Augen zu öffnen, geschweige denn die Hand zu heben und seinen Kopf abzutasten. Er wusste nicht wie schlimm es war. In den kurzen wachen Momenten meinte er, den Schmerz nicht aushalten zu können, der als jämmerliches Wimmern und Flehen nach Morphium über seine Lippen kam. Aber lebte er nicht, wenn er noch den Schmerz spürte? Er hätte für jede Ohnmacht, die ihn nach kurzem Wachsein wieder zurückholte, dankbar sein können, denn sie nahm ihm die Schmerzen. Aber sobald der körperliche Schmerz nachließ und er ins Bodenlose stürzte, sah er in die dunklen Augen des Mannes, der zuerst geschossen hatte. Sie waren voller Leben und Genugtuung darüber, schneller gewesen zu sein, aber auch voller Verwunderung und Zweifel. Joachim wusste nicht, ob er selbst noch den Abzug gedrückt hatte und auch der Russe getroffen war. Seine Erinnerung an den Moment, an die darauf folgenden Stunden und Tage war vollkommen ausgelöscht.

Als die Russen die Front durchbrachen und die Deutschen einkesselten, hatte Joachim wie tot da gelegen. Herrmann fand ihn, drehte ihn auf den Rücken und sah in das blutüberströmte Gesicht seines Kameraden. Von allen Seiten wurde geschossen, so dass keine Zeit blieb, Joachims Erkennungsmarke zu durchtrennen. Herrmann hatte keine Wahl, er musste ihn liegen lassen und sein eigenes Leben retten. Er lief auf ein paar verkrüppelte Kiefern zu, hinter denen bereits ein paar Landser Deckung gesucht hatten. »Steinborn hat's erwischt, Kopfschuss!«, rief er den anderen zu.

»Wo ist er?«, fragte Fritz mit bebender Stimme.

»Vielleicht zweihundert Meter weiter hinten, aber vergiss es, da wimmelt es schon von Russen«, antwortete Herrmann.

»Ich hole ihn«, rief Fritz, »gebt mir Deckung!«

»Bist du verrückt! Der ist tot!«, schrie Herrmann und hielt Fritz am Ärmel. »Ich geb' dir bestimmt keine Deckung, ich will nur noch raus hier.«

Fritz sah die anderen an. Nicht zum ersten Mal entdeckte er die nackte Angst in ihren Blicken, aber es war anders. Diesmal wussten sie, dass dies ihr letztes Gefecht war. Wenn kein Wunder geschah, gab es nur noch Tod oder Gefangenschaft.

»Herrmann hat Recht, wir müssen unseren Arsch retten, was sollen wir da noch die Toten bergen. Das ist doch Selbstmord!«

Fritz sah Joachim vor sich, wie er am Bahnhof beim letzten Fronturlaub seine Mutter umarmte. Wie er ihn mit dem Rad überholte und ihm über die Schulter einen triumphierenden Blick zuwarf. Wie Joachim Mirja ansah, wenn sie sich zu ihnen hinabbeugte und ihnen aus der dampfende Blechkanne den starken Kaffee einschenkte. Wie er an einen Baum gelehnt da saß und ein Buch in den Händen hielt und wie er die Figuren auf dem Schachbrett so behutsam umsetzte als seien sie aus Glas. Joachim war nicht tot, dachte Fritz. Und dann konnte er nicht mehr anders. Er warf sich in den Schnee und robbte in die Richtung, in die Herrmann gezeigt hatte. Immer wieder musste er innehalten und sich flach auf den Boden drücken. Die Salven aus den russischen MG-Nestern pfiffen ihm um die Ohren und peitschten Schnee und Erde auf. Um ihn herum herrschte heilloses Chaos. Nichts war zu spüren von einem geordneten Rückzug, aber auch die Russen schienen keinen Plan zu haben und schossen wild in alle Richtungen. Vielleicht trauten sie ihrem Durchbruch noch nicht und hatten Angst, selbst in einen Hinterhalt zu geraten. Wenn sie wüssten, dass wir uns längst geschlagen gegeben haben und nur noch heil hier raus wollen, dachte Fritz. Er erreichte eine Senke und nutzte die Deckung, um wieder zu Atem zu kommen. Als der Beschuss kurz an Heftigkeit nachließ warf er einen Blick über den Rand. Nur ein paar Meter davon entfernt lag Joachim, das Gesicht Fritz abgewandt seitlich im Schnee, den sein Blut dunkel gefärbt hatte.

»Joachim, hörst du mich?«, rief Fritz seinem Freund verzweifelt zu. »Joachim, ich hole dich hier raus!«

Bei seinen letzten Worten meinte Fritz, eine leichte Bewegung der Finger gesehen zu haben. Oder war sein Wunsch, Joachim möge am Leben sein, so stark, dass er sich das nur einbildete? Der Wunsch ist der Vater des Gedankens, hieß es nicht so, fuhr es Fritz durch den Kopf.

Er griff an sein Koppel und nahm die beiden eiförmigen Handgranaten ab, die er mitgenommen hatte. Als er die erste gezündet und weit nach vorne geworfen hatte, robbte er aus der Senke auf Joachim zu. Als er ihn erreicht hatte, riss er den Zünder der zweiten Handgranate, warf sie in Richtung der russischen Stellungen und zerrte den Freund zurück in die Vertiefung. Er holte tief Luft und wuchtete Joachim auf die Schultern. Dann stieg er aus der Senke und rannte gebückt und im Zickzackkurs auf die Baumlinie zu. Von dort aus wurde nun pausenlos gefeuert, seine Kameraden schienen also noch dort zu sein und ihm tatsächlich Deckung zu geben. Fritz erreichte den Waldrand und sank auf die Knie. Alle drei waren noch da und halfen ihm, Joachim auf den Boden gleiten zu lassen.

»Mein Gott, er lebt«, stellte Herrmann fest, als er den Finger an Joachims Hals legte und einen schwachen Puls spürte. Er sah Fritz an und wollte etwas sagen, der aber schnitt ihm mit einer barschen Handbewegung das Wort ab und beugte sich über seinen Freund. Die Kugel hatte den Stahlhelm durchschlagen und war mitten in der Stirn in den Schädel gedrungen. Joachim war am Leben. Aber nichts war gut.

Während einer Feuerpause versuchten die Russen, sich ein Bild über die Lage zu machen. Allmählich begriffen sie, dass sie die Front auf breiter Linie durchbrochen hatten und die Deutschen den Rückzug antraten. Fritz und die anderen nutzten die kurze Feuerpause und verließen ihre Deckung. Mit Mühe gelang es ihnen, zu ihrer versprengten Einheit aufzuschließen. Fritz sah sich suchend um und entdeckte den Sanitätsoffizier schließlich zwischen den Verwundeten. Er lief auf die am Boden liegenden Männer zu und sah, je näher er kam, dass die meisten von ihnen tot waren. Dabei waren es so viele, mehr als die, die vor Qualen leise wimmerten oder sich ganz außer sich vor Schmerz hin und her warfen. Der Sanitätsoffizier und zwei Hilfssanitäter folgten Fritz und hoben Joachim auf eine Bahre.
»Zum Truppenverbandsplatz, befahl der Sanitätsoffizier den beiden Männern, »los, beeilt euch, der verreckt uns hier.«
Fritz sah den Männern nach, die mit der Bahre losliefen und sich immer weiter entfernten. In der Hektik des Rückzugs ließ sich Fritz für einen Moment auf den Boden fallen und lehnte sich erschöpft an einen Fels. Er faltete die Hände und schloss die Augen. Als er Gott bat, dem Töten endlich ein Ende zu bereiten, wurde er ganz ruhig. Das Gebrüll der befehlshabenden Offiziere und das Geschrei der Verwundeten verebbten und machten einer Melodie Platz, die ihm vertraut war, die er aber nicht benennen konnte. Sie erinnerte ihn an den Frieden, ebenso wie der Fliederduft im Garten vor dem Haus oder der Geschmack frischer Himbeeren. Er begann mitzusummen und bewegte seine Finger im Takt der Melodie. Allmählich ging sein Atem wieder ruhiger und seine Lider hörten auf zu flattern. Wie schlafend saß er dort, während um ihn herum ein einziges unüberschaubares Chaos herrschte.
»He, Kamerad, schlafen kannst du später, auf geht's. Rückzug!«, schrie ihn ein Landser an, den er noch nie zuvor gesehen hatte, und der ihm mit dem Gewehrlauf gegen das Knie klopfte.
Fritz wusste nicht, ob oder wie lange er nicht richtig bei sich gewesen war, eine Minute oder eine ganze Stunde. Er stand auf und lief den anderen nach, die in kleinen Grüppchen losgelaufen waren. Hinter ihm rückte unaufhaltbar die Rote Armee vor, lagen Titovka und Liza, noch weiter im Osten Murmansk und die Murmanbahn. Die Eismeerfront war nur noch ein Begriff in der Geschichte dieses Krieges. Und Fritz ging durch den Kopf, dass er in diesem Krieg jegliches Zeitgefühl verloren hatte. Waren es vier Jahre? Oder war es ein ganzes Leben?

Als Mirja Petsamo nach langer und beschwerlicher Flucht erreichte, waren sie und ihr Kind schwach und erschöpft, aber zusammen und in Sicherheit. Sie schleppte sich durch die Gassen ihrer Heimatstadt nach Hause und brach auf der Schwelle zusammen, als ihre Mutter ihr öffnete. Frau Järvi schlug die Hände vor den Mund und sah ihre Tochter an, von der sie seit über zwei Monaten nichts mehr gehört hatte. Doch sie löste sich schnell aus der Starre, sank auf die Knie und drückte Mirja und das Kind fest an sich.

»Mirja, Mirja«, sagte sie wieder und wieder und streichelte ihrer Tochter über den mageren Rücken.

Schließlich zog sie Mirja ins Haus und schloss die Tür hinter ihr. In der Stube drückte sie ihre Älteste auf das Kanapee und rief ihre anderen Töchter: »Minttu, Eevi, Inka, kommt schnell, Mirja ist da! Mirja ist zurück!«

Aus der Küche hörte man ein lautes Scheppern und im oberen Stock wurde eine Tür aufgerissen. Mirjas Schwestern stürmten eine nach der anderen in die Stube und erdrückten Mirja und das Kind fast mit ihrer unbändigen Freude. Minttu nahm Mirja das Bündel ab und schlug den Schal und die kleine Wolldecke beiseite. Große blaue Augen blickten ihr aus einem zarten, rosigen Gesicht entgegen. Dann verzerrte sich der Blick des Kindes und es fing bitterlich an zu weinen.

»Ja, mein Kleines, ich bin ja bei dir«, beruhigte Mirja das Kind und nahm es Minttu ab. Dann fing sie selbst an zu weinen.

»Ich konnte es nicht weggeben, Mama. Und ich wusste nicht, wohin ich sonst mit ihr gehen sollte«, stieß sie unter Tränen hervor.

Ihre Mutter setzte sich neben Mirja auf die hölzerne Lehne des Sofas und legte den Arm um sie. Tränen liefen ihr über die Wangen, als sie ihr zuflüsterte: »Es ist gut, Mirja, alles ist gut.«

Am Abend, nachdem Mirja das Kind und sich selbst gebadet und wie eine Verhungernde gegessen hatte, was an karger Nahrung da war, saßen die Frauen gemeinsam in der Stube. Das Feuer im Ofen war kleiner als in Mirjas Erinnerung. Alles schien geschrumpft zu sein, das Haus und seine Bewohner, alles wirkte auf Mirja wie die Puppenstube, die sie einst großherzig ihrer kleinen Schwester Inka vermacht hatte, weil sie sich selbst zu als zu alt empfand, um länger damit zu spielen. Nichts war mehr wie es war, nicht in diesem Haus, nicht in Petsamo, nicht in Finnland. Und alles wurde nur noch fremder, als sie begannen zu erzählen.

Arttu Järvi hatte sich gleich im September nach dem Waffenstillstandsabkommen zwischen Finnland und der Sowjetunion der finnischen Armee angeschlossen, die

nun gemeinsam mit russischen Verbänden gegen die Deutschen kämpfte und sie aus dem Land zurückdrängte. Er war einer der ältesten Männer gewesen, die sich freiwillig gemeldet hatten und war von niemandem abzuhalten gewesen. Nicht von seiner Frau, nicht von seinen drei jüngeren Töchtern. Arttu Järvi war einer der ersten, der gefallen war. Er war auf eine der zahlreichen Landminen getreten, die die Wehrmacht bei ihrem Rückzug gelegt hatte. Arttu Järvi war tot, noch bevor er einen einzigen Schuss abgegeben hatte. Von der Uniform, die er stolz angelegt hatte, blieben nur ein paar Fetzen Stoff, sein Sarg war leicht wie der eines kleinen Kindes.
Der Großmutter ging es immer schlechter, ohne Medikamente und genügend gute Nahrung würde sie den Winter nicht überleben. Auch ihretwegen war Mirjas Mutter mit ihren Töchtern in Petsamo geblieben und hatte sich nicht, wie viele andere Bewohner des hart umkämpften Lapplands, evakuieren lassen. Der eigentliche Grund aber war, dass sie auf Mirja warten wollte. Sie war sich ganz sicher, dass Mirja versuchen würde, nach Hause zurückzukommen.
Minttu, Eevi und Inka hatten während des Abzugs der Deutschen und dem Vorrücken der Roten Armee das Haus nicht verlassen. Sie hatten die Vorhänge zugezogen, mit Licht und Feuer gespart und den Eindruck zu wecken versucht, dass das Haus verlassen worden war. Irgendwann standen doch zwei russische Soldaten vor der Tür und verlangten Einlass, um nach Brennholz und Lebensmitteln für die Befreier zu suchen. Mirjas Mutter scheuchte ihre Töchter in den Schuppen und führte die beiden Soldaten in die Stube der Großmutter. Sie zeigte auf die alte Frau, und erklärte, dass sie allein da geblieben war, um ihre Schwiegermutter zu pflegen, die im Sterben lag. Der Rest ihrer Familie sei längst bei Verwandten im Süden untergekommen. Die Russen requirierten den größten Teil des Brennholzes und das, was an Lebensmitteln noch übrig war. Sie meinten, die beiden Frauen bräuchten ja kaum etwas und verließen das Haus, ohne sich weiter umzuschauen. Mirjas Mutter wartete noch eine Weile, bevor sie Minttu, Eevi und Inka aus dem Schuppen befreite und sie die Nahrungsmittel, die sie dort schon vor Tagen zwischen Arttu Järvis Werkzeug und den beiden Fahrrädern unter Decken und leeren Kartoffelsäcken versteckt hatten, zurück ins Haus brachten. Während die Kämpfe zwischen vorrückenden Russen und abrückenden Deutschen weiter anhielten, hatte Mirjas Mutter die notwendigen Gänge übernommen und ihre drei jüngeren Töchter im Haus versteckt. Von den wenigen Nachbarinnen, die ebenfalls in Petsamo geblieben waren, brachte sie Nachrichten aus Lappland und aus dem ganzen Land mit.
Mirja konnte die Gerüchte bestätigen, die ihrer Mutter täglich zu Ohren kamen. Ihr Irrweg nach Hause war eine Reise durch ein verbranntes und zerstörtes Land

gewesen. Überall hinterließen die abrückenden deutschen Truppen ein Feld der Verwüstung. Sie hatten Schafen und Kühen die Köpfe abgeschnitten und auf Zäunen aufgespießt. Brücken und Bahnlinien wurden vermint, ganze Städte und Dörfer niedergebrannt. Oft blieb nicht mehr als ein Ortsschild, auf dass die Deutschen über den Ortsnamen ein »Das war ...« gemalt hatten, bevor sie alles dem Erdboden gleichmachten. Man erzählte sich, dass die Wehrmacht in Rovaniemi einen Munitionszug zur Explosion gebracht hätte. Da es dort fast nur Holzhäuser gab, breitete sich das Feuer anschließend in Windeseile aus und zerstörte beinahe die gesamte Stadt am Polarkreis. Zwischen den brennenden Resten der Häuser und Scheunen, der Bahnhöfe und Fabriken prankten im Rauch Schilder, auf denen geschrieben stand: »Für nicht bewiesene Waffenbruderschaft«.

Das Jahr 1944 ging so anders zu Ende als es begonnen hatte. Arttu Järvi war tot, die Großmutter lag im Sterben. Mirjas Mutter würde sich nun allein um die Familie kümmern müssen, um ihre vier Töchter und um das kleine Wesen, das seinen Vater niemals kennenlernen würde.

Mirja fragte nach Joachim, nach Briefen von ihm, nach einem Lebenszeichen, sei es auch noch so klein. Hatten sie denn gar nichts mehr gehört? Minttu hatte zunächst gezögert, dann aber doch erzählt, dass sie Joachim vor dem Lazarett gesehen hatte. Am 13. Oktober war es gewesen, als sie das letzte Mal Medizin für die Großmutter hatte besorgen können. Reglos hatte er da gelegen, mit einem blutdurchtränkten Kopfverband, bewusstlos und wie tot. Minttu hatte beobachtet, wie Ärzte und Schwestern an ihm vorbeihetzten und sich keiner um ihn oder die anderen Schwerverletzten kümmerten. Zu groß war die Zahl derer, bei denen noch Hoffnung bestand. Bei denen die Mühe noch lohnte. Minttu hatte sich im Hintergrund gehalten und es nicht gewagt, zu Joachim hinüber zu gehen. Nach kurzer Zeit, als die Bekannte ihrer Mutter ihr das Rheumamittel für die Großmutter im Tausch gegen eine samische Silberspange ausgehändigt hatte, war sie nach Hause geeilt.

Mirja sank in sich zusammen, als Minttu ihr das alles erzählte. Die letzte Kraft, die nach dem langen Heimweg noch in ihr war, verließ ihren Körper und ihr Herz. Als ihre Mutter ihr ins Bett half und sie zudeckte, krümmte sie sich zusammen wie ein Embryo im warmen Dunkel der Gebärmutter. Es dauerte lange, bis sie wieder aufstehen und sich um ihr Kind kümmern konnte. Monate vergingen, bis Licht in die Schwermut fiel, die sie wie ein Schleier umhüllte. Monate, in denen ihr Kind lebte und wuchs. Und in dem es einen Namen bekam. Den der Großmutter, die am Weihnachtsabend des Jahres 1944 ruhig einschlief und nicht mehr aufwachte.

Am Truppenverbandsplatz hatte ein Arzt die Kugel entfernt, die vom Stahlhelm abgebremst worden und in Joachims Schädelknochen steckengeblieben war. Der Arzt legte ihm einen Druckverband an und heftete ihm den Begleitzettel an die Uniform. Darauf stand, dass Joachim einen Kopfschuss erlitten hatte, die Kugel aber sofort entfernt und die Wunde notversorgt worden war. Auf den Begleitzettel klebte ein Sanitäter einen roten Streifen. Das bedeutete, dass Joachim zwar schwer verwundet, aber transportfähig war. Ein Lastwagen der Sanitätskompanie brachte ihn und andere Verwundete zum Hauptverbandsplatz, der einige Kilometer hinter der Front lag. Hier erhielt Joachim eine Tetanusspritze und eine Dosis Morphium. Die Wunde wurde gründlich gereinigt und schließlich genäht. Joachim verbrachte zwei Tage mehr tot als lebendig in einem Zelt inmitten seiner sterbenden Kameraden. Am dritten Tag erlangte er kurz das Bewusstsein und verlangte nach Wasser. Auf Nachfrage murmelte er seinen Namen und wurde daraufhin aus dem Zelt mit den aussichtslosen Fällen in das für die Schwerverwundeten gebracht. Nach zwei weiteren Tagen schätzte der Arzt seinen Zustand als stabil genug ein und setzte ihn auf die Liste derjenigen, die mit dem Lastwagen ins Feldlazarett nach Petsamo und von dort aus weiter nach Deutschland transportiert werden konnten. Joachim sollte sich später nur bruchstückhaft erinnern können an die Fahrt mit dem Wagen der Sanitätskompanie und an die Ankunft im Feldlazarett in der Stadt, in der er einen Teil der vergangenen vier Jahre verbracht hatte. Petsamo, hier hatten Mirja und er sich kennengelernt und geliebt. Hier hatten sie im letzten Winter während der letzten unbeschwerten Stunden das Kind gezeugt, von dem er weder den Geburtstag, noch das Geschlecht und den Namen kannte.

Als Joachim auf einer Bahre vor dem Feldlazarett auf seinen Abtransport wartete und Minttu ihn inmitten der Schwerverwundeten entdeckte, war dieses Kind knapp zwei Wochen alt und bereits auf der ersten langen Reise seines Lebens. Mirja hatte sich auf den beschwerlichen Weg nach Hause gemacht, das kleine Bündel an die Brust gedrückt und von dem Willen beseelt, es bei sich zu behalten und Joachim zu finden.

Von alldem wusste er nichts. Die Ohnmacht, in die Joachim immer wieder fiel, bewahrte ihn vor den Schmerzen und den Gedanken an eine Liebe, von der nichts als süße Erinnerung geblieben war. Reglos lag er unter einer groben Decke, den Kopf frisch verbunden und weit fort in einer anderen Welt. Dort war es hell und warm, ganz anders als das Dunkel der Bewusstlosigkeit, wie er es sich früher vorgestellt hatte. Licht und Wärme waren so angenehm, dass der Gedanke, dort bleiben zu können, verlockend war. Es erforderte sehr große Anstrengung, in das Hier und

Jetzt zurückzukehren. Wenn eine Rote-Kreuz-Schwester ihn ansprach oder die Wehklagen und Schreie der Verwundeten in die weiße Stille eindrangen, öffnete Joachim für einen kurzen Moment die Augen, bewegte die Finger zum Zeichen, dass er noch am Leben war und ließ sich wieder fallen ins Bodenlose.

Als alle, die auf der Liste standen, transportbereit waren, ging es vom Feldlazarett aus auf Lastwagen zum Flughafen von Kirkenes. Auch hier standen bereits alle Zeichen auf Rückzug. Wo jahrelang Material und Munition eingetroffen waren, wurden nun Verwundete und Tote an Bord der Maschinen genommen. Der einzige Nachschub, der noch eintraf, waren Unmengen an schlichten Holzsärgen.

Nach mehreren Flugstunden erreichte die Maschine mit den Verwundeten die norwegische Hafenstadt Tromsö. Joachim wartete im Ortslazarett auf den Weitertransport nach Deutschland. Immer häufiger kam er für ein paar Minuten zu Bewusstsein. Kaum war er wach, wurde ihm übel vor Schmerz. Die Wunde eiterte und ihm war, als presse sein Hirn mit aller Gewalt gegen die Schädeldecke und wolle sie zum Platzen bringen. Die Sanitätsschwester erklärte ihm, dass sein Gehirn durch die Verwundung stark geschwollen war und zu viel Hirnwasser gebildet wurde. Hier könne man nichts dagegen tun, aber in Deutschland würde eine Punktion durchgeführt werden und ihm Erleichterung verschaffen.

Zwei Wochen nach seiner Verwundung wurde Joachim in Tromsö auf das Lazarettschiff gebracht, das ihn nach Deutschland bringen sollte. Während der Überfahrt herrschte unter den Verwundeten schiere Panik vor Luft- und U-Boot-Angriffen. Obwohl die Lazarettschiffe als solche gekennzeichnet waren und die Flagge des Roten Kreuzes gehisst wurde, kam es immer wieder zu Angriffen. Im Oktober des Vorjahres war das Lazarettschiff »Stuttgart« in Gotenhafen von amerikanischen Bombern beschossen und versenkt worden. Hunderte Verwundete, Ärzte und Krankenschwestern ertranken jämmerlich im kalten Wasser des Nordatlantiks. Sorge bereitete ihnen auch, dass sie den Sandnesssund passieren mussten. In dieser Meerenge nahe Tromsö lag der Stolz der deutschen Kriegsmarine, die »Tirpitz«. Das größte jemals gebaute Kriegsschiff war bislang allen Zerstörungsversuchen entgangen. Sogar künstlicher Nebel wurde eingesetzt, um die feindlichen Luftangriffe auf die »Tirpitz« zu vereiteln. Am 12. November 1944 aber sollte ein britisches Jagdgeschwader das deutsche Schlachtschiff erfolgreich angreifen. Als es schließlich kenterte, riss es über 1.200 Mann mit in die Tiefe. Weil sie so nah am Ufer lagen, hatte die Besatzung der »Tirpitz« darauf verzichtet, Schwimmwesten anzulegen. Die Männer ersoffen oder wurden von den Aufbauten des gekenterten Schiffes zerquetscht. Die »Tirpitz« war Geschichte.

Zu diesem Zeitpunkt hatte das Lazarettschiff, auf dem Joachim sich befand, sicher heimisches Gewässer erreicht. Von Bremerhaven aus wurde Joachim ins Reservelazarett Haldensleben bei Magdeburg gebracht. Vier Monate würde er den Krankensaal mit elf weiteren Schädel- und Hirnverletzten teilen. Unter diese Kategorie fiel er nun. Als eine Rote-Kreuz-Schwester beim täglichen Verbandswechsel ihn zum ersten Mal in einen Spiegel blicken und die allmählich verheilende Wunde ansehen ließ, musste Joachim würgen. Sein eigener Anblick bereitete ihm Übelkeit und Abscheu. Mitten auf seiner Stirn, unter dem Haaransatz, tat sich ein Krater aus wild wucherndem Wundfleisch auf. Es sah aus, als habe jemand versucht, ihm mit einer Axt die Stirn zu spalten. Da, wo der Schädelknochen sich rund wölben sollte, war er eingedrückt. Unter der Schicht des narbigen Fleisches lag ungeschützt das Gehirn. Joachim schlug der Schwester den Spiegel aus der Hand und vergrub seinen Kopf im Kissen. Er zog die Decke über das Gesicht, das nicht mehr seins war und weinte hemmungslos über sein fremdes Antlitz.

Das Kind war alles, was ihr von Joachim geblieben war, dachte Mirja. Joachim war tot, ihr eigener Vater war von einer deutschen Mine zerfetzt worden und ihr Heimatland lag in Schutt und Asche. Als ob das Leben weitergehen müsse, verlangte ihre Tochter nach Nahrung und nach Liebe. Mirja stillte das Kind, so oft es die Brust verlangte. Dann fiel sie zurück in einen traumlosen Dämmerschlaf, in den kein Licht und keine Bilder fielen. So ging es einige Wochen. Aber dann drang die Liebe ihrer Mutter und ihrer Schwestern ganz allmählich wieder zu ihr durch. Sie gaben ihr die Kraft aufzustehen, sich das Haar zu kämmen, die Treppe hinab zu steigen und sich zu den anderen an den Tisch in der Stube zu setzen. Bis Mirja es wagte, das Haus zu verlassen, vergingen weitere Wochen.

Dafür, dass die Deutschen bei ihrem Rückzug alles verwüstet und wie entfesselte Horden gewütet hatten, mussten Frauen wie Mirja nun büßen. Mirja war eine Liebesbeziehung mit einem Nazi eingegangen, hatte ein Kind von ihm zur Welt gebracht, einen deutschen Bastard. Niemand wollte sich mehr an die Waffenbruderschaft erinnern, daran, dass Finnen und Deutsche jahrelang Seite an Seite gegen die Russen gekämpft und versucht hatten, Karelien zurückzuerobern. Diese Erinnerung war verbrannt mit jedem Haus, jeder Kirche und Schule, jedem Schuppen und Stall, den die Deutschen bei ihrem Rückzug in Flammen hatten aufgehen lassen. Genau wie in ihrem Heimatland hatten sie es, wie man hörte, in Norwegen gemacht. Und auch dort wurden nun die Frauen und Kinder dafür bestraft, die sich mit den Deutschen eingelassen hatten. Von Internierungslagern und Zwangsadoptionen war die Rede, sogar von Experimenten an den Kindern, die allein wegen ihrer Abstammung als »erbkrank« und »schwachsinnig« eingestuft und zweifelhaften Behandlungen unterzogen wurden.

Mirja konnte sich glücklich schätzen, von ihrer Mutter aufgenommen worden zu sein. Sie wohnte mit ihrer kleinen Tochter im ehemaligen Zimmer der Großmutter. In deren Bett schlief nun ihre Urenkelin, und sie trug ihren Namen: Helene. Der Name kam aus der griechischen Mythologie und bedeute so viel wie »die Strahlende«. Mirja dachte oft zurück an die langen Winterabende, in denen ihr Vater den Mädchen die Göttersagen der Griechen erzählt hatte. Er kannte jede einzelne Geschichte auswendig und schilderte in schillernden Farben die Mythen um die Götter des Olymp, um Halbgötter, Musen und Nymphen. Vieles hatte Mirja vergessen, sie war ja noch ein Kind, als ihr Vater die spannenden Geschichten erzählte. Aber sie erinnerte sich an das Gefühl, das die Göttersagen in ihr ausgelöst hatten. Außerhalb ihrer kleinen Welt existierte etwas Großes und Altes, etwas das unbegreiflich und geheimnisvoll war. Es machte ihr Angst, gleichzeitig sehnte sie sich nach dem Unbekannten und dachte sich in die Geschichten hinein. Wenn sie mit ihren Schwestern schließlich ins Bett geschickt wurde und der Atem der Kleinen ruhig und gleichmäßig wurde, stahl Mirja sich fort in die mystische Welt, von der ihr Vater erzählt hatte. Sie stieg mit Daedalos in die Lüfte auf und flog über das türkisfarben Mittelmeer der blendenden Sonne entgegen. Sie lauschte den Gesängen des um seine Liebe trauernden Orpheus. Und sie folgte heimlich den Kentauren, die sich, halb Mensch, halb Pferd, anmutig in den nächtlichen Wäldern bewegten. Das war in einem anderen Leben gewesen, in dem ein Kind sich in einen Traum flüchten und alles hinter sich lassen konnte. Nun gelang das nachts nur noch gelegentlich. Am Tage jedenfalls konnte Mirja nicht fliehen vor der Wirklichkeit.

Als sie es endlich wieder wagte, den Fuß über die Türschwelle zu setzen und durch das Gartentor hinaus die vertrauten Wege ihrer Kindheit und Jugend zu gehen, schlug Mirja mit voller und ungeahnter Wucht die Feindseligkeit der Menschen entgegen, die sie ein Leben lang gekannt hatte. Dass auf der Straße niemand ihren Gruß erwiderte oder mit ihr sprach, war noch harmlos. Schlimmer war, dass selbst Nachbarn und Bekannte sie nicht mehr zu kennen schienen und offen abweisend reagierten, wenn Mirja mit dem Kind auf dem Arm in die Stadt lief, um Besorgungen zu machen. Die Bäckersfrau, die sie seit Kindesbeinen kannte, hatte sie nicht bedient und beim Schuster hatte man ihr die Tür vor der Nase zugeschlagen. Erst kürzlich waren ihr auf der Straße zwei alte Schulkameradinnen entgegen gekommen. Mirja hatte sie angelächelt und wollte sie ansprechen und ihnen das Kind zeigen. Aber die beiden hatten sie voller Verachtung von oben bis unten gemustert und ihr im Vorbeigehen »Deutschenhure« und »Bastard« zugezischt.

Ein paar Jungen, die Mirja als Klassenkameraden ihrer Schwester Eevi erkannte, hatten das gehört und waren auf sie zugekommen. Doch nicht, um sie zu verteidigen und Partei für sie zu ergreifen. Sie hatten einen Kreis um Mirja gebildet und sie laut und unflätig beschimpft. Mirja konnte sich nicht wehren, als die Jungen anfingen, sie hin und her zu schubsen. Schließlich musste sie Helene festhalten und vor den Händen der Jungen beschützen. Der Größte von ihnen, ein schlaksiger Nachbarjunge namens Jussi, hatte Mirja gepackt und sie in die Knie gezwungen, indem er ihren Zopf nahm und wie wild daran riss. Niemand hatte eingegriffen, als Jussi sein Taschenmesser aus der Jacke zog und ihr die inzwischen wieder lange Flechte im Nacken abschnitt. Danach hatte er Mirja zu Boden gestoßen und sie und das bitterlich weinende Kind liegen gelassen wie ein Stück Unrat. Mirja hatte ihren

Zopf genommen und war weinend zurück nach Hause gelaufen. Seitdem blieb sie hinter den sicheren Wänden ihres Zuhauses, wo sie die meiste Zeit mit der kleinen Helene im Sessel der Großmutter saß und aus dem Fenster starrte.

Der Winter ging dem Ende zu, wie der Krieg, der nun seit so vielen Jahren tobte. So lange schon, dass Mirjas jüngste Schwester Inka sich kaum mehr daran erinnerte, was das Wort Frieden bedeutete.
Im Radio folgten sie den Berichten, die sich in einem glichen: Die deutschen Truppen wurden zurückgedrängt, die Alliierten gewannen Schritt für Schritt die Länder zurück, die die Nazis seit 1939 besetzt hatten. Ende Januar 1945 befreite die Rote Armee in einem polnischen Ort namens Oswiecim Überlebende der Vernichtungsmaschinerie. Im Westen rückten die Westmächte bis Anfang März an den Rhein vor, Ungarn und Wien wurden im April von der Roten Armee befreit und die Schlacht um Berlin begann.
Mirja verfolgte das alles so, wie man als Schülerin einer Unterrichtsstunde folgt. Pflichtbewusst, aber ohne leidenschaftliches Interesse. Mit jedem Lager, das befreit, mit jedem Massengrab, das entdeckt, mit jeder Liste der Gefallenen, Verschütteten, Verwundeten und Vertriebenen, die Seite um Seite gefüllt wurde, reihte sich Mosaiksteinchen an Mosaiksteinchen. Allmählich entstand daraus ein apokalyptisches Bild des Grauens, das das »Tausendjährige Reich« in wenigen Jahren über Menschen und Völker, über Europa und die Welt gebracht hatte.
Die Gräueltaten der Nazis, von denen man erst nur gemunkelt hatte, ohne Bilder und Beweise zu haben, steigerten sich vom Gerücht zur Wahrheit. Berge bis auf die Knochen abgemagerter Leichen, Kinder, an denen grauenhafte Versuche im Dienste der Wissenschaft durchgeführt worden waren, verstümmelte und gequälte Kreaturen. Deutsche hatten das getan, jahrelang und unter dem Blick derjenigen, die sich nun priesen, Moral und christliche Werte verteidigt zu haben.
Deutsche wie Joachim, der Vater ihres Kindes, die erste Liebe ihres jungen Lebens, so unschuldig, dass sie bereit gewesen war, ihm auch ihre Unschuld zu schenken.
Joachim war tot. Er hatte bereits bezahlt für das Unheil und die Verwüstung, die Deutschland über die Welt gebracht hatte. Bis in die letzten Winkel Europas und Afrikas, Galiziens, Lapplands und der libyschen Wüste. Wozu das alles, dachte Mirja. Wie wäre ihr Leben ohne diesen Krieg verlaufen? Sie hätte etwas gelernt, Schneiderin vielleicht oder sogar Volksschullehrerin. Schließlich war sie selbst eine gute Schülerin gewesen und konnte wegen der jüngeren Schwestern gut mit kleinen Kindern umgehen. Sie hätte einen Beruf gelernt und bei ihren Eltern gelebt, sie unterstützt mit dem Wenigen, das sie verdiente, wäre ihrer Mutter im Haushalt weiter zur Hand gegangen und hätte sich um die Schwestern gekümmert. Aber sie hätte auch angefangen, das Leben zu genießen, hätte sich zum Mittsommerfest zum Tanz ausführen lassen und das Haus mit Birkenzweigen und Blüten geschmückt.

Sie hätte einen Liebsten gehabt, der statt einer Uniform normale Hosen und Hemden getragen und in ihrer Muttersprache zu ihr gesprochen hätte.
Der Frieden kam zu spät für Mirja. Sie hatte das Kind eines deutschen Soldaten, und auch wenn Joachim längst tot und begraben sein sollte, für alle anderen würde er neben ihr her marschieren in seiner Wehrmachtsuniform, ein ewiger Nazi, ein Mörder.

An einem Morgen Anfang Mai brachte Mirja endlich den Film in ein Fotoatelier, den sie seit Monaten in ihrer Nachttischschublade verwahrt hatte. Sie hatte die Leica, die Joachim ihr zum Weihnachtsfest 1944 geschenkt hatte, nur selten benutzt und sie in ihr Bündel gesteckt, als sie ein paar Monate nach dem Fest die Reise nach Trondheim antrat. Mirja hatte sich später darüber gewundert, dass ihr Vater ihr die Kamera gelassen hatte, war sie doch ebenso eine Verbindung zu Joachim wie der Zinnsoldat oder der Brief. Er dachte wohl, dass in Zeiten des Mangels sowieso niemand etwas damit anfangen konnte.
Ein paar Tage später konnte sie die Bilder abholen. Die Entwicklung der zwanzig Fotografien kostete Mirja ein kleines Vermögen, entnommen der Aussteuer, die sie als entehrtes Mädchen sowieso nicht mehr brauchen würde. Mirja steckte die Fotografien ein und schob ein Paar goldene Ohrstecker über den Verkaufstresen. Sie ging eilig nach Hause, nahm Eevi die schlafende Helene ab und schloss die Tür ihrer Stube hinter sich ab. Mirja setzte sich auf ihr Bett und betrachtete die Bilder wie ein gedankenlos ausgewähltes Buch, anteilslos und ohne sich selbst zu sehen. Sie wunderte sich über das, was sie auf den Fotografien sah. War sie dieses Mädchen mit dem zuversichtlichen Lächeln? War Joachim der hoch gewachsene und gut aussehende junge Mann, der selbstsicher in die Kamera blickte?
Zwei der Bilder wählte sie schließlich aus. Das eine zeigte sie mit Joachim vor dem hell erleuchteten Weihnachtsbaum. Tage, bevor sie allein im Haus waren und sich geliebt hatten. Zum ersten und zum einzigen Mal.
Das andere hatte Mirja heimlich mit der Leica aufgenommen, als die Schwester im Lebensborn-Heim in Trondheim ihr das noch namenlose Kind zum ersten Mal zum Stillen brachte. Sie erinnerte sich genau an die Worte der korpulenten Frau mit der tiefen, fast männlichen Stimme: »Keine Sorge, Sie müssen das nur ein paar Tage tun. Dann haben wir eine Familie für das Kind gefunden und Sie können zurück zu ihren Eltern. So, als ob gar nichts war.«
Mirja hatte den Moment abgepasst, als die Schwester das Zimmer verlassen hatte. Sie hatte ihre Tochter gestillt und sie, als sie satt und selig eingeschlafen war, auf das

weiße Daunenkissen gelegt und vor dem Fenster, durch das die tief stehende Herbstsonne ihre goldenen Strahlen warf, fotografiert. Das kleine Gesichtchen war friedlich und ruhig. Ihre Tochter träumte von süßer Milch und zärtlichen Händen, die ihren Rücken und ihr Köpfchen streichelten. Und vielleicht vernahm sie im Schlaf die Stimme ihres Vaters, der ihr beruhigend zuflüsterte, dass sie niemals und vor nichts Angst haben müsste, dass er immer bei ihr sein würde, um sie zu beschützen. Doch von Helene würde es keine Bilder geben, auf denen sie von den starken Armen des Vaters gehalten wurde. Mirja hatte jede Hoffnung darauf verloren, hatte sie doch nie wieder etwas von Joachim gehört. Sie war sich inzwischen sicher: Helenes Vater war ein toter deutscher Soldat, einer von Millionen, die für Führer, Volk und Vaterland ihr Leben auf den Schlachtfeldern gelassen hatten.

Allmählich kam Joachim zu Kräften, verbrachte die Tage meist in einem Dämmerzustand und die Nächte gehetzt und auf der Flucht vor den Bildern und Klängen des Krieges. Er durfte sich nur kurz aufrichten, da es ihm jedes Mal starken Schwindel verursachte, den Druck in seinem Kopf aber für kurze Zeit abschwächte. Immer noch bildete sich zu viel Hirnwasser, was unerträgliche Kopfschmerzen, ein fortwährendes wildes Pochen und Sehstörungen zur Folge hatte. Wenn es nicht mehr auszuhalten war, wurde Joachim in einen Behandlungssaal gebracht und punktiert. Die Prozedur dauerte mehrere Stunden, während derer sich Joachim, der wie ein Käfer zusammengekauert auf den Knien hockte, nicht einen Zentimeter bewegen durfte. Zu groß war die Gefahr, dass die Kanüle verrutschte und sein Rückenmark verletzte. Die Punktionen verschafften ihm zwar Erleichterung, er hatte aber fürchterliche Angst davor, nicht nur verunstaltet, sondern am Ende auch gelähmt zu sein. Deshalb verharrte er reglos Stunde um Stunde auf der kalten Metallpritsche und kämpfte gegen die Versuchung, seine unbequeme Position zu verändern.

Als sich sein Zustand besserte und er tagsüber immer längere klare Phasen hatte, bat Joachim eine der Schwestern, ihm Papier und Bleistift zu bringen und versuchte, einen Brief an Mirja zu schreiben. Er war noch sehr schwach und völlig zermürbt vom Schmerz in seinem Kopf. Aber immerhin brachte er in krakeligen Buchstaben die Botschaft zustande, dass er am Leben sei und nur eines wissen wolle: Wie ging es Mirja und seinem Kind? Er gab einer Schwester das kurze Schreiben und bat sie, dieses über das Rote Kreuz nach Petsamo zu schicken. Er konnte nur hoffen, dass die Post dort überhaupt ankam. Da er wusste, dass er bald nach Hause verlegt werden würde, gab er seine Heimatadresse an, dorthin sollte Mirja ihm antworten.

Seine Mutter war bereits benachrichtigt worden, dass er am Leben und zurück in der Heimat war. Frieda war wochenlang im Unklaren gewesen, denn Fritz hatte nach Hause geschrieben, er wisse nicht sicher, ob Joachim noch am Leben sei. Durch den Brief des Freundes wusste seine Mutter, dass Joachim einen Kopfschuss erhalten hatte, nicht aber, ob er gefallen oder lebend aus Finnland herausgebracht worden war. Von Anfang Oktober bis zu Joachims Ankunft in Haldensleben Ende November hatte Frieda mit dem Schlimmsten gerechnet. Inzwischen hatte das Lazarett sie darüber unterrichtet, dass es ihm allmählich besser ginge und sie ihn besuchen könne.

Dazu kam es nicht mehr. Frieda scheute den langen und unsicheren Weg durch ein Land, das von allen Seiten bedrängt, bekämpft und befreit wurde. Sie blieb daheim in der westfälischen Stadt, schüttelte Joachims Bettzeug aus, holte die letzten Gläser mit Eingemachtem aus dem Keller und erzählte Freunden, Nachbarn und Bekannten, dass ihr Sohn lebe und bald nach Hause kommen werde.

Doch noch war der Krieg nicht zu Ende. Meist waren es die Krankenschwestern, von denen Joachim und seine Zimmergenossen erfuhren, wie weit die Alliierten vorgedrungen waren, welche Städte bereits erobert waren und wie lange es wohl noch dauern würde, bis die unvermeidliche Kapitulation ausgesprochen würde. Auch die Ärzte nahmen kein Blatt mehr vor den Mund und gaben wieder, was der Schweizer Sender Radio Beromünster oder BBC London gesendet hatten. Da draußen tobte weiter ein erbitterter, blindwütiger Kampf. Verzweifelt war mit dem »Deutschen Volkssturm« ein letztes Aufgebot gegen die vorrückenden britischen, amerikanischen und russischen Truppen aufgestellt worden. Fünfzehn- und sechzehnjährige Jungs und alte Männer standen nachts an den Flaks oder schleppten Möbel und Trümmer auf die Straßen, die die Panzer der alliierten Truppen aufhalten sollten.
Als diese die Städte eroberten, rollten sie einfach darüber hinweg wie über ein Häufchen Streichhölzer. Hinter vorgehaltener Hand stellte man mit Galgenhumor die Frage, wie lange die Amerikaner brauchen würden, um die Panzersperren zu überwinden, und lieferte auch gleich die Antwort: Sechs Minuten, fünf um zu lachen und eine um darüber zu kommen.
Selbst vor den Lazaretten machte die Wehrmacht auf der Suche nach kampffähigen und fronterprobten Soldaten keinen Halt. Im Reservelazarett Haldensleben tauchten eines Morgens zwei Offiziere auf und befahlen denjenigen, die sie für einsatzfähig hielten, aufzustehen, ihre Sachen zu packen und mitzukommen, um das Vaterland bis zum letzten Atemzug zu verteidigen. Einer der beiden steuerte auf Joachim zu und hob zackig den rechten Arm zum Hitlergruß.
»Na, Kamerad, du siehst ja schon wieder ganz kräftig aus«, sagte er in einem vor Kameradschaftsgeist und Liebenswürdigkeit triefenden Ton.
Joachim antwortete nicht, sondern schob seinen Verband ein Stück nach oben und zeigte auf das Loch in seiner Stirn. Statt etwas zu sagen, grinste er den Offizier an, fing an zu kichern und bemühte sich, eine möglichst schwachsinnige Grimasse zur Schau zu stellen.
»Entschuldigung«, murmelte der Offizier mit betretener Miene und wandte sich von Joachim ab.
Für den Endsieg musste er woanders nach tapferen Kämpfern suchen.
Als der Lazarettzug Mitte März von Haldensleben aus endlich in seine westfälische

Heimat rollte, sah Joachim die Zerstörung und das Leid, das der Krieg nach Deutschland gebracht hatte, an sich vorbeiziehen wie in einem Film. Nicht nur die Soldaten mussten nun die Zeche bezahlen. Auch in den Augen der Frauen, Kinder und Alten, die vor den Trümmerhaufen ihres Lebens hockten, spiegelte sich das ganze Entsetzen des Krieges. Ausgemergelte Menschen gruben mit blutigen Fingern im Schutt, suchten eine Fotografie, einen Brief, irgendetwas, das sie daran erinnerte, dass sie einmal glückliche Zeiten erlebt hatten. In den Gräben neben den nackten Feldern lagen Pferde und Kühe mit bis zum Platzen aufgedunsenen Bäuchen neben den Skeletten zerschossener Wagen. Über die Straßen neben den Bahndämmen zogen Kolonnen von Flüchtlingen. Hinter sich her zogen sie klapprige Holzkarren mit den wenigen Besitztümern, die sie aus der Heimat hatten retten können. Kinder und Greise saßen auf den eilig gepackten Koffern und Bündeln und starrten mit leeren Augen einer ungewissen Zukunft entgegen.

In Joachims Heimatstadt sah es nicht anders aus als überall sonst im Land. Die stolzen Häuser des einst wohlhabenden Bürgertums lagen in Schutt und Asche, die Straßen waren aufgerissen und voller Trümmer. Alles war grau, nur manchmal leuchteten am Straßenrand ein paar Narzissen und Osterglocken auf. Sie wirkten wie hingestreut und fehl am Platz in diesem Sepiabild der Zerstörung.

Joachim konnte inzwischen wieder für kurze Zeit aufstehen und verließ den Zug auf den eigenen Beinen. Mit einem Lastwagen wurde er in das Luftwaffenlazarett gebracht, wo seine Schädelverletzung weiterbehandelt werden sollte. Immer noch war die Wunde nicht richtig verheilt, mal juckte sie unerträglich, mal sandte sie stechende Schmerzen aus, die seine Züge völlig verzerrten. Er vermied es, in den Spiegel zu sehen und suchte Trost in den Gesichtern derjenigen, die es noch schlimmer erwischt hatte. Des fünfzehnjährigen Flak-Helfers im Bett neben ihm, dem beide Beine unterhalb des Knies amputiert worden waren, oder des Mannes, dem ein Granatsplitter ein Auge und die Nase zerfetzt hatte.

Als Joachim seine Mutter endlich in die Arme schließen konnte, schämte er sich wegen seines Anblicks und versuchte in ihrem Gesicht zu lesen, wie schlimm es für andere war. Aber sie riss sich wohl zusammen und ließ sich nichts anmerken. Vielleicht war sie auch einfach nur froh, dass er noch lebte, und würde erst mit der Zeit wahrnehmen, dass ihr Sohn für immer verunstaltet war. Frieda kam jeden Tag, saß an seinem Bett oder ging mit ihm den Gang auf und ab. Als es endlich wärmer wurde, verließ Joachim nachmittags den Krankensaal und setzte sich auf eine Bank in die helle Frühlingssonne. Wenn er die Augen schloss, träumte er von den Apfelblüten, die im warmen Wind schaukelten, und konnte die feuchte Erde am Ufer des Stausees riechen. Oft musste er seinen Platz im Freien verlassen, wenn die Sirene einen weiteren Fliegerangriff ankündigte. Auch nachts mussten sie immer wieder aus dem Krankenbett in den Luftschutzkeller des Lazaretts hinabsteigen. Wer nicht laufen konnte, wurde Huckepack genommen oder auf einer Bahre in den Keller getragen. Dort hockten und lagen sie dann und lauschten den Einschlägen, bis der Spuk vorbei war.

Der Sohn, den Frieda endlich wieder hatte, war ein anderer als der, den sie im letzten Fronturlaub am Bahnhof verabschiedet hatte. Es war nicht die entstellende Wunde auf seiner Stirn, die ihn ihr so fremd machte. Es war die Tatsache, dass er lange vor seiner Zeit gealtert war. Das Leben hielt keine Überraschungen mehr für ihn bereit, Gott sei Dank und leider, je nachdem, ob es um unendliches Leid ging oder um eine große Liebe. Er hatte seine Kameraden sterben sehen und selbst gegen den Tod gekämpft. Und er hatte ein Mädchen geliebt, wie man nur lieben konnte, verzweifelt und so, als sei es das Letzte, was in diesem Leben noch gelang und Sinn machte.
Um Berlin wurde noch erbittert gekämpft, als Joachims Mutter aufgeregt ins Lazarett gelaufen kam und berichtete, dass die Amerikaner mit Panzern und Lastwagen durch die Straßen rollten. Es waren sogar Neger dabei und Chinesen, wie Frieda erzählte. Im Lazarett ließen die amerikanischen Soldaten nicht lange auf sich warten. Schon am nächsten Tag durchkämmten sie die Krankensäle nach augenscheinlichen Nazis. In der Nacht zuvor hatte Hugo, der mit einem Bauchschuss im selben Zimmer wie Joachim lag, versucht, sich mit einer Zigarette das SS-Zeichen aus der Haut des linken Oberarms zu brennen. Statt der SS-Runen hatte er nun eine schwelende Brandwunde am Oberarm. Aber es würde ihm nichts nützen, denn er war nicht der Erste, der auf diese Idee gekommen war. Die Amerikaner kannten den Trick bereits und zerrten Hugo aus dem Bett.
Auch Joachim kam nicht davon. Die Amerikaner bellten Befehle und trieben das traurige Häufchen deutscher Soldaten auf dem Hof des Lazaretts zusammen. Kopfverletzte, Amputierte und Kranke wurden auf Lastwagen verfrachtet und mit unbekanntem Ziel abtransportiert. Frieda stand mit anderen Müttern und Ehefrauen, Schwestern und Verlobten am Zaun und beobachtete, wie das Luftwaffenlazarett fast vollständig geräumt und alle, die einigermaßen lebendig waren, in Kriegsgefangenschaft genommen wurden. Wieder sollten Monate vergehen, bevor sie erfuhr, was mit Joachim geschehen war.

Mirja, wo bist du? Mirja, komm schnell, ein Brief von Joachim!«, rief Eevi und lief auf der Suche nach ihrer Schwester aufgeregt durch das ganze Haus.
Schließlich fand sie Mirja im Garten, wo sie die frisch ausgekochten Windeln ihrer Tochter an die Leine hängte. Der Frühsommer war ungewöhnlich warm, der Himmel klar und blau und in der Luft surrten die Bienen und Hummeln, die vorzeitig munter geworden waren. Neben dem Wäschekorb lag Helene auf dem Bauch auf einer bunt karierten Wolldecke. Sie beobachtete aufmerksam jede Bewegung ihrer Mutter und kaute auf einem Stück glatt geschliffenem Wurzelholz herum. Helene zahnte und der Sabber lief ihr über das runde Kinn und tropfte auf den Pullover, den Mirjas Mutter für sie gestrickt hatte. Dazu hatte sie eine Strickjacke Arttu Järvis aufgeribbelt und die Wolle zu mehreren Knäueln aufgewickelt. Die Wolle hatte für mehrere kleine Pullover und für warme Söckchen ausgereicht. Die Farbe, ein dunkles Grün, war zwar nicht unbedingt kleidsam für ein kleines Mädchen, aber die Sachen hielten Helene im Winter warm und bewahrten sie vor Erkältungen.
Mirja riss Eevi den Brief aus der Hand. Sie sank neben ihrer Tochter auf die Knie und starrte auf das zerknitterte Papier in ihrer Hand. Der Brief schien auf seiner langen Reise feucht geworden zu sein, denn die Tinte war verwischt und die Adresse nur mit Mühe zu entziffern. Dem ältesten Stempel entnahm Mirja, dass Joachim ihn im Februar abgeschickt hatte. Fast drei Monate war er unterwegs gewesen. Weitere lange Wochen, in denen Mirja fest geglaubt hatte, der Vater ihrer Tochter sei schon lange tot und begraben. Mirja konnte den Brief nicht öffnen, sie hielt sich einfach nur daran fest und begann bitterlich zu weinen.
»Der Brief wird ganz nass«, sagte Eevi und nahm ihn ihr aus der Hand, bevor ihre Tränen das Papier völlig durchweichten.
»Soll ich ihn für dich öffnen?«, fragte Mirjas Schwester und begann, den Brief vorsichtig aufzureißen. Mirja nickte nur stumm und wartete darauf, dass Eevi anfing, die krakeligen Zeilen zu entziffern und vorzulesen.
»Meine Liebe, meine geliebte Mirja.
Ich bin verwundet, aber am Leben. Ich bin noch zu schwach für viele Worte. Wie geht es dir und dem Kind? Ich habe so große Sehnsucht nach euch. Aber bald ist alles vorbei, alles wird gut. Schreib mir an diese Adresse: Niederbergheimer Straße 37, Soest, Westfalen. Ich liebe dich so sehr. Für immer, dein Joachim«.

Nur ganz langsam erwachte Mirja aus dem bösen Traum. Die Starre löste sich und sie konnte wieder tief einatmen, ihre Glieder bewegen und sich so jung fühlen wie sie war. Ihre Mutter und ihre Schwestern freuten sich mit ihr und Helene gluckste vor Lachen, als Mirja sie hochnahm und zum ersten Mal lachend durch die Luft wirbelte und ausgelassene Tänze mit ihr vollführte. Das Kind kannte die Mutter so nicht, nie hatte sie etwas anderes gesungen als traurig schöne Wiegenlieder, nie hatte sie gelacht und sich mit Helene im Kreis gedreht. Mirja eilte in ihre Kammer und holte die Leica, die sie nicht mehr in die Hand genommen hatte, seit sie Joachim für tot gehalten hatte. Daneben lag Joachims Zinnsoldat, den ihr Vater doch nicht weggeworfen hatte und der doch und trotz allem ihr Glück zu bewachen schien. Sie steckte ihn in die Tasche.

Sie legte einen der Filme, die sie von ihm bekommen hatte, in die Kamera ein und machte sich daran, dieses wunderschöne Kind zu fotografieren. Das kleine rotblonde Mädchen mit den strahlend blauen Augen und den langen dunklen Wimpern. Das Kind, das doch einen Vater hatte, der es abgöttisch lieben würde. Sie bat ihre Schwester, Fotografien von ihr zu machen, allein und mit Helene auf dem Schoß blickte sie gerade und stolz in die Kamera. Und sie fotografierte das Haus, vor dem sich ihre Mutter und ihre drei Schwestern aufstellten und fröhlich lachten. Der Drogist in Petsamo entwickelte den Film und nahm ihr dafür nicht nur zehn Eier, sondern gleich ein ganzes Huhn ab. Aber das machte nichts. Kein Preis dafür, dass Joachim sein Kind und dessen Mutter endlich sah, war ihr zu hoch.

Mirja steckte die Fotografien zusammen mit einem langen Brief in einen Umschlag und schickte ihn an die Adresse, die Joachim angegeben hatte. Und dann wartete sie auf eine Antwort.

Joachim machte es wie alle anderen. Er grub sich nachts in die Erde ein, um einen armseligen Schutz vor Regen und Kälte zu haben. Ende April war der Winter noch einmal zurückgekehrt, und auch Anfang Mai sanken die Temperaturen nachts noch bis auf den Gefrierpunkt. Im »Rheinwiesenlager« für Kriegsgefangene gab es kaum Zelte und Decken. So blieb den meisten nichts anderes übrig, als mit den bloßen Händen ein Loch im Schlamm zu graben und sich mit der feuchten und kalten Erde zu bedecken. Wenn nachts die Regenschauer über sie hinweg zogen, gerieten die Erdmassen ins Rutschen und begruben die Männer unter sich. Sie erstickten im lehmigen Dreck und wurden morgens zu Dutzenden aus den Löchern gezogen.

Auf der von Stacheldraht umzäunten Fläche hatten ein paar Gefangene eine Rübenmiete entdeckt, die mit alten Lastwagenreifen bedeckt war. Um die Reifen, aus denen man sich einen notdürftigen Schutz vor Kälte und Regen bauen konnte, entbrannte ein heftiger Streit, der erst endete, als einer der amerikanischen Bewacher in die Luft schoss und die Männer auseinander trieb. Jetzt noch erschossen zu werden wäre ein schlechter Witz. Waren sie schon Gefangene im eigenen Land, so wollten sie alle um jeden Preis dieses Elend überleben.

So weit das Auge reichte, standen oder lagen ausgezehrte Gestalten herum oder hockten auf den Balken, die als Latrine dienten. Nicht selten verlor einer vor Schwäche oder Fieber das Gleichgewicht und stürzte in die Fäkaliengrube hinter sich. Wer zu schwach war, sich herauszuziehen, ertrank in seiner eigenen Scheiße. Auch Joachim hatte sich mit der Ruhr infiziert und kotzte und schiss sich die Seele aus dem Leib. Seine Kleidung schlackerte an ihm wie ein löchriger, verdreckter Umhang. Er verstand nicht, woher immer noch etwas aus seinem Darm wollte, denn sie bekamen nichts als eine dünne Suppe und ein Stück Brot einmal pro Tag. Da es kein Essgeschirr gab, wurde ihnen die Suppe mit der Schöpfkelle aus dem großen Kessel in die bloßen Hände gefüllt. Daraus tranken sie gierig und schnell, bevor ihnen zuviel Suppe durch die Finger rann und auf den Boden tropfte. Wer am Verhungern war, leckte die vergossenen Reste vom Boden auf wie ein Hund.

Nur selten ergatterten einige Glückliche ein Verpflegungspäckchen aus den Beständen der US Army. Die Amerikaner bekamen drei Päckchen täglich, die mit dem Aufdruck »Breakfast«, »Supper« oder »Dinner« gekennzeichnet waren und neben Dosennahrung auch Kekse und Fruchtriegel enthielten, dazu Schokolade und ein Viererpäckchen Zigaretten. Ein Festmahl jedes einzelne Päckchen, wenn sonst ein paar Schlucke dünne Suppe und ein harter Kanten Brot zum Überleben reichen mussten. Die Verpackungen konnte man sammeln und daraus ein kleines Feuer

entzünden, um sich so wenigstens für ein paar Minuten die Hände zu wärmen und die Lumpen an den Füßen zu trocknen.
Joachim besaß nur das, was er am Leib getragen hatte, als die Amerikaner ihn gefangen genommen und auf einem Lastwagen mit zahlreichen anderen Verwundeten aus dem Lazarett ins Rheinwiesenlager gebracht hatten. Eine Unterhose und ein Unterhemd, den Pyjama, den ihm seine Mutter gebracht und den er gegen die Einheitskleidung des Lazaretts getauscht hatte, ein paar löchrige Socken und einen alten Wollmantel von Onkel Albert. Selbst dieses Wenige musste er hüten wie seinen Augapfel. Irgendwann hielt er es in seiner dreckigen Unterhose nicht mehr aus und wusch sie so gut es eben ging in einem Blecheimer mit abgestandenem Wasser aus. Dann hängte er sie in den Stacheldrahtzaun, der das Lager umgab, und wartete darauf, dass sie im Wind trocknete. Er war nur kurz eingenickt, aber als er nach seiner Unterhose sah, war sie verschwunden. Selbst diesen zerlöcherten, verschissenen Fetzen hatte ihm jemand geklaut. Das war die berühmte Kameradschaft, auf die sie jahrelang angestoßen und sich zugeprostet hatten.
Manchmal, wenn die Amerikaner versuchten, sich aus der Luft ein Bild vom Lager zu machen, entblößten die Gefangenen ihre Ärsche und reckten sie in die Luft. Das gäbe ein schönes Bild für die amerikanischen Wochenschauen. Doch das war schon das einzige, was sie an Widerstand leisten konnten. Es ging nur um das nackte Überleben, um die Frage, wie lange sie in Gefangenschaft bleiben würden und wann der Krieg auch für sie endlich zu Ende war.

Erst nach zwei schrecklichen Wochen, in denen Joachim wegen des ständigen Durchfalls und des Hungers auf fünfundvierzig Kilo abgemagert war, verbesserte sich die Situation im Lager. Nun kamen regelmäßig Verpflegungswagen, die nicht nur Essen, sondern auch Medikamente und frisches Verbandszeug brachten. Viele Verwundete litten unter eitrigen, schwärenden Wunden, die sie nur mit dem brackigen Wasser reinigen konnten. Auch Joachims Narbe hatte an den Rändern wieder angefangen zu eitern und pochte heiß unter dem Verband, den er nun schon seit seiner Gefangennahme im Lazarett trug. Er überlegte, in welche Schlange er sich zuerst einreihen sollte. Was war wichtiger, Essen oder die Versorgung seiner Kopfwunde? Joachims Bauch war stärker als der Kopf, und er stellte sich am Ende der schier endlosen Schlange vor einem der Verpflegungszelte an. Als er schon zwei Stunden dort gestanden hatte, hieß es plötzlich, sie sollten sich in Fünfergruppen zusammenfinden und einen Mann auswählen, der die Verpflegung der Gruppe entgegen nahm und aufteilte. Da kaum jemand einen anderen kannte und auch

Joachim die Zimmernachbarn aus dem Lazarett längst aus den Augen verloren hatte, zählten sie einfach von vorne bis hinten durch. Vier Mann hockten sich auf den Boden, während einer in der Schlange stehen blieb und sich die Ration aushändigen ließ. Obwohl sie nun etwas Gemeinsames hatten, wurde in den Grüppchen kaum miteinander geredet. Sie sagten kurz, wie sie hießen und zu welcher Einheit sie gehört hatten, und starrten dann wieder trübsinnig vor sich hin. Joachim konnte es kaum erwarten, endlich etwas zu essen zu bekommen. Jetzt, da er die ersten sah, die die Verpflegungspäckchen untereinander aufteilten, war der Hunger größer denn je. Als August, wie Joachim ein ehemaliger Unteroffizier der Nachrichtenabteilung, endlich von der Ausgabe zurückkam, mussten sich alle beherrschen, das Päckchen nicht gierig aufzureißen und über den Inhalt herzufallen. Joachim staunte darüber, dass ein Rest Anstand geblieben war und sie zurückhielt. August teilte alles penibel auf und gab jedem seinen Anteil: fünf Kekse, zwanzig Gramm Schmelzkäse, acht Esslöffel Milchpulver, sechs Löffel Zucker, zwei Löffel Büchsentomaten, zwei Löffel Dosenspinat, vier Löffel »Meat and Vegetable Stew«, dreißig Rosinen, zwei Dörrpflaumen und eine fünftel Trockenaprikose. Die Büchsen bewahrten sie auf, endlich hatten sie so etwas wie Essgeschirr.
Joachim fühlte sich besser und staunte darüber, wie zufrieden, beinahe froh ihn das Wenige machte. Die Rationen reichten zwar nicht, um den Bauch zu füllen, und der Hunger nagte Tag und Nacht an ihm, aber mit der Essensausgabe gab es etwas, worauf man hin leben konnte, ein Ziel, eine feste Zeit. Die gerechte Aufteilung der kostbaren Nahrung nahm zudem einige Zeit in Anspruch und war die einzige Abwechslung im tristen Einerlei des Lagerlebens.
Joachim war froh, wieder eine Gruppe Kameraden um sich zu haben, anstatt alleine und schweigend im Lager herumzulaufen. Sie waren zwar ein wild und vom Zufall zusammengewürfelter Haufen, aber sie teilten und hielten zusammen. Und allmählich begannen sie zu erzählen, vom Heimatort und der Familie, von ihren Hoffnungen und Wünschen, nur nicht vom Krieg. Manche würden nie mehr darüber reden, auch wenn sie jede Nacht von den Bildern heimgesucht wurden. Und bei manchen würde alles Erlebte zu dem Mythos der großen Kameradschaft zusammenschrumpfen, den sie auch nach Jahrzehnten noch beschwören würden, zu einer Zeit, als alle in die hässlichsten Fratzen des Krieges hätten blicken können und müssen.
Nachts gingen manchmal die Suchscheinwerfer an und tasteten die Umzäunung auf der Suche nach Fluchtwilligen ab. Gelegentlich waren auch Schüsse zu hören. Diejenigen, die erwischt und bei der Flucht erschossen worden waren, hingen meist noch den ganzen nächsten Tag im Stacheldraht, zur Abschreckung für andere, die

gegen jede Vernunft zu fliehen trachteten. Joachim hatte gehört, dass an einer Stelle des Lagers einige Gefangene einen Plan ausgeheckt hatten. Sie schlugen nachts kräftig Lärm und zogen die Aufmerksamkeit der Wachen auf sich, während ein paar hundert Meter weiter tatsächlich ein paar Männern die Flucht unter dem Stacheldraht hindurch gelang. Als die Amerikaner entdeckten, dass sie einer Finte aufgesessen waren, hatte sich die Gruppe bereits aufgelöst und war in alle Richtungen auseinander gelaufen.

Eines Tages hieß es über die Lautsprecher, dass alle, die unter sechzehn oder über fünfundfünzig Jahre alt seien, entlassen würden. Es waren nicht viele, die das Rheinwiesenlager bereits nach wenigen Wochen verlassen und zu ihren Familien zurückkehren durften. Joachim sah den Jungen und den älteren Männern, die sich am Ausgang seines Lagerabschnitts sammelten und aufgeregt miteinander sprachen, wehmütig hinterher.

Dann reihte er sich in die Schlange vor dem Sanitätszelt ein, um sich einen frischen Verband anlegen zu lassen. Seit die Amerikaner das Zelt errichtet hatten und über Lautsprecher Ärzte und Sanitäter aufgefordert hatten, sich zu melden, hatte sich die medizinische Versorgung verbessert.

Für viele Verwundete und Kranke kam die Hilfe zu spät, in den ersten Wochen waren sie an Blutvergiftungen, Lungenentzündungen, Ruhr und Entkräftung in ihren Erdlöchern elend krepiert. Der Arzt, der Joachim als erster untersuchte, schüttelte den Kopf darüber, dass selbst Kopfverletzte aus den Krankenbetten gezerrt und ins Lager verfrachtet worden waren, wo auf viele von ihnen der sichere Tod wartete. Auch Joachim hatte die Wut gepackt, als er sah, wie beidseitig Beinamputierte auf ihren Stümpfen durch den Matsch robbten oder andere Hirnverletzte hilflos und orientierungslos durch den Regen taumelten. Jetzt, da er regelmäßig etwas zu essen bekam und seine Wunde versorgt wurde, ging es ihm Tag für Tag ein wenig besser. Hunger und Schmerz blieben zwar ständige Begleiter, aber er hatte wieder Hoffnung geschöpft, das Rheinwiesenlager irgendwann auf den eigenen zwei Beinen und als freier Mann zu verlassen. Dann würde er nach Hause fahren und die Briefe lesen, die ihm Mirja inzwischen geschickt haben musste. Und dann würde er sich auf die lange Reise nach Norden machen, um Mirja und das Kind zu sich zu holen. Nichts und niemand würden ihn aufhalten, allein für diese Reise hatte er den Krieg überlebt. Alles würde so kommen, wie es Mirjas Schwestern an jenem fernen Sommertag vorausgesagt hatten: Mirja und er würden in Frieden leben. Mehr brauchten sie nicht, um glücklich zu sein, nur einander, das Kind und den Frieden. Bald, dachte Joachim, würde ihr Traum wahr werden.

Frieda schälte gerade einige der Kartoffeln, die Albert gegen ein Paar Winterschuhe eingetauscht hatte, als es an der Tür klingelte. Für eine anständige Mahlzeit aus Salzkartoffeln mit ein paar Tropfen Leinöl und Schnittlauch konnte Albert gut und gerne auf die warmen Schuhe verzichten. Außerdem war es ja gerade mal Frühling geworden und bis zum Winter noch lange hin. Die Auslagen der Läden würden sich bis dahin sicher füllen und man würde wieder ordentliches Schuhwerk bekommen. Albert hatte das Tauschgeschäft machen müssen, weil ihnen die eigenen Kartoffeln aus dem Garten gestohlen worden waren. Nur ein paar Tage, bevor Frieda und Albert sie ernten und einkellern wollten, waren Diebe durch die Hecke gekrochen und hatten mitgenommen, was sie nur tragen konnten. Frieda legte das Schälmesser beiseite und ging ins Wohnzimmer, um über den außen angebrachten alten Rasierspiegel zu sehen, wer vor der Tür stand. Es war ein Bote, was meist nichts Gutes verhieß. Der Postverkehr war seit dem Ende des Krieges fast vollständig zum Erliegen gekommen. Außer offizieller Behördenpost wurde kaum etwas befördert, man behalf sich damit, Reisende zu bitten, private Briefe mitzunehmen. Aber da musste man natürlich jemanden kennen, der in dieselbe Stadt fuhr, in der man Verwandte oder Freunde hatte. Am Bahnhof, von dem aus inzwischen wieder täglich ein paar Züge abfuhren, hingen zahlreiche Zettel, mit denen nach freundlichen Reisenden gesucht wurde, die nach A oder B fuhren und gebeten wurden, doch einen Brief an die Tante oder die Tochter mitzunehmen. Wenn aber ein Bote ein Schreiben überbrachte, handelte es sich im schlimmsten Fall um eine Todesnachricht. Aufgeregt und besorgt öffnete Frieda dem Mann die Tür.

»Ich habe hier einen Brief für Joachim Steinborn, lebt der bei Ihnen?«, fragte er.

»Das ist mein Sohn«, antwortete Frieda. Das Herz schlug ganz wild in ihrer Brust, denn das bedeutete, dass Joachim am Leben war. Wie oft sollte sie diese Ungewissheit noch aushalten müssen, bis er endlich wieder wohlbehalten zu Hause war?

Frieda quittierte den Empfang des Briefes und zog die Tür ins Schloss. Sie staunte über all die Stempel und Kritzeleien auf dem zerknitterten Umschlag. Abgeschickt in einer Stadt in Finnland war der Brief anscheinend über viele Stationen schließlich über den Suchdienst des Roten Kreuzes bis nach Westfalen gelangt, wo er von der Oberpostdirektion für die Britische Zone für harmlos befunden und nach Soest weitergeleitet worden war.

Frieda ging in den Garten und setzte sich auf die Bank in die Frühlingssonne. Der Brief war an ihren Sohn adressiert. Eigentlich hatte sie kein Recht, ihn zu lesen. Wenn nun aber in einer dringenden Angelegenheit etwas zu erledigen war? Joachim würde bestimmt wollen, dass sie den Brief öffnete und ihn las. Es war ihre Pflicht als Mutter.

Kurz zögerte Frieda noch, dann riss sie den Umschlag auf und begann zu lesen.

Als sie fertig war und die Bilder betrachtete, sackte Frieda in sich zusammen wie eine Greisin. Sie rieb sich die Schläfen. Plötzlich hatte sie schreckliche Kopfschmerzen und konnte kaum mehr klar denken.

In etwas holprigem Deutsch behauptete da doch eine wildfremde Frau, sie habe ein Kind von Joachim. Sie besaß sogar die Unverfrorenheit, Fotografien zu schicken, auf denen ein blutjunges Ding zu sehen war, das ein pausbäckiges Kleinkind auf dem Schoß hielt. Frieda war erschüttert. Was wollte dieses Mädchen, das mit großem Pathos von ihrer Liebe und Sehnsucht schrieb und fantasierte, wie sie sich das Leben mit Joachim und dem Kind vorstellte? Helene hieß das kleine Mädchen wohl. Dachte sie allen Ernstes, Joachim würde sich von einer Finnin ein Kind anhängen lassen, die Mutter heiraten und heile Welt spielen? Nichts war mehr heil in seinem Leben, in seinem Land.

Frieda hatte immer schon das Beste für ihren Sohn gewollt. Und sie hatte immer gewusst, was das Beste für ihn war. Schon damals, als sein Vater versucht hatte, den Kontakt zu ihm zu halten. Hätte sie Joachim die Briefe seines Vaters vorgelesen statt sie zu vernichten, hätte er sich niemals mit der Trennung seiner Eltern abfinden und an sein neues Leben mit Mutter und Onkel gewöhnen können. Was damals richtig war, war es auch heute noch.

Wenn Joachim endlich heimkehrte, sollte er ganz von vorne anfangen können. Er war ja erst zweiundzwanzig Jahre alt, er hatte ein gutes Abitur und trotz seiner Entstellung die besten Voraussetzungen für einen Neubeginn. Vor allem musste er all das Schreckliche vergessen, das ihm widerfahren war, die Grauen des Krieges und die Jahre in der Kälte und Dunkelheit in diesem schrecklichen Finnland. Und da sollte er sich ausgerechnet eine Frau von dort mit ihrem Bastard ins Haus holen?

Soweit würde es nicht kommen. Dafür würde Frieda sorgen. Zum Wohle Joachims. Sie würde der Frau zurückschreiben und ihr mitteilen, dass Joachim seiner schweren Verwundung erlegen sei. Im Übrigen habe er nie davon gesprochen, eine Frau namens Mirja Järvi zu kennen, geschweige denn in Finnland eine Verlobte gehabt zu haben. Damals war doch noch Krieg und Joachim kämpfte an der Front. Was diese Mirja Järvi behauptete, war entweder eine Verwechslung oder eine dreiste Lüge. Frieda würde sich in ihrer Antwort verbitten, dass dieses Mädchen noch einmal Kontakt zu ihr aufnahm. Das mache jetzt, da Joachim tot sei, ja sowieso keinen Sinn mehr. Genau so würde Frieda die Sache für Joachim aus der Welt schaffen.

Frieda schloss zufrieden die Augen und blieb noch einen Moment auf der Gartenbank sitzen. Dann faltete sie den Brief, steckte ihn in die Tasche ihrer Schürze und ging zurück ins Haus. In der Küche nahm sie das Schälmesser und eine Kartoffel in die Hand und arbeitete weiter. Das würde eine gute Mahlzeit geben, vor allem mit dem Stück Speck, das Albert wegen der guten Winterschuhe noch dazu bekommen hatte. Bis Joachim wieder zuhause wäre, wollte Frieda mit den Lebensmittelmarken gut haushalten. Dann könnte sie dem Jungen kochen, was er gerne aß. Sie sah ihn schon am Küchentisch sitzen, einen dampfenden Eintopf vor sich und über das ganze Gesicht strahlend. Wenn er endlich wieder bei ihr war, hätte der Krieg wirklich ein Ende.

An einem kalten Januarmorgen des Jahres 1953 hielt Joachim seine Tochter in den Armen. Das Kind war zu Hause zur Welt gekommen, da im städtischen Krankenhaus eine Masernepidemie ausgebrochen und das Risiko zu groß war, dass Mütter und Neugeborene sich ansteckten. Die alte Hebamme, die schon Joachim zur Welt gebracht hatte, lobte seine Frau dafür, dass sie beim ersten Kind tapfer gewesen sei und nicht so ein Geschrei gemacht habe. Und das, obwohl sie ja einen ganz schönen Brocken geboren hatte.

Seine Tochter war 55 Zentimeter lang und stolze vier Kilo schwer. Joachim betrachtete voller Rührung das kleine Gesicht und roch an dem dunklen Flaum auf dem runden Köpfchen. Ihre Hände hatte sie zu Fäusten geballt und ruderte damit in der Luft herum, als vollführe sie einen Boxkampf mit einem unsichtbaren Gegner. Ihre Haut war ganz rosig und sie sah gar nicht so zerknittert aus, wie man es von Neugeborenen immer behauptete. Joachims Tochter war vollkommen. Fritz würde sie auf den Namen Cornelia taufen. Sein Freund Fritz, der inzwischen Pfarrer war und Joachim und Ruth vor einem Jahr in der Petrikirche getraut hatte.

Cornelia würde alles wieder gutmachen. Sie würde mit ihrem Lachen die Stimmen vertreiben, die ihn Tag und Nacht verfolgten, die Schreie der Männer, die neben ihm zu Boden gerissen oder zerfetzt wurden. Die Stimmen der Verwundeten auf dem Lazarettschiff, die nach Morphium bettelten und ihre Mütter riefen. Die Klagen der Kriegsgefangenen, wenn sie morgens die toten Kameraden aus den eingestürzten Erdlöchern zogen. Das Jammern der Frauen, wenn die Landser ihre Häuser abfackelten, ihre Felder verbrannten und zum Spaß ihre wenigen Hühner abknallten. Die schwermütigen Gesänge der russischen Gefangenen, wenn sie abends entkräftet ins Lager zurückkehrten, wenn sie vor Hunger und Sehnsucht weinten und ihre Toten beklagten.

Auch diese Bilder würden vor dem Anblick seiner Tochter verblassen. Das von Mirja, ihre weiße Haut leuchtend vor dem dunklen Blau des kühlen Fjordes. Ihr rotblondes Haar, das weich auf ihre zarten Schultern fiel. Das Grün ihrer Augen, voller goldener Sprenkel, die man erst entdeckte, wenn man ihr ganz nahe war. Das Bild ihrer lachenden Schwestern und ihres Vaters Arttu Järvi, der ihm die Tür geöffnet und ihn in sein Haus gelassen hatte.

Aber auch die Bilder, die Joachim so tief in sich trug wie die anderen sechs aus seiner Abiturklasse, die überlebt hatten. Der Tote, den er aus der Liza gezogen hatte. Die Erfrorenen und Erschossenen, denen sie die noch brauchbaren Stiefel abgenommen und deren Erkennungsmarken sie entzwei gebrochen hatten. Die Leichen der Russen, in deren Gesichtern sich ihre eigene Jugend widergespiegelt hatte. Die

Bilder von Bergen ausgemergelter Leichen, die sich die Bevölkerung auf Befehl der Amerikaner hatte ansehen müssen. Bilder nackter Frauen und Kinder, zahnloser Alter in gestreifter Lagerkluft, Bilder von wandelnden Toten, die aus leeren Augen ihre Befreier anstarrten, als könnten sie nicht fassen, dem Grauen entronnen zu sein. Bilder von Kindern, die am Straßenrand neben den leblosen Körpern ihrer Mütter hockten, die man auf einen Todesmarsch gezwungen hatte, wo es kaum noch etwas zu sterben gab.
Alles würde verklingen und verblassen, wenn er in das Gesicht seiner Tochter sähe. Mit diesem neuen Leben würde auch seines noch einmal beginnen, dachte Joachim und küsste Cornelia auf die zarte Wange.

Er war im August 1945 aus der Kriegsgefangenschaft entlassen worden und nach Hause zurückgekehrt. Nichts war da von Mirja, kein Brief, keine Fotografien, nicht die kleinste und kürzeste Botschaft. Joachim war verzweifelt. Er schrieb erneut nach Petsamo und wartete bang auf eine Antwort. Als wieder nichts kam, wandte er sich an den Suchdienst des Roten Kreuzes. Nach mehreren Wochen wurde ihm offiziell mitgeteilt, dass eine Mirja Järvi, Jahrgang 1925, am 24. Juni des Jahres den Freitod gewählt habe. Am ersten Mittsommerfest nach dem Krieg hatte sich die Zwanzigjährige an einem Baum am Ufer des Fjordes erhängt. Mirja hatte ihm erzählt, dass »Juhannus«, dieser Tag der Freude und des Feierns, ein beliebter Termin sei, um den Bund der Ehe zu schließen. Als die Mittsommerfeuer lichterloh brannten und die Menschen das lang ersehnte Ende des Krieges feierten, sangen und tanzten, hatte sich Mirja das Leben genommen. Ein paar junge Leute aus Petsamo, die unten am Wasser trinken und feiern wollten, hatten ihre Leiche entdeckt. Nach allem, was man hatte in Erfahrung bringen können, hatte sie keinen Abschiedsbrief hinterlassen. Nichts außer einem kleinen Zinnsoldaten hatte man in der Tasche ihres weißen Leinenkleides gefunden.
Die Hinterbliebenen der jungen Frau, ihre Mutter, drei Schwestern und das uneheliche Kind, waren mit unbekanntem Ziel verzogen. Da Petsamo seit dem Waffenstillstand zum Gebiet der Sowjetunion gehörte, sei es äußerst schwierig, die Spur von ehemaligen Bewohnern zu verfolgen, die seit Kriegsende von dort weggezogen seien. Dennoch solle Joachim nicht zögern, sich erneut an den Suchdienst zu wenden, momentan jedoch gebe es trotz intensiver Bemühungen keine weiteren Erkenntnisse zum Verbleib des Kindes und seiner Verwandten. Man könne ihm lediglich mitteilen, dass es sich bei dem Kind um ein Mädchen handle, das am 30. September des Jahres 1944 in einem Lebensborn-Heim im norwegischen Trond-

heim zur Welt gekommen war und das den Namen Helene trug.
Über die Jahre hatte Joachim den Suchdienst des Roten Kreuzes noch vier weitere Male eingeschaltet, jedoch waren auch diese Bemühungen erfolglos geblieben. Zuletzt hatte er vor zwei Jahren darum gebeten, den Aufenthalt einer Familie Järvi aus Petsamo, dem heutigen Petchenga in der Oblast Murmansk, zu ermitteln. Vor allem den Verbleib der inzwischen siebenjährigen Helene. Als dies erneut ergebnislos blieb, hatte er die Suche aufgegeben.
Auch, weil er inzwischen verlobt und ganz fest davon überzeugt war, dass mit seiner Heirat endlich ein neues Kapitel in seinem Leben aufgeschlagen würde. Mit Frau und Kind würde er sich endgültig von seiner Vergangenheit lösen können. Cornelia war sein Neubeginn. Und Ruth, seine Frau. Alles andere war vorbei.
Allein das Loch in seiner Stirn blieb. Trotz allem. Und gelegentlich eine Leere in seinem Herzen.

Danksagung

Auf dem Weg zum Buch ermutigt und begleitet haben mich mein Mann Wolfgang Hoelscher-Obermaier, meine vier Töchter und natürlich meine Mutter Marlis Liebelt.

Daran geglaubt haben auch viele liebe Menschen in Griechenland und Deutschland. Euch danke ich ebenso wie meinen »privaten« Lektorinnen und Lektoren für die kritischen Hinweise und wertvollen Vorschläge, allen voran meiner Tante Irmgard Storck, sowie Herrn Dr. Klaus Reichel für seine fachkundigen Hinweise.

»Im Norden ein Licht« hätte nicht erzählt werden können ohne die Schilderungen meines Vaters Dieter Liebelt (1923-2008). Er hat nie beschönigt, sondern stets gemahnt, nicht verherrlicht, sondern immer gewarnt. Sein Licht schimmert weiter.

wie der verzweifelte Versuch des Sanitätsdienstes, die Verwundeten vom Schlachtfeld zu holen, sie in die Lazarette zu transportieren und durch Notoperationen zu retten. Nicht immer gelingt es auch, die ernsten posttraumatischen Störungen angemessen zu behandeln. In dem vorliegenden Werk wird deutlich, dass der Sanitätsdienst im Herbst 1941 hoffnungslos überfordert war.

Der zweite Aspekt der Erzählung behandelt das mehrjährige Zusammenleben der finnischen Zivilbevölkerung in Lappland mit der deutschen Wehrmacht, denn mit den zahlreichen Armeestäben, wie z.B. in Rovaniemi, zählte die 20. Gebirgsarmee etwa 200 000 Soldaten. Die jungen Männer, die seit dem Sommer 1941 in großer Zahl nach Lappland kamen, waren über das Thema Finnland und die „Waffenbrüderschaft“ im Voraus durch ideologisch gefärbte Informationsschriften instruiert worden. Dabei zeichnete die deutsche Propaganda ein rundum positives Bild vom Kooperationspartner Finnland. Auch von finnischer Seite wurden Kontakte zwischen den deutschen Wehrmachtsangehörigen und der Zivilbevölkerung akzeptiert, so dass schnell intensive persönliche und freundschaftliche Beziehungen zwischen den beiden „Waffenbrüdern“ entstanden. Das Leben mit und neben den deutschen Truppen war bald nichts mehr Besonderes, zumal die Deutschen Arbeitskräfte, Waren und Dienstleistungen benötigten. Viele Finnen, hauptsächlich Frauen, waren in der Folgezeit bei der Wehrmacht angestellt. Vor allem Mitglieder der „Lotta Svärd“, der Schwesternorganisation des finnischen Schutzkorps arbeiteten eng mit den deutschen Einheiten zusammen, so z.B. bei der Krankenpflege, in den Kantinen der Soldatenheime, als Übersetzerinnen in den Verbindungsbüros oder bei der Nachrichtentruppe. Hier in der rückwärtigen Etappe entstanden zahlreiche schicksalhafte Freundschaften und Liebesbeziehungen zwischen finnischen Mädchen und deutschen Soldaten – das Hauptthema auch in dem vorliegenden Roman.

die beiden Werke „Pojat“ (Die Jungen, 1958), und „Napapiirin äänet“ (Die Stimmen des Polarkreises, 1969). Das erste Buch beschreibt das Leben der deutschen Soldaten in Oulu aus der Sicht von finnischen Heranwachsenden, die schnell alle Illusionen verlieren, im zweiten wird die deutsch – finnische Waffenbrüderschaft kritisch bewertet und ein erschütterndes Bild von den brutalen Kämpfen an der Front gezeichnet. Genau wie „Im Norden ein Licht“ wird dabei in einzelnen Episoden die Einsamkeit und die Verzweiflung der Landser geschildert, für die es täglich nur die Alternativen gibt: kämpfen, töten oder selbst getötet werden. Zu diesen Schilderungen steht die zarte Liebesgeschichte zwischen dem jungen deutschen Soldaten und der jungen Finnin in einem starken Kontrast. Diese Geschichte ist quasi ein Sinnbild für das Scheitern und die Unmöglichkeit der Liebe im Krieg. Menschlichkeit geht im Krieg verloren, denn auch bei der jeweiligen Elterngeneration hat diese Liebe keine Chance. Der Roman sei allen empfohlen, die sich authentisch über die Kriegsereignisse in Lappland informieren wollen und die bereit sind, sich auf eine tragisch endende Liebesgeschichte einzulassen, in der man viel über die unterschiedliche deutsche und finnische Mentalität in dieser Zeit erfahren kann. Interessant ist in diesem Zusammenhang, dass fast gleichzeitig in Finnland zwei Romane mir einer ähnlichen Thematik erschienen sind: Katja Kettu. Kätilö. Helsinki 2011 und Paula Havaste. Yhden toivon tie. Juva 2012.

Klaus Reichel